夜の戦士

(上)川中島の巻

池波正太郎

角川文庫
14082

夜の戦士（上） 川中島の巻

目次

信玄館　七
甲賀忍法　六八
塚原卜伝　六〇
秘帖　一一〇
戦鼓　一四八
秋天　一七三
川中島　二〇三
決戦　二三六
家郷　二七〇
駿府の城　三〇二

忍びの風　三一
乱雲　二四二
清洲の雨　三七三
謀略　三九二
浮島ヶ原　四三五

信玄館

一

久仁《くに》は、ふっと目ざめた。

寝ぐるしくて、むしあつかった。

うすもの一枚すらまとってはいない久仁の裸身は、何枚も重ねた絹の夜具の上で汗ばんでいた。

それに、彼女が寄りそって寝ている御屋形《おやかた》さまの体温は、いろりの火よりもなまなましく熱い。

御屋形さまも眠るときは裸体であった。

山脈にかこまれた甲斐《かい》の国（山梨県）にもすでに春は来ていたし、この武田家の居館が構えられている甲府でも、桜はさかりをすぎようとしている。

御屋形さまは、厚くもり上った胸肉を夜着からのぞかせ、ふとい左腕で、久仁のまるい肩を抱き、正しい寝息をたてていた。その右腕は、もうひとりの侍女の裸身を抱えこんでいるのである。

御屋形さまの胸にも腕にも、こわい毛が密生していて、はじめのうちは久仁も、そのざらざらした感触に体がすくんだものだが、いまは、もうなれてしまっている。

御屋形さまは、毎夜、二人の若い裸身の侍女を寝所にはべらせ、これを両腕に抱いて眠るのであった。そのうちの一人は、ときどきかわることもあるが、ここ一年ほど、久仁だけはかわることがない。

久仁は、よほど御屋形さまの気に入られているらしい。

血なまぐさい戦場から甲府の館《やかた》へ帰って来ると、御屋形さまは武装もとかぬまま、すぐに久仁を呼び、

「白湯《さゆ》をもて」と命じられる。

これがここ一年ほどの習わしのようなものになってしまった。この一年の間に、御屋形さまは何度も甲府から出陣された。それがひと月になることもありふた月になることもあり、早いときは、十日ほどで帰って来ることもある。先頃も信州へ出陣して行ったが、間もなく館へ戻った。それが十日前のことである。合戦は行なわれなかったようであった。

(今夜は、ほんにむしあついこと……)

燭台の蠟燭《ろうそく》の灯が、かすかに寝所の一部を闇の底から浮き出させていた。

汗にしめった左の乳をおさえ久仁がそっと寝返ろうとしたとき、

「動くな」

眠っていたものとばかり思っていた御屋形さまが、いきなり久仁にささやいた。おどろいて久仁は、御屋形さまへ視線を走らせた。

「………?」

御屋形さま――武田信玄（晴信）の、頸《くび》から鼻の下にかけて見事にたくわえられた濃いひげや、青々とそりあげた坊主頭は枕の上からぴくりとも動かなかった。信玄の両眼はしずかに閉じられたままであった。

二

信玄の向う側の侍女は、まだ少女のおもかげが残っている顔を、信玄の腕の下のあたりに押しつけ無邪気に眠りこんでいた。

深沈とした春の夜の闇の中に、信玄の寝息だけがただよっている。

「動くな。じっとしておれ」

眼をとじたまま、もう一度、信玄が久仁にささやいた。

久仁は緊張に青ざめ、身を固くして信玄の腕の中で息をつめた。

武田家は、源義光《みなもとのよしみつ》が甲斐の国を朝廷からたまわり、その領主となってから三百年もの間、この山国を守り治めてきた。

四代の信義のころ、甲府盆地に近い韮崎《にらさき》の近くの竹田に居城をうつし、その地名をとって姓を武田とあらためた。それから十七代目の領主が武田晴信ということになる。

晴信が出家し、頭をまるめて『信玄』と号したのは、永禄《えいろく》二年、三十九歳のときである。

それから二年たったのだから、いまの武田信玄は四十一歳の男ざかりであった。

僧籍にはいったからといって、何も経をよんで後半生を送ろうというつもりではない。出家した信玄の心の底には、激烈な決意がひそんでいたのである。

酒にも女にも、あらゆる人生の愉楽に別れをつげ、今こそ全身の力をこめて事にあたろうという決意であった。

日本の諸国にひしめき合う戦国大名を制し、天下の覇権をしっかりと自分の手につかみとろうという決意である。

だから、全裸の侍女を抱いて眠っても、これを犯すことはしない。

「昔の余を知るものは本気にすまいが、いまの余は、若い女の体と共に眠るだけのことじゃ。それだけでよい。それが、余の心身に若々しい力をあたえてくれる」

信玄は、気に入りの軍師、山本勘介《かんすけ》にこんなことをいって笑ったことがある。

青年のころから、合戦にも政治にも抜群の力量をうたわれた信玄だが、女色の方もこれに劣らなかった。これまでに六男五女をもうけているが、それは表向きのことで、子を生ませた女性も、正室の三条どの以外に何人あるか、両手の指ではとうてい数えきれまい。

その夜があけ、まんじりともしなかった久仁が夜具の中からすべり出ようとしたとき、信玄が眼をひらいていった。

「昨夜の曲者《くせもの》め、今夜もまた、やって来よう」

三

「昨夜、そのようなものが……？」

久仁はするりと、夜具の中からすべり出ると、やや狼狽《ろうばい》しつつ衣服をまといながら、

「なれど、何の物音もきこえませなんだ」

「余が動くなと、二度ほどいうたな」

「はい」

「あのとき、曲者めは、この……」と信玄はあごで夜具の上をしめし、

「この床下に潜んでおったのじゃ」

「ま……おそろしい」

久仁は身をすくめた。

「ようも、この寝所の床下まで忍びこめたものだ。さぞ骨の折れたことであったろう」

寝あぶらに光っているふとい鼻梁《びりょう》を、しきりに指で撫《な》でつつ、信玄は苦笑をもらした。

信玄の右側に横たわっているもう一人の侍女は、まだ眠りからさめてはいないよう

であった。

奥庭の樹木に鳴く鳥の声が、朝の光りと共に寝所へ流れこんできていた。

この寝所は、畳数にして二十畳ほどの板張りになっており、その中央の一段高いところに畳を八枚しき、これを四枚の長屏風《ながびょうぶ》でかこんである。そこへ信玄の夜具がしかれるのであった。

しかもその真上の天井と真下の床には、板の上にうすい鉄板がはりつけられ、刺客の襲撃をふせぐようになっている。

甲府盆地の北端の一角が、細く山ひだの中へ吸いこまれた躑躅《つつじ》ヶ崎《さき》の高地に構えてある武田信玄の居館は、南北百六間、東西百五十六間という宏大《こうだい》なものだが、それにしても、その構造はあまりにも複雑であり、秘密の匂いにみちているようであった。

だが、そのようなことに久仁は関心をもってもいないし、もつべき理由もない。

それよりも、そそくさと帯をしめかけている久仁の体をじっと見つめている御屋形さまの眼の光りに、

(もしや……?)

衣服の下の、自分の肉体の秘密をくまなく探りとられてしまっているようなおののきを今朝もおぼえた。

それは、十日ほど前に、信玄が信州から館へもどり、例のごとく久仁が白湯の碗《わん》をささげて御屋形さまの前へ出たときから気になっていたことなのである。

四

そのとき、久仁の手から白湯の碗をうけた信玄は、ふと、厚い唇へ碗をもっていった手をとめ、いぶかしげに、久仁の面《おもて》を、そして上半身から下半身へかけて、ゆっくりと眺めまわしたのである。

奥庭に面した主殿の床几《しょうぎ》にかけた武田信玄は、兜《かぶと》だけはぬいでいたが、愛用の黒糸縅《おど》しの鎧《よろい》の上に紫の法衣をつけ、巌《いわお》のような威容にみちみちていたものだ。

その御屋形さまの凝視をうけただけで、久仁は早くも動揺してしまった。逃げるように引き下がったが、久仁は全身に冷たい汗をかいた。

今年で十七歳になる久仁は、処女の感情を隠すすべをまだ知らない。すでにそのときの久仁の体は、男を知ってしまっていたのだ。

「余がゆるすまでは、男とまじわってはならぬ」

寝所へはべる侍女の中で、久仁だけが信玄にこんなことをいわれていたし、久仁もまた、それをほこりに思っていたものである。

はじめは、いやらしく感じていたものだが、近頃の久仁は、処女の芳香がみなぎる裸身を、たくましい御屋形さまの腕にゆだねて眠ることが、むしろやすらかな思いであった。

信玄のたくましい、鋼《はがね》のような体に寄りそって眠るだけのことなのである。それ以外の何ごとも、信玄はしようとはしない。

「そちの体の匂いは、いかな名薬にもまさって、余に元気をあたえてくれる」

まじめくさった重々しい声で御屋形さまにそういわれると、久仁はうれしかった。

信玄に抱かれて眠ることは、この館《やかた》から四里ほど離れた花鳥《はなとり》の村にいる父親の胸に抱かれて眠った幼女のころを久仁に想い起させる。

土くさい父親と違って信玄の体臭は脂《あぶら》濃いものであったが、毎夕入浴のときに、うすく全身の肌にぬりこめる香油の匂いがまじり合い、それが温《ぬる》い体温にとけると、何ともいえぬよい匂いがするのだ。久仁は、御屋形さまの匂いが好きになってきていた。

「余がゆるすまでは、他の男を知ってはならぬ」といわれたときも、

「はい!!」

ほこらしげに、久仁は誓ったものである。その誓いを、久仁は破ってしまった。しかも、御屋形さまが信州へ出陣した留守にである。

それでも、この十日の間、信玄はそのことについて一言もふれなかった。

ただ、いたずらっぽく、しかも意地悪げな微笑をふくんだ視線が絶えず久仁に投げかけられた。

五

「御屋形さまは、きっと、わたくしたちのことを知っておいでになるに違いありませ

ぬ」

久仁は、男の胸に顔をうめ、声をふるわせた。

「おれも、とうてい上様の眼はくらませぬものと思うていた」

男は、嘆息した。

といっても、困惑しきってもらした嘆息ではないらしい。やれやれ、ついに見つかってしまったかという明るいあきらめがふくまれている『ためいき』なのである。

陽《ひ》は高くのぼっていたが、居館西北の高地の一隅にあるこのあたりは、びっしりと竹林にかこまれていて、竹の葉の幕を通して流れこんで来る陽の光りが、久仁と男の顔を蒼《あお》くそめた。

ここは、信玄の長子、太郎義信《よしのぶ》が住む曲輪《くるわ》の一部で、竹林の道を少したどって行くと毘沙門堂《びしゃもんどう》がたてられてあり、そのすぐ下は、高さ一丈の土堤をめぐらした濠《ほり》の水が深ぶかとたたえられている。

久仁が、男の愛撫《あいぶ》をはじめてうけたのも、この竹林に連なる赤松林の中であった。

男は、丸子《まるこ》笹之助《ささのすけ》といって、太郎義信の近習である。

笹之助は二十六歳だというが、二つ三つは若く見える。栗色の、なめした皮のような皮膚が顔にも体にも張りつめていたし、瞳《ひとみ》は大きく、御屋形の信玄によく似たふとい鼻に愛嬌《あいきよう》があった。

「久仁どのも、あまり気にかけぬことだな。おれもおぬしも、上様のおぼえがめでたいのだから、まさか罪をうけることもあるまい」

いう。

笹之助は、抱いた久仁の肩を軽くたたいてやり、むしろ屈託《くったく》なげに、こんなことを

「なれど、わたくしは御屋形さまから……」

「おゆるしあるまで、男とまじわるなとか……」

「はい」

「上様が、おぬしの肌を……つややかな、清らかな、しかも乙女の生気にみちた肌の香をかいで、みずからの体に精気をたくわえようとなさるお心が、おれにもようわかってきた。おぬしとこうなってみてから、はじめて……」

「また、そのような……」

「しかし、おれは、もうおぬしを、上様の御寝所へはべらせるのがどうもたまらなくなってきた」

「それは、わたくしだって……」

「この十日の間に、おれもおぬしも変った」

「はい」

「変った以上は、仕方がない」

「はい」

笹之助は、吐きすてるように、もう一度、

「仕方がなくなったものは、仕方がない」

といった。そして笹之助は、狂わしげに久仁の唇を吸った。吸いつづけた。

しばらくして、久仁が思い出したように、

「あ……昨夜、御寝所の床下に曲者《くせもの》が忍びこんだのです」

「…………」

このとき、一瞬のことであったが、丸子笹之助の双眸《そうぼう》に異様な光りが走った。

六

「その曲者に、おぬしは気がついたのか？」

「いいえ、わたくしは何も……御屋形さまが、そっとわたくしだけに……でも、このことは笹之助さまだけにお話するのです。御屋形さまも他言は無用と、おおせになりましたもの」

「そうか……上様が気づかれたのか……」

放心の声であった。

久仁は眉《まゆ》をしかめた。急に、昨夜の恐怖がよみがえったようである。

馬のいななきが何処かできこえた。

そして、居館をおおっている鬱蒼《うっそう》たる樹林の彼方《かなた》から、何騎もの馬蹄《ばてい》の音が次々に近より、居館の中へはいって来る様子であった。

今日もまた軍議がひらかれるのであろう。

永禄四年の今年にはいってから武田信玄は、領国の砦《とりで》の守備を強化すると共に、信州の松井の郷へきずいた海津城《かいづじょう》を守る麾下《きか》の部将・高坂昌信《こうさかまさのぶ》のもとへかなりの部隊を派遣し、兵力を増強させた。

「いよいよ、今年こそ、上様は上杉輝虎《てるとら》との決戦を行ない、最後のとどめをなさるおつもりなのであろう」

武田の部将たちも、早くからその覚悟をきめているようである。

越後《えちご》を支配する上杉輝虎は、信玄と同じ仏門に帰依していて、号を『謙信』という。

甲斐と越後の間にある信州を制覇するべく、武田と上杉の軍団はほとんど毎年のように信州へ押し出して戦闘をくりひろげていた。

「今日もまた戦さ評定《ひょうじょう》のようですね」

久仁は、木の間に主殿の屋根がわずかに見えている中曲輪《ぐるわ》のあたりを見返って、

「ほんに、戦さの絶えたこともない……」と、つぶやいた。

丸子笹之助が、つづいて何かいいかけた久仁の口を押えたのはこのときである。

「な、何を……」

「人が来る」

耳をすましてみたが、あたりはしんかんと静まり返っている。

それぞれ、城下の屋敷から参集する部将たちの馬蹄の音も、すでに絶えていた。

「来い!!」

低く叫び、笹之助は久仁の手をとって、竹林の道を駈《か》けのぼった。

ものをいうひまもなかった。久仁は、石垣の突端にたてられた毘沙門堂の中へ笹之助によって押し込まれた。

「出るな!!」するどい笹之助の声が、堂の扉の向うから飛びこんできた。

七

丸子笹之助は、久仁を堂の中へ押し入れると同時に、身をひるがえし、風のように走った。

赤松の林が、笹之助の体を呑《の》んだ。

赤松の林と竹林をへだてている小さな草原に、毘沙門堂が春の陽をあびている。

竹林から影のように草原へすべり出て来たのは、北曲輪の番所を守る足軽のひとりであった。

孫兵衛《まごべえ》とよばれるこの足軽は、もう四年も武田家につかえていた。

笹之助と孫兵衛は、草原をへだてて睨《にら》み合った。

「笹よ。おぬしは、またもしくじったな」

孫兵衛が、十間ほど向うの赤松のかげに半身を見せている笹之助へ声をかけた。

『声』といっても、それは音にならぬものであった。

孫兵衛の唇だけがうごいている。そのうごきだけを見て、笹之助もいい返した。これも音にはならない。

「死ねというのか」

孫兵衛の禿頭《はげあたま》が、こっくりとうなずいた。

禿といっても、これほど見事に禿げあがっている頭もあるまい。一点の毛根すらとどめてはいないのみか、頭だけではなく、ひげも眉毛もないつるつるの顔貌《がんぼう》は鉛色の不気味な光りを沈ませ、両眼は針のように細かった。

若くない年齢には違いないし、五十にも見え、四十にも見えるのだが、体つきは少年のしなやかさをそなえていた。

「笹よ」と、孫兵衛がいった。

「おぬしが、女の匂いにうつつをぬかし、事をあやまったのは、これで三度目になる」

「忍者だとて、女を絶てという掟《おきて》はないぞ」

「あの女は、信玄公が珍重してやまぬ回春の精じゃぞ。あの女とのあやまちを、信玄がゆるしておくとでも思うておるのか。おぬしにも、それはわかっておる筈《はず》じゃ……となれば……笹よ。おぬし、あの女を連れ、この館《やかた》を逃げるつもりであろうが」

「仕方がない」

「仕方がない、仕方がない——いつも、おぬしはそれじゃものな。だが、しくじりも三度重なったときには、死ねと頭領さまも申された。おぼえておろう」

「おれは死なぬ」

「わしが殺す」

すべては、読唇《どくしん》の術による対話であった。

堂の中に息をころしている久仁にも聞えず、ほど近い北の曲輪の番所につめている士卒の耳へも、むろんとどく筈はない。

次第に殺気をおびてきた二人の応酬が、微風よりもかそけく行なわれているのは、武田家の、どんな者にも聞かれてはならないからである。

八

「裏切者の笹よ」

孫兵衛は、一歩二歩と草をふんで近づき、

「おぬしはあの女に、体のみか、忍者の心までも吸いとられてしもうたな」

「仕方がない」

「ふふん。またか」

「孫どのに手向うぞ」

「わしに勝てると思うておるのか鼻たれめ」

「以前の笹之助とは違うぞ」

「では、笹よ。みなし児の笹よ。ふびんじゃが、命はもらった」

孫兵衛は、むささびのように草原を跳躍して毘沙門《びしゃもん》堂の背後へ身をかくしつつ、左右の手をひらき笹之助へ向けて交互に激しく突き出した。

孫兵衛の両手から、大気を引き裂いて笹之助の面上へ飛んだものがある。

『飛苦無《とびくない》』とよばれる甲賀忍者独自の武器が、それであった。

別に『苦無《くない》』という道具もある。これは一尺二寸ほどの一種の長釘《ながくぎ》で、これを石垣や岩山、または木の幹などへうちつけ高所の昇降にもちいるものだが『飛苦無』は形状が似ていても使用目的はまったく違う。

『飛苦無』は長さ二寸前後。手の親指よりややふとめの鉄製であって、まず手裏剣と同じような役目をする武器だといってよい。

この武器のあつかいに熟練した甲賀忍者は、それぞれに工夫をこらし、おのれの使いやすいものをみずから製作する。

孫兵衛が投げつけた『飛苦無』は、やや円錐《えんすい》形のものだが、その尖端《せんたん》と根もとに微妙な細工がほどこしてある。

思いのままに敵を撃ち、より強く敵の肉に食いこむための工夫であった。

筒袖《つつそで》に短い袴《はかま》を身につけただけの何処に隠しもっていたのか——毘沙門堂の背後から、赤松の林に向って飛ぶ『飛苦無』は、びゅっびゅっと、するどい叫びをあげ、数《すう》梃《ちょう》の鉄砲から撃ち出される弾丸のように、何条もの鉄線となって笹之助に襲いかかった。

笹之助の両手からも『飛苦無』が孫兵衛に飛んだ。

だが、機先は孫兵衛が制していた。

攻撃は孫兵衛の方が一歩も二歩も先にしかけていたのである。

孫兵衛の『飛苦無』をかわしながら投げる笹之助の反撃は、無効に近かった。

一本の赤松の幹だけを『たて』にとってはいるが、その位置から背後にひろがる松林へ逃げこむことは、もっとも危険であった。

孫兵衛は、堂のかげから眼と手だけを一瞬のぞかせて投げつけてくる。

そこをねらって投げ返す笹之助の『飛苦無』は、いたずらに空を切るばかりであった。

九

笹之助が、いま少し松林の中へ身を運んでおいたなら、状況は、いくらか違ってきていたかも知れない。

最後の『飛苦無』ひとつを左手から右手にうつし、笹之助は苦しまぎれに、右手に見える窪地《くぼち》へころげこんだ。

それと見て、孫兵衛は毘沙門堂のかげから飛び出し、草原をななめに走りぬけつつ『飛苦無』を投げうった。

それは、毛すじほどの差で、

「うッ……」

およそ二間の距離を窪地へころげこんだ笹之助の左腕にかみこんだのである。

もし、笹之助が、とっさに左腕をあげてふせがなければ、恐るべき鉄尖《てっせん》は彼の左眼をたたきつぶしていたろう。

いや、孫兵衛が次に投げうつ鉄尖を、まだ一個でも残していたなら、笹之助の運命も、ここに、その展開を終えていたかも知れない。

孫兵衛は舌をうち鳴らした。

そして間髪もいれずに脇差をぬき、はね起きかけた笹之助へ躍りかかろうとして、

（…………？）

ぎょっとして後ろを振り向いた。

毘沙門堂の扉を突き開け、草原に駈《か》け降りたのは、久仁であった。

「くせもの!!　くせものにござります!!」

久仁は、絶叫した。

いかに静かな決闘ではあっても堂扉のすきまから、久仁が見のがせるものではなかった。

孫兵衛は久仁を、ぎらりと睨《にら》んだ。

久仁へ飛びかかれば、左腕の負傷のみに危急をのがれた笹之助が背後から反撃して

来ることは明白であった。
孫兵衛は久仁をあきらめ、ふたたび笹之助へ殺到しかけた。
これが、笹之助が腕に鉄尖をうけてから、二秒ほどの間であった。
しかし、孫兵衛は遅かった。
この二秒は二人の立場を逆転した。
窪地から松林の草むらに躍《は》ね飛んだ笹之助は、最後の『飛苦無』を、
「ヤッ!!」
今度は気合を発して、孫兵衛に打った。
孫兵衛の体が、窪地の淵《ふち》で、ぐらりとゆれた。
孫兵衛が歯をかみならした。
孫兵衛の右眼から血がふき出した。
孫兵衛は左眼ひとつを笹之助へぎらりと向け、
「鼻たれめ!!　ようもやった」
うめくようにいった。
「くせもの!!　くせものにござります」
久仁の声が竹林を下って行くのが聞える。
笹之助は脇差をぬき放っていた。
孫兵衛は、右眼に喰い込んだ鉄尖をぬきとろうともせず、血のしたたるままに、笹

之助を睨んでいた。

十

北曲輪《ぐるわ》の番所の太鼓が鳴りはじめたのは、このときである。

領国に城らしい城を構えず、戦争とは敵を迎えるものでなく、敵を撃ち進むものだというのが武田信玄独自の兵法であった。

それだけに、この甲府躑躅ケ崎の居館は、無防備のように見えても、外部からの侵入に対しては万全の用意が常にととのえられているといってよい。

それは、孫兵衛自身が熟知している。

「笹よ。今日のことを忘るるな」

一声を投げつけ、孫兵衛はぴたりと笹之助に左眼の視線を射つけたまま、後退して行った。

後退といっても、それは瞬《まばた》きをする間もない速さであった。

孫兵衛の体は毘沙門堂の縁までさがると、その縁に左手をかけ、反動を利用してくるりと宙に舞いあがった。

これを追わんとして、笹之助はためらった。

甲賀の地で、少年の笹之助に忍者としての鍛練をほどこしてくれたのは他ならぬ孫兵衛なのである。

（孫どのを逃がしては……）

これからの自分の身は、絶えず危険にさらされるとわかりきっていても、笹之助の足は、松林の草むらに沈んだままであった。

孫兵衛は、毘沙門堂の屋根の上をまわりつつ、脇差を笹之助に投げうった。

笹之助は身をかわし、飛びぬけようとする脇差の柄《つか》をつかみとった。

孫兵衛は舌打ちをもらし、屋根から身を躍らせた。

毘沙門堂の背後は、わずかな空間をあまして、切りたった崖《がけ》が濠《ほり》に落ちこんでいる。

濠の水音が、飛びこんで行った孫兵衛を迎えた。

諸方の番所からの太鼓の音は高まりつつあった。

丸子笹之助は、ふらりと松林から出て、毘沙門堂の前へ歩んだ。

苦しげな全身の喘《あえ》ぎと汗を今になって感じた。

（おれは久仁に手を出してしもうた。だが、今度はいたずら心とは違う。おれは、はじめて久仁を見たときからあの女を……）

忍者としてもついに完成せず、その掟《おきて》から脱出しようとかかっても徹底出来ない自分に、

（おれは、つまり情にもろすぎるのだなあ）

笹之助は苦笑しつつ、右手の指で、左腕に喰い込んだ『飛苦無』をえぐり出した。

笹之助の指も爪も、刃物同然であった。

甲賀忍法

一

丸子笹之助は、捨て子であった。

近江《おうみ》国甲賀郡・柏木郷《かしわぎ》の惣社《そうしゃ》として知られた若宮八幡宮の境内に笹之助は捨てられていた。

天文《てんぶん》五年十月十七日のことである。

丸子という姓もむろんなく、笹之助という名さえつかぬ乳のみ子の彼を捨てたのは、父か、母か、それもわからなかった。

「こりゃ、捨て子じゃな」

その朝は、霧雨がけむっていた。

境内の椎《しい》の大木の根もとに、ふかぶかと藁《わら》にくるめられて泣き叫んでいる赤児をひろいあげた老爺《ろうや》がある。

柏木郷の代官、山中大和守俊房《やまとのかみとしふさ》の下男で、西六《にしろく》というものであった。

「可哀相な……。捨てておくわけにもなるまいて……」

西六は山中俊房の温顔を、とっさに思いうかべた。

西六の主人、山中俊房は、伊勢大神宮の領地となっている柏木郷の代官をつとめると共に、鈴鹿《すずか》山守護の役目をもかねている。

往古から甲賀国に土着している山中家は、甲賀の豪族の中にも重きをなしてきた。こういうわけで、若宮八幡宮とも関係がふかい山中俊房であるから、その朝も、下男西六は主人の使いで八幡宮の神官をおとずれたものであろう。

「よし、よし。もう泣くな。頭領さまが、お前の身のふり方をきめてくれようわえ」

西六は赤児をふところに抱き、鳥居前の道を歩き出した。

山峡に細長くひろがる田地にはまだ人影もなかった。

八幡宮から南へ少し進み、杣川《そまがわ》の流れにかけわたした一間の橋をわたると、山中大和守の屋敷門がある。

背後には飯道《はんどう》山の峻嶮《しゅんけん》を背負い、二町四方の石垣塀をきずいた堂々たる構えであった。

橋は、はね橋である。

橋をあげてしまえば、前は川、後ろは山という要害の地に屋敷を構えているのも、うちつづく戦乱の時代に、山中家はじめ甲賀の土豪たちが、どんな役割を果してきたかが、よくうかがわれよう。

西六老人の体温にあたためられた捨て子は、ようやく泣きやんだ。

西六は屋敷門を入ると、右側の土塀に沿って進み、玄関構えの手前まで来てすいと消えた。

土塀の一部が割れて、西六の体を呑《の》んだのである。

歩きながら西六は、仕掛けのしてある土塀の部分の下側に隠された『押し口』の楔《くさび》を足で押し、ごく自然に土塀の中の内庭へ入ったのだ。

西六を呑んだ土塀は、元のままに、その割れ目さえ見ることは出来なかった。

このように、外部から屋敷の内部へ入るための戸口は、ほとんど玄関構えだけだといってよい。

西六は内庭を横切って、先のものより低い第二の土塀に呑みこまれた。

二

そこは、奥庭の一角であった。

銀杏《いちょう》の大樹がある。その落葉が雨に濡《ぬ》れ、土に重くつみしかれた上へ膝《ひざ》まずき、西六は目の前の白い壁に語りかけた。

「頭領さま。御手紙はたしかにとどけてまいりましてございまする」

母屋の一部の、その白い壁の中から声があった。

「西六」

「はあ……」

「そこに、誰かおるのか?」

西六も一寸《ちょっと》びっくりしたようであるが、すぐに、びっくりする方がどうかしているといった顔つきになり、

「はい、赤児《やや》がひとり、おりまするで」

白壁の一隅が、がらりと開いた。

一尺四方ほどの空間の向うに、肉づきもつやもよい山中俊房の顔がのぞいた。髪はすでに白く、血色のよい面がよくこれに調和していかにも老人の健康さを思わせる。

「ふむ。何処でひろうた?」

「八幡宮境内にて、泣き叫んでおりましたゆえ」

「誰が捨てたものか……いずれ、他国のものに相違あるまいが……」

こういいつつ、俊房は両眼を細め、西六が差し出して見せる赤児を、じいっと見つめた。

「よし。もそっと、そやつの顔をこちらへ向けて見せい」

「はい」

「よいわ。ともあれ伝蔵にでもあずけておくかの」

「はい」

「よし。そうしてやろう。朝餉《あさげ》をすませたら、いま一走り、伝蔵を呼びに行ってくれい」

「承知でございますわえ」

岩根伝蔵は、山中一族のものの娘を妻にしていて、甲賀でも古い家柄の郷士であった。

大和守俊房の山中屋敷から尚も南へ、山ひだを一つまわった多加山の村に住む伝蔵は、俊房の下役として、その村を取締っている。

山中屋敷へ呼び出された岩根伝蔵に、山中俊房がいった。

「伝蔵の家には、まだ、子がなかったの」

「はあ、生まれぬ筈《はず》がござらぬので……」

「は、は、は——」

「おそれいりまする」

「こればかりは仕方のないことよな。どうじゃ、子をひとり育ててみぬか」

西六が差し出す赤児を見て、三十八歳の伝蔵は、これを抱きとり赤児には『笹之助』という名がつけられた。

「男の子が生まれたら、左様に名をつけようと考えておりました」

と、伝蔵が山中俊房にいった。

三

笹之助は、すこやかに成長した。

笹之助のつぶらな双眸《そうぼう》は、岩根伝蔵夫婦の心をひきつけずにはおかなかった。

「ほんに、この腹をいためた子のように思われてきました。今さらながら頭領さまのお心入れを、有難く思うております」

伝蔵の妻の小里《こざと》は、夜更けの寝物語に、しみじみと夫へもらすのである。

「おれも笹がこの家へ来たころはまだ、わしがおぬしに生ませた子を、一人ほしいと考えていたものじゃが、今では、もう……」

「ほんに……?」

「ほんにともよ」

子を生まぬためか、四十に近い小里なのだが、娘のころの羚羊《かもしか》のような弾力と柔軟さを、まだその肢体に残していた。

幼い笹之助が眠ったあと、寝所での夫婦ぶりは、かなり濃密なものである。

「おぬしの肌の匂いは、娘のころから少しも変らぬような気がする。二十年も、この、ぬめやかな肌と共に暮すことが出来たおれは、幸せものだよ」

伝蔵は、榾火《ほたび》に浮ぶ妻の胸乳にひげ面をうめ、そんな甘い言葉を飽きもせずにいいつづけてきたのだ。

その言葉を、もし笹之助が耳にしていたら、

「父《てて》どのが、そういわれるのは無理もない。おれだって母《かか》どのの、あのよい匂いのする肌のぬくもりは忘れられぬ」

成人してから、きっと、そうつぶやいたことであろう。

女の肌の匂いというものは千差万別であって、ことに体臭のうすい日本の女が化粧の匂いをまぜぬ真からの肌の香りをもつということは、少ないといってよい。だが特殊な例もないことはない。

小里にしても他の女たちと変ったものを食べているわけではないから、おそらくそれは、生得《しょうとく》そなわった体質が生んだものであろうか。

小里の肌の匂いは、特殊なものであった。

野面をわたる微風が汗ばんだ肌をこころよくゆるませる初夏のころ、笹之助は小里のふところに抱かれて、義母の豊満な乳房の谷間からたちのぼる、えもいわれぬ香りにうっとりとなったことを、子供心にもおぼえている。

千年も昔、淡路《あわじ》島に漂着した熱帯産の香木で、沈香《じんこう》とよばれる薫りたかい樹木の切れはしがあったという。

それは今でも、南方の国々から日本へ渡来し、貴人たちの好むところとなっているそうだが、甲賀の里の人びとには無縁のものだ。

笹之助も成人してから、沈香の香りを知ったが、

(母どのの肌の匂いには、とても及ばぬな)

小里の体臭には、初夏の陽光にふくらむ木の実の素朴な香りと、ひそやかな甘い官能をふくんだ酸味がまじり合っていて、しかも女の年齢にかかわりのない清浄さがふくまれていたのである。

小里が笹之助にあの『飛苦無《とびくない》』の稽古《けいこ》をつけはじめたのは、笹之助が五歳の夏のことであった。

四

日本における忍術というものはどういう歴史をもっているのか……。

その根元をさぐることは、むずかしい。

古来、日本の文化は、南方諸国や中国から、海をわたってもたらされ、渾然《こんぜん》たる独自の様相をそなえるにいたった。

国の歴史は、政治・学問・芸術などによってもときあかせようが、また一つには相次ぐ戦乱の歴史だともいえよう。

そしてまた、そこにこそ、人間の歴史を見出すことが出来る。

忍術という一種の兵法も、いまのべた海外からのさまざまな文化と人間とが、渡来し、交流が行なわれると共に、日本へ根をおろし我国独自の『忍びの術』が生まれたものであろう。

忍術といえば『甲賀・伊賀』の二流によって代表されているが、その他に数種の流派が存在した。

武田信玄は、木曾《きそ》や甲斐の山間や、または伊那谷《いなだに》に土着した忍者たちの中から選りすぐったものを召しかかえ、古今無類といわれた間諜網《かんちょうもう》を完成したといわれる。

それはともかく、甲賀・伊賀の両地における忍術がなぜ著名なものとなったか……。

「この甲賀の地はな、昔むかしのころより、戦さの中心となった京の都にほど近いところゆえ、いやでも、戦さの中に巻きこまれずにはおられなんだのだ」

少年の笹之助が、日毎に鍛練を加え、どうやら忍者としての資格をそなえようと見きわめがついたとき、岩根伝蔵が『甲賀忍法』の由来を語ってきかせた。

「母も、若いころは他国へ出て、必死に働いたものですよ」

と、小里も傍から口をそえる。

京は、往古から日本の首都であった。皇室という象徴とむすび、日本における権力をつかみとるべく、戦乱は絶えない。

京を制することは日本を制することであった。

甲賀と伊賀は山脈ひとつをへだてて隣り合い、いずれも二十里そこそこの近くに京の都をのぞみ、しかも、周辺を重畳たる山々にかこまれているのだ。

ことに甲賀の地は、近江国の東南にあり、昔から京・奈良・伊勢など、政治や文化・経済の中心であった地域と、関東をむすぶ路がひらけ、さらに山岳と川によって自然の要塞《ようさい》をなしていた。

隠れるによく守るによく、この地に『甲賀武士』とよばれる特異な土豪の一団が発生したのは当然であった。

「われら甲賀のものはな……」

と、伝蔵は笹之助に語った。

「われら祖先のものは、古来より皇室の庇護《ひご》をうけ、この甲賀の地にまつられてある数かずの神社を守ってきた。したがって、世にいわれる権勢とはむすびつかず、もし、天皇に一朝事あるときこそ出でて戦い、常づねのときは田畑をたがやし、甲賀の地の平和を守りつつ、忍法の鍛練にはげんできたものよ……だが、いまは、もうそのような世の中ではなくなってきたのじゃ」

五

岩根伝蔵は、ふっと嘆息をもらし、

「好むと好まざるとにかかわらず、この甲賀の地も、権力争いの渦の中に巻きこまれなくてはならなくなった。おそらく、これからもそうなるであろうし、うかつに道をあやまっては、われらの土地も家も、うしなうようなことになるかも知れぬ」

足利将軍・義政のころに始まった守護大名たちの権力あらそいは世に『応仁《おうにん》の乱』とよばれ、十一年もの間、京の都で激しい戦いがつづけられた。

京の町は灰燼《かいじん》となり、地獄のような世相となったが、それから現在まで、諸国の大名や豪族たちは絶え間ない兵乱を諸方にまきおこしている。

そのころの足利将軍は、十二代目の義晴《よしはる》であったが、将軍としての力はまったくおとろえてしまっている。

足利将軍をいただく室町幕府の政治をとっていた名門の守護大名たちも、それぞれ権力争いに熱中していた永い年月の間に、勢力をうしなってしまった。

「今や、すでに、古い力は消え去ろうとしているのじゃよ。よいか笹之助——九州には大友、中国には大内・毛利などの豪族が、今まで従ってきた名門の大名たちを押しのけ、新しい戦国の大名たらんとしておる。甲斐の武田や関東の北条、駿河《するが》の今川なども、みなそれだぞ」

義父の伝蔵が嚙《か》んでふくめるように語って聞かせる言葉を、笹之助は瞬《また》きもせずに、好奇と興味に眼を輝やかせ、夜になると、前夜のつづきをせがむのである。

「ふーん。それから、……その次はどうなってじゃ、父どの」

そのころ、笹之助は九歳から十歳という年ごろであった。精神と肉体が徐々にその形成の土台をつくりつつあったときだ。

長享《ちようきよう》元年の秋。時の将軍、足利義尚《よしひさ》の軍に追われた近江の国の守護大名・六角高《ろつかくたか》頼《より》は、甲賀へ逃げこんで来た。

甲賀武士たちは六角高頼を助け、これをかくまうと共に、屈強の忍者部隊を走らせ、足利将軍の本営を夜襲し、足利軍を敗走せしめた。将軍の義尚も、この忍者の一隊に襲われて重傷を負った。

義尚は、これが原因となって一か月のちに死んだという。

この戦さ話に、笹之助は、もう夢中になってしまった。

「父どのも、その戦さには出たの？」

「うんにゃ、おれが働いたのは、もっと後だ。のう小里よ」

「あい」

ともかく、そのころから、甲賀武士の足利将軍に対する信頼はほとんど消失していたようだ。

「これからは、もっとすさまじい世の中がやって来よう」と、岩根伝蔵はいった。

六

足利将軍が、おのれのための戦争と、おのれのための享楽に大名たちを引きつけて昔日の勢いをもり返そうとすることは、まことに頼りない、おろかなことであった。

甲賀の武士は、甲賀の土地にめぐみをかけ、これを守ろうとしてくれる大名たちの側について、あくまでも足利将軍と闘った。

岩根伝蔵が、実戦に加わったのは、永正七年の二月であった。

このときも足利将軍の命をうけて甲賀へ攻めよせた細川高国《たかくに》の大軍を迎え、甲賀の忍者部隊は、大いにこれをなやませ、ついに撃退してしまった。

ときに伝蔵は、十二歳であったという。

「父どのはなあ、笹之助。その戦いの折、攻めよせて来た敵の本陣へ、ただひとりで忍び入り、敵の大将の細川高国の御曹子《おんぞうし》、高安どのの首をかき切って戻ったのじゃ」

ほこらしげに、小里は夫の顔を見やって、笹之助へそういった。

「母どのは、そのいくさに、どんなはたらきをした？」

「まあ」

小里は笑った。その明るい笑い声は、こだまのように岩根家の居間をみたした。

「わたしは、そのときはまだ、四つか五つじゃもの。わたしが京の様子をさぐりに出たり、旅芸人に化けて敵軍の陣営へ忍び入ったりしたのは、十九のころで、そのころ、わたしは、もうそなたの父どのと夫婦になっていたものじゃ」

足利将軍が無力となった現在、甲賀五十三家とよばれる土豪の指導者たちは、油断なく諸国に間諜《かんちょう》を放ち、その報告をもとにして時勢の流れに押しつぶされまいと苦心をしていた。

前にのべたように、ただ六角家の味方をして、将軍の圧迫をふせぐというような単純なやり方ではどうにもならなくなってきている。

時代は、まさに大きく変わろうとしていた。誰が、何時、天下の覇権をつかみとるか、今や混沌《こんとん》たるものがあった。

と同時に、戦闘における忍術の重要さをさとった諸方の戦国大名たちは甲賀・伊賀の地から争って忍者を雇い入れようとした。

甲賀では間諜からの報告とにらみ合せ、有力と思われる戦国大名たちに忍者を選抜して送りこんだ。

これによって大きな報酬を得ると共に、どの大名が天下をとっても甲賀の地が安全であるようにはかったのである。

「しばらく、留守にするぞ」

簡単な一言を残し、岩根伝蔵が甲賀の家を出て行ったのは、天文十八年夏のことであった。

そして、ふたたび伝蔵は、小里と笹之助のもとに帰っては来なかった。

伝蔵が死んだとの知らせを、小里がうけたのは翌年の春になってからだ。

笹之助は十五歳になっていた。

七

「伝蔵は、今川家の忍者として三河《みかわ》・安祥《あんじょう》の城攻めに加わったが、惜しくも討死をしたそうじゃ」

頭領・山中大和守俊房の屋敷へ呼び出され、小里は、俊房から夫の死を告げられた。

三河と駿河一帯に勢力をひろげつつある今川義元の求めに応じ、甲賀では岩根伝蔵をかしらに、下人だが腕利きの忍者である孫兵衛・伊十郎など四人のものをつけて今川家へ投じた。

今川義元は、尾張《おわり》の織田信秀を相手に、勢力を争っている最中であった。

安祥城にこもる織田軍を一掃し、三河に喰い込んで来た織田の楔《くさび》を払いのけようというわけであった。

伝蔵たちは、たくみな工作によって近江の農夫に化け、織田の募兵に応じ、歩卒として城中に入る。

城の総攻めがあったのは天文十八年十一月八日のことだ。

伝蔵たち甲賀忍者は城の内部にあって今川軍を誘導し、大手の城戸《きど》に火をはなち、城中にこもる織田軍を攪乱《かくらん》した。

「伝蔵ほどのものが、よもや……と、わたしは思うていたのじゃが……よほど運がなかったものと見ゆる。乱戦のさなかに鉄砲を……」

ちょっと声をのんだ山中俊房は、ややあって部屋の隅を見返り、

「のう孫兵衛」と、声をかけた。

忍者・孫兵衛の頭には、そのときから一本の毛も無かった。眉《まゆ》もひげも……。

「いたしかたござりませぬ」

小里も甲賀の女である。いさぎよく、夫の死をあきらめた様子であった。

「これは、今川家より、そなたによこしたものじゃ」

山中俊房は、礼金の入った革袋を小里の前へ置いた。

「伝蔵の働きにて、見事、城は落ちた。何も彼も、甲賀のためだと思うてくれい」

「承知いたしおりまする」

「笹之助は元気か」

「はい」

「笹之助にも、いずれ働いてもらうときがこよう。なおも、忍法の修業をおこたらぬよう、これからは、孫兵衛について励むがよい」

「はい、孫どの。よろしゅうに……」

孫兵衛は、夕闇がたちこめた薄暗い部屋の隅から、うっそりと小里へ頭を下げた。

「下人なれど、孫兵衛の忍法は鉄壁じゃ」

と、山中俊房はいった。

以後――笹之助は父の死を哀《かな》しみつつ、村外れの孫兵衛の小屋へ通った。

孫兵衛の鍛練は、激しいものであった。

「忍者はな、闇の中でも見にゃならぬ。けもののように走り、鳥のように飛ばにゃならぬ。そのためには、けものや鳥と同じような生きものにならにゃならぬ」

孫兵衛の叱咤《しった》は異常なほど熱がこめられていた。

「わしはな、笹どの。銃丸に胸をつらぬかれたおぬしの父御から、くれぐれも、おぬしのことをたのまれたのじゃ。わしの修業に弱音を上げたなら、殺してもよいとな」

八

笹之助の修業は、孫兵衛により根柢《こんてい》からやり直しをさせられた。

鼻の先に一すじの糸くずをはりつけられ、その糸くずを落すことなく走りまわる整息の訓練から始められたのである。いかなる場合にも、忍者の呼吸は他人に気取られてはならない。これこそ忍法の基本だともいえよう。

この程度のことは、すでに笹之助も体得をしていた。

爪先きで歩く『歩行術』も同様であった。

『跳躍の術』も、五十尺（約十五メートル）の高所から平気で飛びおりる忍者の常識をこえて、笹之助は孫兵衛の指導をうけてから、七十尺の崖《がけ》を跳躍することが出来るようになったし、下から上へ十尺余を飛び上ることも可能となった。

「笹どのは、どうやら、ひとり前の忍者になれそうだわえ」

「本当か？　孫どの」

「じゃがな……」

孫兵衛の針のような眼は、決して冷ややかな光りを消さなかった。

「じゃが、おぬしの眼が、わしには気にかかる」

「おれの眼が……？」

「情にもろい眼かも知れぬ」

その意味が、そのとき笹之助には、まだよくわからなかった。

岩根伝蔵が死んで二年後の天文二十年の冬に、突然、小里が死んだ。

腸がねじれるようだと激痛を訴えてから一日後に、笹之助や親類の看護もむなしく、死んでいったのである。

死ぬ少し前に、小里はやや平静をとりもどした。深夜であった。熱を冷やすための水を汲《く》みに出て、廊下を戻って来た笹之助は、弱々しい母の声を耳にとらえた。

笹之助の五感のうち、その聴力は、もっとも鋭敏であった。

「あの子が捨て子じゃと、伝蔵どのが、申しましたか……」

小里の声が、そういうのを、たしかに笹之助はとらえた。

忍者は平生《へいぜい》、廊下を歩むときでも、その気配をまき散らすことがない。

その声を聞いたとたんに、笹之助の体は音もなく戸を開けて庭へ抜け出していた。

そのとき、小里の枕頭《ちんとう》にいたのは、孫兵衛ひとりであった。

「伝蔵どのが息をひきとらるる前に、わしへ打明けもうした」という孫兵衛の低い低い声音も、笹之助はとらえることが出来た。

「笹どのを、甲賀忍者として恥ずかしくないものに仕立ててくれよと、この孫兵衛はたのまれもうした」

「そうでありましたか……」

翌早朝——息絶える直前に、両腕をのばして十六歳の笹之助の頭をかき抱いた。

小里の肌の香りは消滅していた。

「父と母を忘れてくるるなや」

あえぎつついって、小里は眼をとじた。

その夜になって、孫兵衛が、そっと笹之助を弔問客が集まっている部屋から庭へ呼び出して、こういった。

「笹どのは、わが身の上を知ってしもうたな。昨夜、床下で……」

九

笹之助は、自分が若宮八幡境内に捨てられていた子だと知ってからも十六歳の青春に異状をよぶことはなかった。

(おれには、岩根の父母より他に両親はないのだものな)

自分を捨てた父親なぞは、考えてみたくとも考えられなかった。

しかし、小里が育ての親と知ってから、笹之助が亡き義母を想う心に、微妙な変化が生じたことは、たしかなことである。

それは、小里を母と考えることの他に、一人の女性として想いうかべるようになったのであった。

小里の肌の香りは、青年期に足をふみ入れた笹之助の脳裡《のうり》に浮び、笹之助をなやませた。

(母どのの、あの温《ぬく》とい匂いは、忘れようとて、おれは忘れられぬ)

岩根家をつぎ、村の取締りにも任じた笹之助は、眠る間も惜しんで忍法の鍛練に熱中した。

愛する父母を失った彼が全身を打ち込むことといえば、それ以外の何があったろう。

一年、二年と歳月はまたたく間に流れ去った。

時勢は、またも、あわただしく変転しつつあった。

駿河・三河一帯における今川義元の勢力はまだ伸張しつつあるが甲斐の武田晴信（信玄）は近隣の諸国を次々につかみとって、戦国大名たちに脅威をよんでいる。

越後の上杉謙信（当時は長尾景虎とよんだ）は、武田におとらぬ武勇をほこる闘将であった。

安芸《あき》の毛利元就《もとなり》は、宿敵の陶《すえ》氏を厳島《いつくしま》の海戦にほろぼし、中国一帯を手中につかみかけている。

織田家では、父信秀の後をつぎまだ二十を出たばかりの織田信長が異常な情熱を燃やし、奔放自在な力量を駆使しつつ、中央進出をねらっているという。

甲賀の忍者たちも、いそがしくなりはじめた。

弘治《こうじ》元年の正月――。

笹之助は孫兵衛と共に、関東の北条氏康《うじやす》に雇われて、甲賀を出発した。

当時、北条氏康は、越後の上杉謙信と上州・信濃《しなの》を舞台に戦いをくり返していたのである。

「上杉を相手の仕事なら、しておいてよかろう」

山中大和守俊房は、断を下した。

「上杉謙信という大将の猛烈果敢な戦さぶりは、わしもよう知っておるが……なれど、遠く雪ふかい越後の国から、ひしめき合う群雄を切り従え、京を制することは、いかな謙信といえども不可能なことであろう」

頭領山中俊房は笹之助を見やり、

「このたびの仕事は、お前が忍者としての初陣とも申すべきものじゃ、しっかり働いてまいれ」と激励をした。

十

笹之助は、孫兵衛と共に越後の国へ潜入した。

上杉謙信は、冬の間を雪にうもれた越後にすごし、雪解けと同時に、上州や信濃へ出陣する。

中央進出のためには、すこぶる不利なわけであった。

甲斐の山国にいる武田信玄の方が、まだしも有利であった。

しかし信玄にとっても、春ともなれば上杉軍が上信の地へ押し出して来るので、うっかり甲斐の国を空《から》にして中央へ乗り出すわけにも行かない。そんなことをしたら、上杉謙信は、甲信国境の山をこえて、雪崩のように甲斐の国へ乱入してくるに違いなかった。

上信二国は、武田と上杉にとって重要な意味をもっているわけだが、関東の北条氏康にしても、上杉謙信という猛将を野放しにしておくことは出来ない。

上杉が中央進出を成功させるためには、上信二国を従えたのち、関東一帯を手中におさめなくてはならないからである。

この年も、春と共に動き出して来る上杉軍の動向を探知するため、甲賀から雇い入れた笹之助と孫兵衛を越後に向けたわけだ。

旅僧に化けた二人は、信濃路から越後へ入った。

謙信が住む春日山城《かすがやま》（高田市）では、今年も、部隊の編成があわただしくおこなわれている。

近くの村々へ入り、探りをつづけるうち、今年の上杉軍の攻勢は、まっしぐらに上州から関東へ向けられる計画だということがわかった。

この間に、笹之助と孫兵衛は、三度も春日山城内へ忍び入って、部将たちの会議の模様まで探りとったのである。

ところが、上杉の先鋒《せんぽう》部隊が出発したのを見とどけ、

「そろそろ、われらも引きどきだな、孫どの」

「左様」

富倉《とぐら》峠山麓《さんろく》の小さな村まで来て、そこの農家に泊った。

農家には、先年、夫を亡くしたというみずみずしい寡婦《やもめ》がいた。

ここで、笹之助が右足の指をいためた。

ひょうそであった。

「不心得な!!」

孫兵衛は叱ったが、患部を切開し、練り薬をぬって手当をした。

「二日後には発てよう。わしはひと足先に行くで、気をつけなされ」

孫兵衛は、笹之助を残し、一散に関東へ駈け去った。

笹之助は、二日どころか、七日も、その農家に泊ってしまった。

みずみずしい寡婦の誘惑にうちかてなかったのであった。

女体というものを、この女体に、笹之助ははじめて知ったのである。

ところが、笹之助は忍者の使命をもつ身だということを、すっかりかぎとられてしまった。

十二

その寡婦は、名をたよといった。

三十には、まだ少し間もあると見たが、色がぬけるほど白く、ねっとりとした肌と肉が肢体のどこの箇処にももりあがっていた。それでいて農婦らしく、手も足もかたく引きしまっている。

たよは、素朴で強烈な愛撫《あいぶ》を笹之助にあたえた。しかし肌の匂いは、母のそれとは比べものにならず、生ぐさかった。

けれども初めての女体にこうも狂おしい仕方をされては、たまったものではない。七日いて、やっと、笹之助は腰をあげた。

「名もなき旅の僧に、あつきおもてなしをたまわり、生涯、忘れられぬことでございましょう」などと、もっともらしく挨拶《あいさつ》をし、笹之助は、まだ未練をおぼえつつ出発した。

「おらも、坊さんのことは死んでも忘れませぬ」

たよも、涙ぐみさえして笹之助を見送ったというのに……。

たよは、上杉方の間者だったのである。

笹之助にしても、たよの愛撫におぼれながら、尚も気をひきしめうかつなことは洩《も》らさなかったつもりだが、それでも心身の緊張はゆるんでいたものと見える。ふところ深く隠し持った『飛苦無《とびくない》』数個のうち、一個を、たよに盗みとられていたことに気がつかなかった。

富倉峠の頂上で、たよの報告をうけた上杉の士卒が笹之助に追いつき、凄絶《せいぜつ》な乱闘が展開された。

笹之助は『飛苦無』を投げつけ、見事に切り破って逃げることが出来た。

（あの女め、上杉の忍者だったのか……）

さすがに気がついた。

『飛苦無』が一つ不足していることもわかった。

笹之助も茫然《ぼうぜん》となったがもう遅かった。

その年の上杉軍の攻勢は、一転して武田軍に向けられたのである。孫兵衛の報告とは、うらはらになってしまったので、

「甲賀忍者の名折れではないか!!」

山中俊房は、きびしく孫兵衛を叱りつけた。

その傍で、笹之助はうなだれていた。

山中屋敷を出てから、孫兵衛がきらりと笹之助をにらんだ。

「笹どの。わしが発ったあとで、おぬし、あのやもめ女と、何かあったのではないか」

「いや……何もない」

「傷口が……」

「七日の間も、おぬしは、あの家にとどまっていたのか？」

「黙らっしゃい。この孫兵衛の眼をくらませると思うてかい。いえ、いわぬか!!」

「知らぬ。おりゃ知らぬわ」

だが、翌年の春になって、北条氏康の使者が山中屋敷へ来て、氏康の怒りのこもった手紙をおいていったので、すべては山中俊房の知るところとなった。

それによれば——一と月ほど前に、越後の上杉謙信から、北条氏康のもとへ一通の書翰《しょかん》がとどけられたのだという。

十三

――先年は、旅僧二人の忍者をよこされたが、われらの女忍者がさそいにのり、見事、正体をあらわしてしまい、気の毒に存ずる。今年は如何？　北条殿のもくろみや如何？　それがし、たのしみに待っておりますぞ……。

およそ、右のような手翰《しゅかん》を謙信は氏康に送ったのだ。

氏康が怒るのも無理はなかった。

去年の交戦期は、孫兵衛の報告により、上杉来攻必至と見て、氏康は上信二国に軍を向け、そのために背後から今川義元におびやかされ、大いに苦労した。

その甲斐《かい》もなく、上杉軍は体をかわして、武田軍へ当った。

今川義元は武田信玄と同盟をしている。

この二人が、それぞれ力をわけて敵に当ったというのに、北条氏康は、北条・武田の同盟攻勢にまで神経をつかっていたのだ。

孫兵衛にも笹之助にも、甲賀にも、北条氏康からの報酬は出なかった。

そればかりか、この一事によって甲賀忍者への信頼が落ちることを、何よりも孫兵衛はくやしがったのである。

「笹之助どのを御成敗あるべきかと存じまする!!」

孫兵衛は、刃物のような口調で山中俊房に迫った。

「こののち、甲賀忍者の……」

「もういうな。このたびのことは孫も責めを負うべきであろう」

「それは……」

孫兵衛は、眉《まゆ》のない、てらてらと光る額の下にくぼんだ眼を屹《きっ》とあげ、

「笹どのを手にかけ、わしも死にまする」といった。

「よいわ」

山中俊房も、凜《りん》とした声を張り、

「二人とも甲賀にはかけがえのない技倆《ぎりょう》のもちぬしじゃ。以後はともかく、このたびは、眼をつむろう」といった。

それから二年たった。

孫兵衛が笹之助へ対する訓練は、激しさの度を加えるばかりであった。

そして笹之助は、山中俊房によって、忍者としての学問を教えられるようになった。

忍者は、天文・地文・歴史・心理の学に通ずるばかりでなく、諸国の風習・方言・地理・制度にも通じ、しかも、芸能から賭博《とばく》にまで会得をもたねばならない。

(ああ！　おれの道も、まだ遠い)

山中俊房は、さすがに甲賀郷士の頭領をもって任ずるだけのことはあった。

その博学は、多彩な豊富な体験によって裏づけられ、俊房の血肉となっている。

(おれが、頭領さまほどの忍法を身につけるためには、あと何年かかるだろうか…

……)

しかし、男としてやり甲斐のある仕事だと笹之助は思った。懸命に彼は励んだ。

その間にも三度ほど諸方にやとわれて行き、笹之助は相当な活躍を見せたのである。

孫兵衛も、どうにか愁眉《しゅうび》をひらいたようであった。

十三

この間の笹之助は、山中俊房からも孫兵衛からも『女色』を絶つことを厳命されていた。

笹之助も懸命に耐えた。

「女におぼれず、女をあやつるまでになれたとき、他国でのそれは許される。その見きわめがつくまでは、ならぬぞ」と孫兵衛はいった。

「女ほど油断のならぬものはない。忍者の強敵じゃ。おぬしの、その両眼が情にくもらず、氷のように冴《さ》えてくるまでは、辛抱なされ」

弘治三年の冬になった。

笹之助は、またも失敗した。

またも女であった。

その女は、おどろくべきことに山中俊房が、笹之助をためすために向けた『忍者』であった。

この『女忍者』は、年も押しつまった吹雪の夜、巡礼の姿となって笹之助の家にあらわれた。

まだ十六か七に見えた。

両親に早く死に別れ、旅をわたって暮しているといった。腹痛と下痢がひどく、宿へ泊る銭もないといった。

笹之助はまんまと引っかかった。

女は（少女とよんでもよかった）見るからにいたいたしく、清純な面と肉体を有していたのだ。

女は十日も滞在した。

笹之助の家には、下女が一人と下人二人がいたので、女は土蔵の中へ寝かせておき、笹之助は、五夜も通いつめた。

少女が去った翌日に、山中屋敷から呼び出された。

山中俊房のうしろに控えている女を見て、笹之助は息が止ったかと思った。まぎれもなく、それは、あの巡礼の少女だったのである。

「誓いを破ったな、笹之助」

俊房にいわれて、笹之助は、いきなり脇差を引抜き、喉《のど》へ当てた。

そのとき女の手がさっと上った。

女が投げたのは窓際におかれた机上の筆一本であった。脇差が、笹之助の手からぽろりと落ちた。手首が、じいんとしびれていた。

女はかすかに笑った。

「於万津《おまつ》は下ってよい」と、俊房がいった。

一礼し、女は部屋から消えた。

あとできくところによると、その女――於万津は、俊房直属の女忍者であり、諸国の情勢をさぐっては戻り、戻るとすぐにまた俊房の命をうけて甲賀を出て行く、という仕事を、もう十五年もつづけているという。

年齢は三十二歳だときいて、笹之助は驚嘆した。

女は、笹之助の愛撫《あいぶ》をうけるにも初々しく、たどたどしかった。乳房も小さく固かったのである。

「今度も眼をつむろう。ただし、この次は……三度目には命なきものとおぼえておけよ」

山中俊房の声が『いつわり』でないことを、笹之助はひしひしと感じた。

十四

永禄元年三月――。

二十三歳となった笹之助と孫兵衛に、大命が下った。

駿河の今川義元からの依頼であった。

「この仕事は、秘密の上にも秘密でのうてはならぬ。よいか」

こう念を押した山中俊房は、

「甲斐の武田晴信を刺すのじゃ」

孫兵衛は平然とうけたが、笹之助はやや意外の感もないではなかった。

今川と武田は同盟をむすんでいるのである。

しかも晴信――武田信玄の長子太郎義信は今川義元の娘を妻にしているばかりか、信玄の父信虎も今川家の客分となって駿河にいるのだ。

同盟関係にあるばかりか、親戚《しんせき》の間柄も深い武田信玄を、今川義元がひそかに暗殺しようとしているのであった。

(なるほど。戦乱の世とは、こうしたものなのか……)

笹之助は、いまさらに時代のおそろしさを感じた。

(頭領さまが、この世に、甲賀の地をいかに守りぬこうとしているか、ようわかってきた……)

そのために自分も命をかけて働くのだと思うと、笹之助は新鮮な闘志が体内にみちてくるのをおぼえずにはいられなかった。

「他の大名とは違い、武田晴信はみじんも油断ならぬ大将じゃ。熟練ものの孫兵衛に、まだ若い笹之助をそえてやるのも、反《かえ》って晴信の眼にくもりをあたえようと考えるからじゃ」

俊房は、しばらく瞑目《めいもく》していたが、

「武田を倒せば、今川が天下をつかむやも知れぬ。武田をこのままにしておけば、武田が天下びとになろうやも知れぬ。なれど、双方を秤《はかり》にかけてみると、武田は、いかにも不利じゃ。あの山国から中央へ打って出るには……ともあれ、わしの考えでは、ここで今川を助けおくも悪うはないと思う。よし天下びととなれずとも、今川義元は、この戦乱の世に生き残れる大将だと思う」

こうした重大な秘密の伝達がある場合、甲賀にあっても『読唇の術』によって会話がおこなわれる。

「まず、笹之助を塚原卜伝《ぼくでん》のもとへ弟子入りさせるのじゃ」

こういった頭領さまの唇の動きを、笹之助も、はっきりと読むことができた。

「なるほど」

孫兵衛が深くうなずき、

「さすがは頭領様。おどろき入りましてござります」

「孫兵衛はどうする？」

「私めは、別の口から入り込みまする」

塚原卜伝

一

笹之助と孫兵衛は、別々に甲賀を発した。

「いずれ、甲斐の国で会えようわい。それまでにわし一人にて仕とめることが出来なんだらばじゃが……」

ひと足先に出発する笹之助を鈴鹿峠まで送って来てくれた孫兵衛は、

「なれど、よいか笹どの。女にはくれぐれも気をつけよ。今度女にしくじったら、わしがおぬしの息の根をとめねばならぬものな」

「わかっている」

「塚原卜伝は天下に隠れなき剣士じゃ。決して甲賀の者だとさとられるなよ」

「わかっている」

夜の闇の中であった。

しかし、二人は、それぞれの顔のいろまで見ることが出来た。

闇の中にも見えるけものの眼をもつことは忍者として初歩の修業なのである。

「で、孫どのは、これから?」

「わしのことは気にかけるな」

「そうか……」

「行け、笹どの。首尾ような」

一日に四十里は軽く走る笹之助であった。

数日後に、笹之助は常陸《ひたち》の国（茨城県）へ入った。

肩に木刀の袋を背負い、編笠《あみがさ》をかぶり、たくましく陽に焼けた笹之助は、見るからに武者修業の若者である。

塚原卜伝の屋敷は、鹿島神宮から約一里ほどはなれた小さな丘の上にあった。

屋敷といっても、周囲には石垣をきずき濠《ほり》をめぐらしてある。

いざとなれば敵を迎えて戦いを行なうという構えが屋敷内に見てとれる。

これは塚原卜伝が剣士であると共に鹿島の領主でもあるからだ。

だが、日本の諸国には絶えず戦乱の風が吹き荒れているのに、常陸の国は静穏であった。

このあたりは佐竹氏の属領であり、領主の塚原卜伝は佐竹氏の被官ということになる。つまり佐竹氏に従う小領主というところだ。

菜の花が咲き、鳥は唄《うた》っている。

笹之助は、春の光につつまれた道を進み、濠にかけられた橋をわたった。

塚原屋敷の表門は開け放たれていたが、門を一歩入るや、すぐに、

「どなたじゃ？」

門傍の番所から声がかかった。

笹之助は笠をぬぎ、神妙に、あくまでも朴訥《ぼくとつ》な様子をくずさず、

「それがしは相模《さがみ》の国丸子の里の住人にて丸子笹之助と申します」

中年の足軽が番所から出て来た。

「丸子殿とやら。何か御用事かな？」

「はい。それがしは、未熟ながら剣の道にはげみたく諸国をまわり修業をつづけております」

「ほう。では何かな、殿様のお教えを受けたいとでも申すのかな」

「はい。はいッ!!」

二

「だめじゃ」

足軽の返事はにべもなかった。

「殿様はもう、剣術をおやめ遊ばされたゆえなあ」

「何故でござる？」

「もうな、お飽きあそばしたのであろうよ」

笹之助は懸命に、

「剣の道をこころざすものとしてぜひとも塚原様にお教えいただきたく、命をかけてやってまいりました。ともあれ一応は、お取次下され。お願い申します。この通りでござる」

相模なまりの言葉をつかい、笹之助は、いかにも若者らしい熱誠をこめ、ぴたりと地に坐《すわ》り、足軽に向って両手をついた。

笹之助は、相模国の郷士の息子という人物になりきっていた。

忍者には高度の演技術が必要とされる。

本体を見破られぬためには、変装した人物の心になりきってしまわねばならない。

「お願いでござる。ぜひにもお取次下されたし。この通り、こ、この通り……」

頭は足軽に下げているうちに、笹之助の両眼には剣ひとすじに命をかけたものの情熱がきらめき、涙さえ浮びはじめた。

「困ったのう……」

中年の足軽も困惑の体である。

そこへ、番所の中から別の足軽が二人あらわれた。

「若いに似合わず熱心な人ではないかよ」

「それに、礼儀も正しいぜや」

「殿様に、ちょっと申しあげてみろや」

「しかし、殿様は、もう剣術はやらぬと……」

「だから、お目にかかるだけでもこのお人は満足するじゃろよ。一度、取次いでみろや」

「そうかのう」

「お願い申す。おたのみ申す。こ、この通りでござる」

笹之助は両手を合せ、眼をとじて見せた。

中年の足軽も、合掌までされてはことわりきれなくなったらしい。

「では、少々待っていて下され」

木立のしげる道を、彼方《かなた》の玄関構えの方へ去った。

笹之助は坐ったまま、汗をぬぐった。

足軽のひとりが冷たい水を椀《わん》に汲《く》み入れてきてくれた。

「殿様も、今年で七十になられてな。もう弟子を教えるのがめんどうにおなり遊ばしたのじゃよ。諸岡一羽《もろおかいっぱ》様、松岡則方様、斎藤主馬之助《しゅめのすけ》様など、門人の方々のうちでも一流となられた方々もお手をはなれ、殿様も今はな、ひとり静かに世を送りたいと、こうおっしゃってのう」

中年の足軽が戻って来た。

「やはり駄目じゃ。帰ってもらえとおっしゃったそうな……」

三

笹之助は黙って門を出て、濠にかけられた幅一間ほどの橋をわたった。

わたったところ、つまり橋のたもとに、笹之助はあぐらをかいた。門の前へ足軽が出て来て、こちらを見ながら、何かしきりにささやき合っている。

腕を組み、眼をとじ、笹之助はもうぴくりとも動かなくなった。

（まず、これから始めよう）

いきなり訪ねて入門を許されようとは思っていない。坐りこんでも駄目なら、次の手段も考えてあるし、次の方法も案じてあった。

夜になった。

そして朝がきた。

「いつまでそこにおらるるつもりじゃ？」

昨日の中年の足軽であった。

足軽は手に雑炊の椀を持っていた。

「朝飯じゃ」

「いりませぬ」

「断食するつもりかの？」

「入門をお許しあるまでは」

「また眼をとじ、腕を組んだな。よし、よし。そうしていなされ。いつまでつづくか、まあ、やってみなされ」

苦笑して足軽は門内へ入ってしまった。

しかし、雑炊の椀は笹之助のかたわらに置いていった。よほど親切な足軽と見える。

三日たった。道行く人びとも、塚原屋敷の侍たちも、笹之助を見て笑っていた。

四日目もすぎた。

春とはいえ、椀の中の雑炊も臭気を放ちはじめてきた。

「まだすわりこんでおるじゃないか」

「おまけに、昨夜はひどい雨だったが……ほれ、見ろよ。頭から着物から、まだびっしょりと濡《ぬ》れておるわい」

門の前で足軽たちが話し合っている。

笹之助は平気であった。

甲賀忍者特有の携帯《けいたい》食糧をもっていたからである。薏苡仁《よくいにん》、耳無草などの薬草に山芋その他をまぜあわせた梅の実ほどの丸薬一日一個を口にするだけで、まず一か月はすわりつづけていられれよう。

けれども、十粒ほどはふところに入れてあるその丸薬を、笹之助はまだ口にしてはいない。

半月は何も食べぬつもりであった。

十日たった。

笹之助の目の前には、低い山なみがつらなり、田地と林と、塚原の里の農家の屋根が点在しているすべてが、いっせいに緑につつまれ、その緑は、十日の間に色の濃さも見る見る増してきていた。

笹之助も、さすがに疲労してきた。

四

十三日目の早朝であった。

まだすわりつづけていることは出来たが、笹之助は昨日からわざと倒れ伏している。

「や!!　死んどる」

例の中年の足軽が叫んだ。

門扉をひらいたところらしい。

笹之助は動かなかった。

「死んどるわい、死んどる……」

二人ほど別の番士があらわれた。

「ともあれ、一応殿様に……」

「このままにしておくわけにもなるまい」

などといっている。

やがて笹之助は屋敷へ運び込まれた。

その前に、笹之助は、すばやく丸薬を濠《ほり》に捨てていた。

屋敷内はひろい。

眼をとじて運ばれて行く笹之助の顔も手も鉛色に変っていた。

「まだ、生きとるらしい」

「こやつ、強い若者じゃわえ」

足軽たちの声が耳元と足のあたりから聞えた。

笹之助が寝かされたのは、邸内の玄関構えから程近い板敷の一室であった。

薬湯を飲まされた。

翌朝、どろりとした重湯のようなものをあたえられた。

笹之助は、これを飲まなかった。

「なぜ、飲まぬ」と、例の足軽がきいた。

「入門をおゆるしあるまでは……入門、出来ぬとあれば、私は、むしろ、死をえらぶ……」

笹之助は、あえぎつついった。

「強情な若者よなあ、おぬしも……」

足軽もあきれ果てたようである。

翌朝、笹之助は、今まで耳にしなかった足音が廊下を踏んで近づいて来るのを知った。

ひそやかな、しかも悠々たる足どりが、まざまざと感じられる。

笹之助は眼をとじ、部屋の扉がゆっくりと引き開けられる音を聞いた。

「若者よ」

と、声がかかった。

笹之助は眼をひらき、懸命に半身を起した。

意外に小柄な老人であったが、肩にたれた総髪は銀色に光り、端然たる顔貌《がんぼう》は薔薇《ばら》色に輝いている。

「余は卜伝じゃ、老人の根《こん》を弄《いろ》うたな」

「は……」

「入門をしたければ、するがよい」

五

塚原卜伝の名は、新右衛門高幹《しんえもんたかもと》という。

卜伝は号である。

卜伝は、常陸国鹿島神宮の祠官卜部覚賢《しかんうらべあきたか》の次男に生まれた。

鹿島香取《かとり》の地は、由来、日本武道の発祥地ともいわれている。

卜伝の実父卜部覚賢も、古来から鹿島の神官によってうけつがれた『鹿島の秘太刀』の極意をきわめていた。

少年のころから卜伝の剣士としての素質は、すばらしいものがあったに違いない。

「御子息をもらいうけたい」

鹿島神宮から約一里はなれた塚原の領主塚原土佐守《とさのかみ》から卜伝を養子にしたいという申込みがあった。

文亀《ぶんき》二年の秋のことである。

塚原土佐守も『鹿島の秘太刀』に通じ、加えて、香取の飯篠長威斎《いいざさちょういさい》（山城守）からも『天真正伝神道流《てんしんしょうでんしんとうりゅう》』の極意をさずけられていた。

土佐守の長男は早世している。

後つぎを失った土佐守は、かねてから少年の卜伝に目をつけていたのであろう。

当時、小太郎と名乗っていた卜伝が、塚原家の養子となったのは十四歳のときであった。

卜伝の天性は、養父土佐守によって、いよいよ磨きをかけられた。

十七歳の春に、土佐守の許しを得、はじめて修業の旅へ出てから七十歳の今日まで、卜伝は長期にわたる武者修業を三度も行なって来ている。

この間、十八度にわたる真剣勝負に勝利をおさめた。

また諸方の戦場を往来すること三十六度、切疵《きりきず》は一か所もこうむらなかったし、不覚もとったことはない。

わずかに矢疵四か所を数えるのみであったという。

敵を討ちとること二百余人に及び、塚原卜伝の、武人として剣士としての輝やかしい経歴は、一世を風靡《ふうび》したものである。

足利将軍をはじめ、伊勢国司北畠具教《きたばたけとものり》などの名流にも剣を教え、諸国の大名武将の中には卜伝の弟子となったものが多い。

生涯、妻もめとらず、女体に手をふれなかったといわれるが、

（ほんとうであろうか？）

その評判を耳にしたとき、丸子笹之助は首をかしげたことがある。

（忍者だとて、剣士だとて、あのように美しい、あのように心たのしい、あのように男の生甲斐《いきがい》を感じさせる女という生きもの……それに手もふれなかったということがあり得ようか……）

それはともかく、笹之助は、思ったよりも簡単に入門を許されたので、ほっとした。

半月に近い断食に耐えた笹之助に、卜伝も興味もおぼえたものであろうか。

六

塚原屋敷での明け暮れは、まことに平凡なものであった。

いや、笹之助にとっては退屈そのものであったといってもよい。

屋敷は、甲賀の頭領山中俊房の屋敷と同じほどの広さであったが、外部の城構えをのぞいては、屋敷内は、木と草と花にいろどられ、別にこれといった防備もほどこされていない。

当時、常陸国のこのあたりは諸方の戦国大名にとって、重要な地点ではなかったからであろう。

「茶をもて」

または、

「入浴の支度をせよ」

などと、笹之助は侍女のする仕事ばかりを卜伝にいいつけられていた。

屋敷内には道場もあるが、いつも戸を閉め切ったままで木刀の打ち合う音も洩《も》れてはこなかった。

「退屈かの」

ときどき、卜伝が笹之助をかえり見て、微笑を投げかけてくる。

「は……いえ……」

いささか当が外れた思いであった。

しかし、にこやかな卜伝の風貌《ふうぼう》の底に、するどく自分を凝視している卜伝の眼を、笹之助は感じとっていた。

(おれを見ている……)

甲賀忍者だということを決してさとられてはならなかった。

実は、このことがいちばん笹之助にとって辛い苦しいことであった。

「おそらく、塚原卜伝殿は甲賀忍法の何ものかを、たとえいささかなりとも知っておられよう。あれほどの名人ゆえ、くれぐれも、それと悟られてはならぬ。まだ忍法者として完成しつくしていない笹之助を送るのもそのためじゃ。よいか、笹之助、そちはな肚《はら》の底から、田舎郷士の若者となり終《おお》せねばならぬぞ」

出発に当って、山中俊房は笹之助に、そう念を押したものだ。

春がすぎ、夏が来た。

塚原卜伝の日常は、まことに静かなものである。

読書・昼寝・喫飯《きっぱん》・就寝……。

空をながめ、花をながめ、少しも倦《う》むことを知らないらしい。

（こんなことをしていては、体がなまってしまうな……）

忍者は絶えず、肉体を鍛えておかねばならないのだ。

それでなくても、若い笹之助の肉体は、老人くさい卜伝の生活につきそっていると今にも悲鳴をあげそうになった。

卜伝のまわりに、若い女の匂いは無かった。

家来の足軽たちも屋敷内の長屋に住み、そこには家族もいるのだが、めったに卜伝の居館へは近づかない。

卜伝の身のまわりは、笹之助や他の侍臣たちによってすべてが行なわれていた。

たまに、戸外へ散歩に出る卜伝の供をするときなど、村の田畑に働く若い農婦のたくましい軀《からだ》が、うすものに汗をにじませてゆれ動くのを見て、笹之助は、ためいきをついたものだ。

「笹之助。今日から修業せよ」

卜伝が、そういったのは、夏もすぎようとするある朝のことであった。

七

塚原卜伝は居室の縁から庭へ下りた。

「ついてまいれ」

「は……」

いよいよ、道場へ連れて行かれるのかと笹之助は思った。

あまり手入れもせず、野生のままの草木が繁茂する庭の道を、卜伝の足は、どうやら裏山の方角に向いつつあるようだ。

木刀を持てとも、身支度をせよとも、卜伝は笹之助に命じなかったのである。

笹之助は不審の眼を一間ほど先に立って行く卜伝の後姿へ射つけた。

その笹之助の不審を早くも感じとったのか、卜伝は後をふりむきもせず、

「ふ、ふ、ふ……剣の修業というものは、何も得物《えもの》をとって打ち合うことのみにかかっているのではないぞよ」

「は……」

「まだ十年も前のわしであったなら、じきじきに木刀をとって、そなたを教えたやも

知れぬが……今となっては、それもめんどうじゃ。今のわしは、剣士でもなければ武人でもないゆえのう」

ゆるい傾斜をもった山道にかかりながら、卜伝は笹之助に背を見せたまま、ゆっくりと語りつづけるのである。

「わしは、もう老いておるのじゃ。剣の勝負にも剣の修業にも飽いたのじゃよ、わかるかな？」

「…………」

「いまわしは、常陸の片田舎に隠居し、わが治める村のものどもの幸福と、残り少ないおのれの余生が静かな時の流れのうちに終わることを念願するのみじゃ。わかるかな……」

わかるような気もする。七十の老齢となって勝負を争うことに飽きたという、この一世の名人の素朴な告白に、笹之助は、むしろ好感を抱いた。

しかし、その卜伝が「今日から修業せよ」といったのは、どういう意味なのであろうか。

水の音が聞えはじめた。

塚原山とよばれるこの小さな裏山も、卜伝の屋敷内にあるといってよい。

裏山へ通ずる道にも番所のようなものがあって、そこに足軽が一人つめている。

「市よ。用意は出来ておるか？」

出迎えてひざまずく足軽に、卜伝が声をかけた。

その足軽は、屋敷内の足軽の中で、もっとも老齢で無口な老人である。

老足軽は深くうなずいた。

「よし」と卜伝は、笹之助をはじめてふりむき、

「まいれ」といった。

そのときの卜伝の眼を、笹之助は生涯忘れなかった。

「まいれ」という声が、卜伝の眼の光りと共に笹之助へ飛んだとき、

(あ……)

笹之助は、自分の肉体が、卜伝の剣によって両断されたかと思うほどの衝撃をうけたものだ。

八

するどい眼の光りは、すぐに消えた。

卜伝は美しい白髪が肩にみだれているのを、血色のよいむっちりとふくらんだ手の指でかきあげ、

「まいれ」

あたたかい微笑をふくんだ声でもう一度いった。

「はい」

卜伝に従って番所をぬけ、赤松の林の中へ入った。

初秋のつよい陽射しが縞《しま》をつくって樹林の間から落ちかかってきている。

林をぬけると細い流れがあった。

流れの向うは崖《がけ》になっており、鬱蒼《うつそう》と木や草の繁みがあたりを包んでいる。

崖から、谷水が流れに落ちている。

卜伝の足は、其処《そこ》でとまった。

「そなたは、この卜伝について剣の道を学びたいと申したの」

「はい!!」

「剣の道をきわめて、何とするぞ?」

「身をたて……」

「名をあげたいと申すか?」

「はい」

笹之助は、やや恥じらいのいろを顔に見せ、うつ向いた。

こういうとき笹之助は、甲賀忍者の自分を忘れ切ってしまっている。

舞台に演技する俳優が、その役柄にとけこむのと同じことであった。

忍者にとって、この『演技の術』こそ、もっとも至難なものの一つであるといわれている。

生まれつき『演技の術』が下手な忍者もいる。そのかわりに『武技』に長じ、実戦の中で大いにその特技を発揮する忍者もいる。

甲賀でも伊賀でも、それぞれの忍者の特質を巧妙に駆使して働かせるわけであった。

笹之助の場合は、その両方に長じた素質があって、放下師《ほうかし》や旅芸人に化けて仕事をするのが面白かったし、唄や踊りを習得するのにも器用であった。

いま、卜伝の前に首をたれている丸子笹之助は、相模の田舎郷士のせがれで、剣法をもって戦国の世に立身出世のいと口をつかもうという野望にもえる一青年そのものになっている。

「それもよかろう」と、卜伝はうなずき、

「まだしばらくは、戦乱の世がうちつづくことであろうし、そなたならば、しかるべき大名につかえ武勲をたてることも出来ようし、ひとかどの武士になることも出来よう」

「一生懸命に修業いたします」

「さて、修業にとりかかろうかの」

「…………?」

「その崖から落ちる谷水を見よ!!」

九

丸子笹之助は、眼前数尺のところに落ちている谷水を見つめた。

なめらかな赤土と岩の上を、谷水は、かなりの速度をもって下の流れへそそぎこまれている。

一体、この谷水を見てどうせよというのか。

「その谷水を見よ、見つづけておれ」

「………?」

「一年でも二年でも、見つめつづけよ」

「………?」

「毎日の食べものは、市が運んでくれよう。眠りたければ……」

と、卜伝は赤松の林を見返り、指さした。

五間ほど離れた林の中に、乞食《こじき》小屋のようなものがたてられているのを、笹之助は、このときはじめて知った。

それは丸太を組み合せ、板ぶきの屋根をかけたもので『小屋』とよぶのさえもはばかられるほど粗末な小屋であった。

「笹之助よ」

「は、はい」

「わしが育てた剣士たちは、いま諸国に散って、わしは弟子をとらぬつもりであった。なれど……わしは、そなたの若々しい、好もしい……」

と、ここで卜伝は苦笑をもらし、

「わしはの、そなたの眼が好きなのじゃ」

「わたくしの眼……？」

「心情もゆたかそうな眼よ。可愛ゆげな眼ではある」

孫をいつくしむような卜伝の笑顔であった。

笹之助は上気して、またうつむいた。

このとき、笹之助は甲賀忍者だとか、田舎郷士だとか、そのような区別なく、卜伝の前に恥じらっていた。

「じゃが、そのそなたの眼は戦乱の中に生きぬいて出世の栄誉をつかみとろうとする眼ではない。そなたには、なまじ剣法などにおぼれず、故郷の村で可愛ゆい女子《おなご》を妻に迎え、何人もの子をうみ、のびやかに暮す生涯が似合うておる」

「いやでございます。そのような生ぬるい生涯は、男と生まれた甲斐《かい》がございませぬ」

甘えて、笹之助が叫んだ。

「よし、よし、じゃから修業せよ。敵を討つための剣法ではなくおのれの身を守るための剣法をな」

「おのれを守る剣法……」

「好もしきやつよ。わしは、そなたをこの凄《すさ》まじい世の中から守ってやりたいと思うゆえ、わしの剣法をあたえるのじゃ」

「…………？」

「谷水を見よ。眠るときのほかはその流れ落ちる水の動きから眼を放すな。よいか!!」

「は……」

「それが出来ねば、この屋敷を去れ」

いいすてると、塚原卜伝は身を返して赤松の林の中に消えた。

（たわけたことを……）

笹之助は忍者の本性にもどり、舌打ちをした。

だが、自分が担う甲賀忍者としての『秘命』をなしとげるためには、卜伝のいうままに従わねばならなかった。

十

谷水をにらみ、七日たった。

着のみ着のままの笹之助であった。

（つまらぬ。何でこのようなことをなさねばならぬのか……）

ごろりと草にねて、ためいきをつくこともあった。

すると、食物を運んで来る老足軽の市蔵が、すぐに、

「わしが見張っておる。先程のようになまけなさってはいかぬ。二度、三度と重なれ

ば、ありのままを殿さまに申しあぐるが、それでもよいのかや？」

しわの深い顔をにやりとさせてそういうのだ。

「いや、待ってくれ、もうせぬ、谷水を見るから、殿さまには……」

「よいわさ。よろしいか、わしがちゃんと見張っておるぞや」

「わかった、わかり申した」

「若いものが、修業をなまけてはいかぬわえ」

「わかった」

「ではな、今度は、内密にしておいてさしあげようわえ。う、ふ、ふ、ふ」

二日ほどして、笹之助は崖《がけ》の上の道を通って行く村の娘を見た。

初秋とはいっても、まだ日中は暑かった。

木の間がくれに、その娘がひなびた『わらべ唄《うた》』のようなものを唄いながら、谷水が流れ落ちる崖の上の小道にあらわれたとき、笹之助の血がさわいだ。

娘は、背負っていた柴《しば》の荷をおろすと、うすものの野良着をかなぐり捨て、谷水の流水に上半身をのべて、両手で水をすくっては、顔や、まるくもり上った胸にかけ、汗を洗いはじめた。

崖下の秋草にうもれている笹之助には、まったく気づかない様子であった。

三間ほどの頭上に、紅いろの乳くびが、固く張りきった乳房がゆれていた。

その乳房は、あの甲賀の女忍者・於万津《おまつ》の乳房の感触を笹之助に思いおこさせた。

笹之助の眼が血走ってきた。

笹之助の腰が草から浮いた。

火のような衝動が全身をつらぬいた。

流れを飛びこえ、崖を一気に駈けのぼり、その娘を押し倒してあの乳房に、紅《あか》い乳くびに、むしゃぶりついてくれよう……。

女体を知った二十三歳の男が、もう二年も禁欲を強いられていたのだ。

ぱっと、笹之助が立った。

と……その両足の間に、ぐいと後ろからさしこまれたものがある。それは樫《かし》の棒であった。

「あ……」

笹之助は本能的に飛びのき、辛うじて転倒をまぬがれた。

「きゃーッ」

誰かが見ていたという気配が、草の動きや音でわかったのであろう。

娘の姿は、たちまちに崖の向うに消えた。

「また、なまけなさったな」

老足軽の市蔵が、この前と違って、妙にきびしい顔つきで、赤松の幹にもたれ、樫の棒をどんと突いていった。

十一

「これで二度目じゃ。今度、三度目には殿様に申しあぐるぞや」

老足軽は、山中俊房や孫兵衛と同じようなことをいった。

物事というものは、何となく『三度目』というのが標準となっているらしい。

「わかった。もう……もう決してなまけはせぬ」

さすがに面目がなかった。

自分自身に面目がなかったのである。

(おれもどうかしていた。塚原屋敷を追い出されては身もふたもなくなってしまうではないか……)

それよりも、この失敗を頭領様や孫兵衛に知られたらと思うと、笹之助は背すじがひやりとなった。

(女のために今度しくじれば、命無きものと思え)といった山中俊房の言葉は嘘ではない。

忍者の掟《おきて》を破ったため、実のオイに当る山中種七郎というものさえ、厳然と処刑してしまった頭領様なのである。

(いかん! こうしてはおられぬ)

老足軽が去ったあと、笹之助は、もう草の上から動かなかった。

（塚原卜伝ともあろう名人がいわれるのだ。この、谷水の流れに何ものかを求めよ、といわれるのであろうか……）

谷水は木もれ陽《び》にきらきらと光り、音をたてて下の流れに落ちこんでいる。

やがて、その谷水に落葉が舞い降りてくるようになった。

秋も深まって行くうちに、笹之助は、もう身じろぎもせず、谷水と向い合うようになっていた。

日によっては、夜にはいっても冷たい月光をあびて芒《すすき》の中から眼の前の崖に向い合っている笹之助の後姿を見て、老足軽は、これを卜伝に報告した。

「さようか……思いのほかに早くすみそうじゃ」

と、卜伝はつぶやいた。

雨の日がつづき、その一雨ごとに山をうめていた樹々の葉は落ち、そして冬が来た。

その年も暮れようとするある日の朝のことである。

塚原卜伝は、数か月ぶりに裏山の赤松林へやって来た。

枯草の上に、笹之助が背を見せ、崖の水を見つめていた。流れへ落ちる谷水の量は、夏・秋のころにくらべて、かなり減じている。

水の音も細い。

ここへ来て以来、身につけたままの衣服は、雨と陽にさらされ、体もあらわぬ若者のあぶらと濃い体臭がしみつき、あたりに臭気がただよっていた。

笹之助は、ふり向き、近寄って来る塚原卜伝を迎え、平伏をした。

「どうじゃ、谷水の姿は？」

「よう見えるようになりました」

「ほほう。どう見えたな？」

「水の流れが、一粒一粒の生きものとなって、その粒の一つ一つが……」

「よし、それでよし。水の流れがひとつの粒となって見えたと申すのじゃな？」

「はい」

「よし。これで、そなたの修業は終えたのじゃ」

十三

四か月ぶりに体の垢《あか》を落し、衣服をあらためて卜伝の前に出た笹之助に、

「そなたは、すでに一通りの修業をつんでおったようじゃな、わしのもとへ来る前に……」

「いいえ、それほどのことは……」

「隠すな。誰につき修業をしたのか？」

「私ひとりにて、山野へ分け入り、手当り次第に、剣をふりまわしていたにすぎませぬ」

卜伝は、しばらく黙っていたが、

「ま、そのようなことはどうでもよいことじゃ。ときに笹之助。わしがそなたに教えた剣法の奥義。ようわかったな？」

「は……？」

「眼じゃ。眼の力じゃよ」

「………？」

「流るる水が一粒の生きものとなって見えたというそなたに、いまのわしは、もう何も教えることがないわ。これ以上のことは、めんどうじゃ。かんべんせよ」

「なれど……」

「そなたには、すでに剣をふるう力がついておる。そのすこやかな、たくましい体を見れば、誰にでもわかることじゃ。あとは眼じゃ。よいか。おのれに襲いかかる対手《あいて》の武器、対手の体は、おそらく水の流れよりも容易に、そなたの眼でとらえることが出来よう。それでよい、もうそれでよいのじゃ。よし、行けい」

「は……」

「あ、待て」

「はい？」

「そなたは、もしもおのれの身を託すとしたら、何処の大名がよいか。何という大名に仕《つか》えたいのじゃ」

笹之助は、今こそと思い、全身の力をこめて卜伝を見返した。

「私は甲斐の武田晴信公の家来となって働きとうございます」

「晴信公にな……」

「武田公は、勇猛なる武将であるばかりではなく、領国をよく治め、領民を愛し、家来をいつくしむ名君と聞き及んでおりますゆえ」

「まずな……そういったところであろうかの」

塚原卜伝は、武田晴信とも旧知の間柄だ。かつて晴信に招かれ甲府へ向い、それも長期の滞在をして、晴信はじめ武田の家臣たちへ剣法の伝授を行なったことがある。

それ以来、卜伝と晴信との間には絶え間なく書簡の往来がおこなわれ、親密の度を加えるばかりであった。

卜伝の弟子のうち三名ほどが武田家へ随臣をしている。

老年に入ってからの卜伝は、自分の弟子たちの身をたててやるため、諸方の大名へ、その仕官の周旋をしてやったようだ。

もちろん天下の卜伝の推薦であれば、どの大名も厭《いや》な顔はしない。それでなくとも人手の足りぬ戦乱の世なのである。

山中俊房のねらいも、そこにあった。

十三

忍法老熟の孫兵衛は別の手段で、

（すでに武田へ入りこんでいるやも知れぬな）

笹之助はそう思っている。

その孫兵衛とは別の口から若い笹之助を甲斐に潜入させようというのが、山中俊房の周到なやり口であった。

「塚原卜伝の推挙を、もし得ることが出来れば、笹之助は、かなり重く用いられよう。もし孫兵衛が失敗《しくじ》ったなら、笹之助が……または両人力を合せ、どちらでもよい、あせらずに事をかまえ、必ず武田晴信の命を絶て!!」と、山中俊房は命じたのである。

山中俊房が二人の忍者に、これほどのまわり道をさせたのも、武田晴信という戦国大名がいかに油断のならぬ存在であるかを、よく知っていたものと思われる。

「武田晴信は、木曾や伊那の忍者をも多く召し抱え、忍者についてもあなどりがたき知力をもっておるらしい。くれぐれも気をつけよ。軽々しく事を運ぶな」

熟練者の孫兵衛にさえ、こういって念を押したほどであった。

「笹之助は何としても塚原卜伝の弟子となり、よう気にも入られて、なるべく早くに甲斐へ入りこめ」

と、これは笹之助へあたえた言葉である。

「なれど、剣法修業が永くかかりましたときは？」と笹之助がきいた。

「それは二年でも三年でもよい。もしも、それまでに孫兵衛が仕とげてくれたなら、それもよい」

まわり道と直線の道と、二つの道にわけたのである。

しかし、事は意外に早く進みそうであった。

わずか数か月——谷水との睨《にら》み合いをすませただけで、卜伝は「もうこれ以上、教えるのはめんどう」といい出したのである。

若い笹之助にはよくのみこめなかったし、それがまた不安をよびおこしもした。

翌永禄二年二月。故郷甲賀の地を発して略《ほぼ》一年目のある夜に、

「笹之助よ。わしの余生も残すところ、わずかなものとなった」

卜伝が笹之助をよんでいった。

「ゆえにな、最後の旅に出向き、旧知の人びとの顔をひとわたり見ておきたいと思う。ちょうど今、松岡兵庫助《ひょうごのすけ》もわしを訪ねて来てくれたし、松岡とそなたを連れ、旅に出たいと思うが、どうじゃ？」

「お供いたしまする」

「まず、わしは甲斐の国へ行くぞよ」

「甲斐へ……？」

「うむ。そこで、武田晴信公が、そなたを何と見るか……そなたの武田家随臣の望みも、その上でのことじゃ」

「はい」

「そなたは、わしの最後の弟子となったわけじゃな。ふ、ふ、ふ……可愛いやつめ。

出世せいよ」

「はいッ」

十四

塚原の里の梅も散った。

山々には、みどりの芽吹きが鮮烈に春をうたい、塚原屋敷の濠《ほり》の水も温《ぬる》んだ。

二月十日の早朝――。

塚原卜伝は、門弟の松岡兵庫助と丸子笹之助に、あの『市』とよばれる老足軽の三名を供に従え、塚原村を発した。

「どうじゃ、兵庫助。あの若者は……？」

松岡兵庫助は少し遅れて従う笹之助を見返り、

「元気のよい若者にござりますな」

「何せ子供のころより山野を駈けめぐっておったそうな。ちょと野猿《やえん》のようなすばしこいところもあっての」

「あれならば、武田晴信公も気に入られましょうな」

「弟子なぞというめんどうなものは、もうとるまいと心に決めておったのじゃが……」

「これは、おそれいりました」

「なに、そなたを教えたころは、まだわしも老いぼれてはおらなんだわい」

「何をおおせられます。兵庫、二年ぶりに御尊顔を拝し、まことにもっておすこやかなるに、驚嘆つかまつり……」

「世の中へ出て、そなた、世辞を使うようになったの」

「これは……」

「は、は、は……」

なごやかな主従の旅はつづいた。

松岡兵庫助は、父祖代々、鹿島神宮の配社、沼尾社《ぬまのお》の神官をつとめた家に生まれた。こういうわけで、塚原卜伝の実家とも関係があったし、少年の頃から卜伝について修業をした。

のちに兵庫助は徳川家康へ仕えることになるのだが、このころはまだ武者修業の旅を重ね、心身を磨きぬいていたのである。

背丈は六尺に近いが、どちらかといえば肉づきもやせて見える兵庫助であった。

けれども旅の宿で、笹之助は兵庫助と共に入浴して見て、その筋骨のたくましさと強さにおどろいた。腕にさわってみると、まるで鉄のかたまりのような手応えがした。

「おぬしの体は、まだやわらかいな」

兵庫助はそういって、

「なれど、そのやわらかさには不思議な力がひそんでいるように見える」

笹之助の体を、しきりにさすりまわし、

「一体、おぬしは、どのような修業を経て来たものか」

と、しきりに首をかしげた。

兵庫助が、いろいろと質問をしかけてくるので、笹之助は早々に風呂場《ふろば》を逃げ出してしまった。

間もなく、塚原卜伝の一行は春もたけなわな甲斐の国へ足を踏み入れた。

「おお。晴信公の治政はよう行きとどいておる。十五年前に来たころより見ると格段の相違じゃ。村の姿、村人の顔色ひとつ見てもそれがわかる」

卜伝は、たのしげにそうつぶやいた。

十五

武田晴信は、思いもかけぬ塚原卜伝の来訪を驚きもし、よろこびもした。

「なにゆえ、前もって知らせてはくれなかったのじゃ」

晴信は、卜伝の手をとらんばかりであった。

二年の正月に晴信は出家し、頭をまるめ『信玄』と号していた。

「上様、おつむりがまるいのも、ようお似合いでござる」と、卜伝はいった。

「さようかな」

「してまた、何ゆえの発心《ほっしん》にて仏門にお入りなされましたぞ？」

「それよりも卜伝。そなたも、十五年前、この甲斐へ来たときのそなたとは、大分に変ったの？」

武田信玄が、そういうのも無理はなかった。

十五年前の天文十三年に、信玄の招きを受け、はじめての甲斐入りをした塚原卜伝は、八十余人の門弟・家来を従え、二羽の大鷹《おおだか》を先頭に据えさせ、乗換え馬を三頭も曳《ひ》かせるというもののものしさであった。

「さすがは、塚原卜伝じゃ」

「むむ。当代一の兵法名誉とうたわれるだけのことはある」

「なるほど、威風堂々たるものよな」

武田家中のものは眼をみはったものである。

ところが今度は、わずかに三名の従者をつれたのみで、ひそやかに飄然《ひょうぜん》と甲府城下へやって来た。

家中のものばかりか、武田信玄すらも、やや意外な面持で卜伝を迎えたわけであった。

「死ぬ前に、上様のお顔にもお目にかかりたく、最後の旅に出てまいりました」

卜伝は、しずかに微笑をした。

「よう来てくれた、余も嬉《うれ》しい」

主殿の広間である。

卜伝一行歓迎の酒宴は、いまやたけなわであった。

盃《さかずき》をさしてよこしつつ、信玄がいった。

「卜伝。最後の旅に、最後の秘太刀の真髄を、余にもう一度、見せてくれぬか」

十六

卜伝は、いぶかしげに信玄を見返した。

主殿にも、ひろい庭に敷きつめられた緋色《ひいろ》の敷物の上にも、酒の香がただよっていた。

武田の武将たちの笑声が其処此処《そここ》に流れ、給仕にまわる侍女の華やかな小袖《こそで》の色彩が、あたり一杯に揺曳《ようえい》している。

庭園の緑は春の陽に蒸れ、なまなましい匂いを主殿にまで送りこんできていた。

「見よ。あの男を……」

武田信玄は、酒宴の一隅を指さした。

ひろびろと開け放った縁のあたりに、こちらをじっと見つめている武士がある。

見るからに、ひとかどの武芸者だということは、その巌《いわお》のような肉体と、らんらんたる双眸《そうぼう》の輝きによっても知られた。

「何ものにござります?」

「下総《しもうさ》の住人藤田将八と申すものよ」

卜伝は、うなずいた。

藤田将八の武名は耳にはさんだことがあった。

少年のころから諸国をまわって百数十度の試合を行ない、将八との勝負によって命を絶った者は二十余名を数えるという。

異様に出張った額の下に、獲物をねらう鷹のような眼が、彼方《かなた》から卜伝を注視していた。

「中々に、手ごわいやつでの。家中のものも大分に痛められたわ」

「さようでござるか」

「どうじゃ？　あの男が、ぜひにもそなたとの立合いを許してくれと、こう申してきかぬのじゃが……」

「ごめん下されましょう」

「なぜだの？」

「老人には、めんどうくさいのでござります」

「さようか」

仕方がないといった表情になり、信玄は、落胆したようであった。

「いまさら、この老人の試合をごらん遊ばされても仕様ござりますまい」

「いや見たい。そなたが厭《いや》なら無理にとはいわぬが、余でなくとも、そなたの剣法をいま一度見たいのは当然じゃ」

「では、若き日の卜伝が試合うてごらんに入れましょう」

「何、若き日のそなた……？」

卜伝は、庭先でひらかれている酒宴の席の一隅を指さした。

「おお、あの若者か」

「はい」

「あのものは、よく剣を使うのか？」

「まず、おためし下されたし。あの若者、名を丸子笹之助と申し、卜伝が最後の弟子でござります。もしも笹之助負けをとったるときは、卜伝が試合うてもよろしゅうござる」

「よし!!」

七

試合は、翌日の朝ときめられた。

笹之助も覚悟をきめた。

卜伝が、自分のかわりに笹之助を出し、下総の剣士藤田将八と立合せようというのは、

（おれの腕のほどを信玄に見せ、仕官の足がかりにして下さるおつもりなのだろう）

だが、自信はなかった。

（忍者として立合うのならば、勝てもしようが……）

忍者としての鍛練を、毛すじほども見せてはならないのであった。

むろん、得意の『飛苦無《とびくない》』を投げつけて対手《あいて》を仕とめることなど出来よう筈《はず》はない。

身のこなしひとつにしても、思うまま飛んだり跳ねたりすれば、余人は知らず、武田信玄や塚原卜伝の眼は、たちまちに笹之助の正体を見破ってしまうであろう。

といって、剣法そのものには、まったく自信のない笹之助なのである。

しかし、やってみるより仕方がなかった。

卜伝一行の宿舎は、信玄居館の外濠《そとぼり》南側にある穴山伊豆守《あなやまいずのかみ》屋敷内にもうけられた。

「いよいよ、明日は、そなたの腕の見せどころじゃの」

卜伝は、その夜、宿舎の一室に笹之助をまねいていった。

卜伝の眼は細くなり、笹之助へやさしく笑いかけていた。

「どうじゃ。勝てるかな……？」

「は――」

「対手の藤田将八な」

「はい？」

「あの男のことを……ほれ、そなたが睨《にら》みつづけた谷水の流れだと思えばよいのじゃ」

「あの、谷水の……」

「うむ。よいかな。木刀を向け合い、互いにじりじりと間合いをつめ合せる間、対手を谷水の流れを見つづけたときのように、じいっと見つめておればよい」

「はい……」

「やがて、互いの体が、木刀が近寄る。そこでじゃ。そなたは、ここで打てば打てる!!　そう思ったと同時に、ふりかぶった木刀を全身の力をこめて打ちおろせばよいのじゃ」

「それだけで……？」

「それだけのことよ、剣法というものは——、そなたの眼は、対手の眼よりも早く、たとえ一瞬であろうとも早く対手を倒す機をつかめるであろうよ」

「さようでございましょうか？」

「うむ。向い合ったなら、まず、木刀をふりかぶれ。対手が近づいて来たら打ちおろせ。それでよいのじゃ」

六

翌朝、信玄居館主殿前の庭で試合が行なわれた。

主殿に座をかまえた武田信玄を中心に、武田の部将たちが居ならび、塚原卜伝は、信玄の傍に控えていた。

笹之助も、もう落ちついていた。

試合直前になり対手の藤田将八から申し出があった。

木刀でなく、真剣で立合いたいといい出してきたのである。

天下の塚原卜伝と立合い、これを打倒して剣名をあげようともくろんでいた藤田将八は、門弟の笹之助を対手に出され、

「老いぼれめ、気後れしたか」

よし、それならば愛刀に笹之助の血を吸わせ、そののちに、卜伝までも真剣試合で討ちとってくれようと意気込んだものらしい。

一応は、卜伝もこれをとめたが、どうしても藤田将八は承知しなかった。では……ということになり、笹之助にも、そのむねがつたえられた。

「よろしゅうござる」

同じことだと笹之助は思っている。

木刀でも殺意があれば、立派に真剣のかわりをつとめるのだ。

朝の陽光は、庭の芝生へ、まさに落ちかかってきていた。

東から笹之助が、西から藤田将八があらわれ、彼方の信玄に向って一礼するや、ただちに飛びはなれて間合いをとった。

間合いは約三間であった。

笹之助は、ひたと将八の出張った額の下に光る蛇のような眼を見つめ、ゆっくりと太刀をふりかぶった。

藤田将八は正眼《せいがん》に剣をかまえている。

そのまま、二人は動かなかった。

どこかで、雲雀《ひばり》の声が高くあがった。

このとき、庭をかこむ樹林を突きぬけた太陽が、かあっと明るい光りを庭いちめんに投げかけてきた。

将八が進みはじめたのは、このときである。

じりじりと、将八が一間を進んだとき、笹之助は、わずかに一歩を踏み出したのみであった。

笹之助は、瞬《また》きもしなかった。

対手の体が、あの谷川の水の一粒一粒に見える。

その谷川の水の粒が固まり合って、どっと眼前に迫り、自分の体を押し包むかと感じた一瞬に、笹之助の太刀が風を巻いて打ちおろされた。

十九

「兵法見た!!」

彼方の主殿にあって、武田信玄がそう叫んだとき、絶叫も悲鳴もなく、藤田将八の体が地上へのめりこむように倒れた。

将八の脳天からふき出した血漿《けっしょう》は、庭の芝草の上に、おそろしいほどの量感を見せてひろがりはじめた。

丸子笹之助は、倒れた敵の左三尺をはなれて、むしろ茫然《ぼうぜん》と立ちつくしていた。

その夜ふけになってから、塚原卜伝は穴山屋敷の宿舎へもどって来た。

笹之助や松岡兵庫助は、試合がすむと宿舎へ帰っていたのである。

「信玄公と久方ぶりにさしむかいで酒をくみかわしての」

卜伝は酔っていて機嫌がよかった。

「笹之助。そなたの望みはかなえられたぞ」

「ま、まことにございますか？」

「おう、わしが、切り出すまでもなく、信玄公より仰せ出されたわ」

「では、仕官の儀を……」

「あのものを甲府へおいて行けよと、わしに仰せられたので、わしもな、そなたが武田家仕官の望みを抱いておるものと申しあげた」

翌々日の朝になって、笹之助は正式に武田館へ呼び出された。

その日も春うららかな好日で、穴山屋敷の西門を出ると、濠をへだてた彼方の石垣の上に、辛夷《こぶし》の花が青空を背負って、白く浮いて見える。

信玄から拝領の礼服を身につけた笹之助は、迎えに来た信玄の侍臣三名にみちびかれ、濠に沿った道を右へ曲り、高坂昌信《こうさかまさのぶ》の屋敷塀のところから、今度は左へ折れた。

その道は、まっすぐに愛宕《あたご》の村へ通じている。

すでに館《やかた》の東門にかけられた橋のたもとまで笹之助たちは来ていた。

その橋のたもとに小さな番小屋がある。

老いた足軽があらわれて一礼した。

笹之助が、

「丸子殿」と侍臣にうながされて、橋をわたりかけ、二間ほど向うに頭をたれている番小屋の足軽にふと眼をやったとき、

（あ……孫どの……）

二十

孫兵衛の顔にも体にも見るからに肉がつき、ようやく春が来たばかりだというのに、つるつるの頭もまっくろに陽灼《ひや》けしているのは、首尾よく武田の足軽に入りこみ、骨身惜しまず働いているからなのであろう。

門へ入って行く笹之助を、孫兵衛はちらりとも見なかった。

東門を入ると、道は一直線に玄関構えへ通じている。西側は、かなり高い土塀である。

右手の土塀前に木組もがっしりした番所があり、士卒が詰めていた。

玄関構えを入り、大廊下を左へ折れ曲って行くと『主殿』へ出る。

この『主殿』は、信玄が表向きの用を足すところで、二十畳敷きの板の間の上座に、

畳を六枚ほど敷きつめた信玄の座所があった。

前面のひろい庭園から、草木の鮮烈な匂いが流れこんできていた。

笹之助は、そこにひとり残された。

(思いのほかに……)単純な居館の構造だと、笹之助は思った。

(なれど、あの孫どのが、いまだに手も足も出せぬというのは、信玄という大名は、よほど油断のない男だな)

前におかれた茶碗《ちゃわん》をとって、中の茶をのんだ。

香り高い、味わい馴《な》れぬ茶であった。

(明国《みんこく》(中国)から取り寄せた茶か……?)

笹之助が、茶を飲み終えたとき、座所に人影がさした。

はっと眼をあげると、武田信玄が侍臣をも従えず、ただひとり座所にすわっていた。

(何時《いつ》の間に……?)

笹之助は、このとき忍者としての自信が音をたてて崩れ去って行くのを感じた。

一体、どこから信玄は主殿へ入ってきたものであろうか。

「丸子笹之助と申したの」

信玄の声がかかった。

「ははッ」

「おもてを上げよ」

笹之助は信玄を見た。

信玄は平服の上に緋《ひ》色の法衣をまとっていた。

巌《いわお》のような顔貌《がんぼう》であった。

額に、頬に、顎《あご》にみちた肉は皮膚の下でぴちぴちと音をたてているように思えた。

信玄の眼は、笹之助の視線を、おのれの瞳《ひとみ》の中へぐーっと吸い込んでしまうかのように、底も知れなく深い光りをたたえていた。

二十一

「委細は卜伝から聞いた。そちほどのものが武田家に仕えてくるるは、余も嬉《うれ》しいと思う」

信玄は、まるみのある声でいった。

二人きりの対話である。

主殿のまわりには人影も無かった。

(今なら、討てる!!)

そう思う一方で、すでに笹之助は信玄に威圧されていた。

ふところには『飛苦無《とびくない》』もひそませてあるし、これを投げつつ、主殿いっぱいに跳躍して闘えば、この甲斐の猛虎を仕留めることも不可能ではない筈《はず》であった。

しかも、今日の対面については、もし機会がつかめたらと考え、笹之助は決死の緊張感をもって宿舎を出て来たのである。

（今はいかぬ……）

三間の向うから、こちらを見ている信玄の眼の光りに圧《お》され、笹之助は、われにもなくうつ向いてしまっていた。

「よし。盃《さかずき》をつかわそう」

信玄が低い声でいうのを待っていたかのように、大廊下から侍女たちが酒の仕度をしてあらわれた。

そのうしろから、これも坊主頭の武士が主殿へ入って来た。

「勘介。丸子笹之助を抱えることにした」と信玄がいった。

（これが、山本勘介か……）

武田の軍師としての勘介の名は、諸方にひろまっていた。

笹之助は、勘介に向って礼をした。

「山本勘介でござる」

老人くさい声とは反対に、きりりと引きしまった精悍《せいかん》な面貌は、耳にしていた年齢よりも、むしろ若く見えた。

世上のうわさ通りに、勘介の右眼はつぶれていた。その右眼の傷痕《きずあと》のほかに、頰から喉《のど》にかけて、えぐりとられたような槍《やり》の傷痕がはっきりと見える。

勘介の酌によって、信玄と笹之助は盃をかわした。

「笹之助は、ともあれ太郎義信の近習にいたせ」

信玄は、勘介に命じ、

「笹之助。いずれ会おう」

こういって座を立つと、侍女を従えて主殿の次の間へ去った。

山本勘介がいった。

「めでとうござる。わしも浪人あがりのものだが、武田家に仕え、力いっぱいに働いてまいった。家来どもの働きぶりを上様は、よう御承知でな。その働きひとつで、この戦国の世に生まれた男の生甲斐《いきがい》ある地位をあたえて下さる。しっかりとおやりなされ」

二十三

それから数日を経て、塚原卜伝は甲府を出発した。

「また、まいれよ」

武田信玄は主殿に卜伝をまねき、別れの盃をかわした。

「いや……もう、お目にはかかれますまい」

「いや、また会える」

「さようでございますかな!!」

「そなた、まだ死ぬは早い」

「はい」

「余も死なぬ」

「はい」

単純な言葉のやりとりのうちに、信玄と卜伝は、ひたと互いの面《おもて》に眼をすえ、言葉の底にひそむものをさぐりとっているかのようであった。

主殿には、信玄の長子太郎義信もいた。背が高く、面長の飄然《ひょうぜん》たる顔貌だが、細く長い眉《まゆ》のあたりに感情の激しさがうかがわれる。

笹之助は、太郎義信の背後にひかえていた。

「太郎様」

卜伝は、膝《ひざ》をすすめ、

「丸子笹之助めを、よろしゅう」

「心得申した」

太郎義信は、笹之助を見返り、

「よい家来を、父上が下された。よろこんでおります」

「おそれいりました」

やがて、卜伝と松岡兵庫助は武田館を去った。

信玄は卜伝に乗馬を贈り、馬の口とりは市蔵がつとめ、松岡兵庫助が馬腹によりそった。

山本勘介は士卒三十人ほどをひきつれ、これから京へ上るという卜伝を韮崎《にらさき》まで見送ることになった。

「笹之助」

塚原卜伝は東門を出たところで、見送りに出た太郎義信や部将たちのうしろにいる笹之助をまねいた。

「はい」

駈けよった笹之助に、卜伝がいった。

「若者よ。悔なく生きよ」

力づよいその一言を残し、あとは振り返りもせず、馬上にすっくと背をのばし遠去かって行った。

馬の口とりをしていた市蔵が振り向き、大きく手をふって笑った。

陽をうけた卜伝の白髪が銀色に光っている。

東曲輪《ぐるわ》の別の門から、山本勘介がひきいる一隊が整然とくり出して来て、卜伝の前後についた。

その隊列が木立の彼方《かなた》に消えたとき、

(塚原の殿!!)

思ってもみなかったなつかしさ、したわしさが胸にこみあげ、笹之助の眼はうるんできた。

秘帖

一

一年の歳月が、またたく間に流れた。

永禄三年（一五六〇年）の五月十九日――。

東海一の戦国大名として、駿河遠江《とおとうみ》三河など、現在の静岡愛知両県の大半を手中におさめていた今川義元が死んだ。

甲賀の頭領山中俊房も、その実力を大いに買っていたようだが、世上のうわさも、次代の天下に号令するのはこの大将だと今川義元を見ているようであった。

五月十二日に、義元は三万の大軍をひきいて駿府《すんぷ》（静岡市）を発した。尾張の領主として勇猛をうたわれる織田信長を一挙にほうむり、上洛の道をひらくべく起ち上ったのである。

今川の軍団は快進撃をつづけ、織田軍の前進基地を突きくずしつつ、十九日早朝には、桶狭間《おけはざま》へ進出し、ここに本営をもうけた。

織田軍の本拠清洲《きよす》城には、もう一足というところまで押してきたのだ。

総大将今川義元は、本陣にあって、あいつぐ戦勝の報告に酔っていた。

酒にも酔っていたのだ。

ところが、今川の大軍に手も足も出ないまでに圧迫されてしまった織田信長は、わずか五百の精鋭をひきいて、前夜おそく、ひそかに清洲を発した。

この捨身の一隊は、大将信長をいただき、十九日の昼近くには疾風のように桶狭間頭上の山中へあらわれた。

折から、すさまじい雷雨となる。

まさか五百そこその織田軍が無茶苦茶にあばれこんで来ようとは思ってもみなかった今川義元であった。

雷鳴は叫び、豪雨は白い闇となって織田軍の急襲を助けた。

まさに不意打ちである。

あわてふためく今川勢には五百の織田隊が五万にも見えたことであろう。

織田軍は火の玉のような凄《すさ》まじい闘志を叩《たた》きつけてあばれまわった。

そして——今川義元は、ついに織田方の服部小平太・毛利新介の二人によって首を掻《か》き切られてしまったのである。

この知らせは、間もなく甲斐の国へもたらされた。

翌日の夕刻には武田信玄の耳にとどいていたという。

諸国に散らばせてある信玄の間諜網《かんちょうもう》は、このように一点の隙もなく張りめぐらされていたのだ。

(これは……どうなるのか……?)

丸子笹之助も、この急変を知っておどろいた。

今川義元は、甲賀の山中俊房へ「信玄を暗殺せよ!!」と依頼してきた当の本人なのである。

その義元が戦死したとなると、

(おれと孫《まご》どのも、甲賀へ帰れという指令があるやも知れぬな)

だが、指令あるまでは動くことは出来ない。

まだ今川はほろびたわけでもないからである。

やがて……。

甲賀の頭領から、指令が来た。

二

そのとき、丸子笹之助は武田太郎義信に従い、北信州へ出陣していた。

今川義元の死は、関東一帯に、いや諸方の戦国大名たちに強い衝撃をあたえた。

今川氏は、子の氏真《うじざね》が父・義元の後を継いだが、これからの今川の家運のおとろえは、少し眼のきくものならすぐにわかることであった。

武田家への影響も微妙である。

息子の太郎義信の妻に、故今川義元の娘を迎えた信玄なのである。

義元戦死の報を聞き、信玄は、

「信長というやつ、聞きしにまさるところがある。なれど、この機をとらえ、上杉めが越後から押し出して来よう」

こういって、太郎義信を呼び、

「そなたは、ただちに尼飾《あまかざり》の城へ出張るように」と、命じた。

尼飾城は、もと村上義清《よしきよ》の持城《もちじろ》であった。

信州の豪族。村上義清は永年にわたり、武田信玄を苦しめ、村上との数年に及ぶ戦闘で信玄は手痛い消耗を強いられてきた。

だが、四、五年ほど前に、この強敵を追いはらってから、北信一帯に武田のくさび、は打ちこまれ、尼飾城には、いま小山田《おやまだ》昌行《まさゆき》が入って越後の上杉に対する最前衛となり、城を守っている。

村上義清は上杉謙信を頼って越後にいる。

隙あらば故国北信州を武田から奪い返そうとしていることはいうまでもない。

武田義信が三千の部隊をひきいて尼飾城へ入ったのは、六月十日の夕刻であった。

守備兵七百余人をもって城を守っていた小山田昌行は、若君義信じきじきの応援を得て、大いによろこんだ。

その夜であった。

早目の時刻に太郎義信が眠ったあと、丸子笹之助は、この山城を見まわってみた。

この城のある山を尼飾山という。

山裾《やますそ》の北から西へかけて、ひろびろと善光寺平の草原・耕地が低い丘陵と共に展開し、尼飾山につづく山脈は東から南へつらなっている。

この山脈にかこまれた盆地を松井の郷とよんだ。

城門はまだ開け放たれ、かがり火が諸方で燃えている。

むしあつい夜であった。月もなかった。

門の外にたむろしている軍兵に、このあたりの農婦たちが山へのぼって来て濁酒《どぶろく》や木の実・果実などを売り歩いている。いずれも山のふもとの番所の検問をうけてきたものばかりだ。

（あ……？）

城門前の空地に群れる軍兵の中へ足を踏み入れたとき、笹之助は息を呑《の》んだ。

三

笹之助に近よってきた物売り女は、甲賀の女忍者の於万津《おまつ》であった。

「しばらく……」

於万津の唇が眼前に迫ってきて、そう動いた。

「お、万津どのか……」と、笹之助の唇も動く。

『読唇の術』による久しぶりの於万津との会話であった。

「おたっしゃか？」と、於万津が濁酒の瓶を抱え、これを椀《わん》に汲《く》み、笹之助に差し出しつついった。

笹之助は椀をとって、うなずいてみせた。

「孫どのは？」

「たっしゃだ」

彼方《かなた》の篝火《かがりび》の火影が、あたりいちめんに休息をとっている軍兵たちをくろぐろと浮び上らせていた。

酒を買うものあり、木の実をほおばるものもいる。

こうした休息をあたえているのは、さしあたっての情況が緊迫していないわけであった。

「夜ふけてから、この山道の下の西側の大きな岩の蔭《かげ》へ来るように……」

「心得た」

このときの於万津は、わずか三年前の冬に、甲賀の家で笹之助が抱きしめたときの、か細い少女そのままに見えた彼女ではなかった。垢《あか》じみた野良着をまとい、顔もくろく、体つきも見違えるようにたくましくなっている。

「では、のちほど……」

於万津は、椀をうけとり、人びとの群の中へ消えた。

夜がふけた。

笹之助は閉ざされた城門の東側の石垣をはねこえ、きびしい警衛の眼をかすめて、ひそかに山道を下った。

雲がたれこめていて、雨でもふり出しそうな夜である。

指定された場所につき、木立と草むらに囲まれた岩の蔭へまわると、いきなり笹之助は腕をつかまれた。

「於万津どのか」

「あい……」

香ばしい女の汗の匂いがした。

於万津は、笹之助の首へ両腕をまきつけ、あえぎつつ唇をよせてきた。

「何をなさる」

「誰にも言わぬ、だから、笹どの……」

くつろげた麻の野良着の胸もとから半分ほどのぞいている乳房のふくらみが、鍛練された笹之助の眼には、夜目にもはっきりと見えるのである。

そのふくらみは、薄く汗にぬれていた。

「ね……のう、笹どの……」

「いかぬ。頭領さまのお言葉を、先ず聞こう」

「わけのないことと」

於万津は笑って、

「このまま、笹どのも孫どのも、前々のごとく……」

「武田信玄を刺せよ、とか？」

「あい。孫兵衛にもつたえて……」

「わかった」

「わかったら、あとは、もう……」

於万津の四肢が蛇のように笹之助をしめつけてきた。

四

「いかぬ。その手にはのらぬ」

「誰にもいわぬというたではないか」

「今度、失敗《しくじ》ったなら、おれの命は無い」

「だから、ないしょごとに、今夜だけ……」

於万津の手が笹之助の手をつかみ、それを自分の乳房に当てがったとき、笹之助は気力をふりしぼって、於万津の腕から逃げた。

於万津は、低く笑った。

「おれを試せと、頭領さまに命じられたのか」

於万津はしらけた顔になって草の上へすわり直し、

「信玄の首、討てそうにないか？」

「なかなかに……甲府の館《やかた》の中は、おれが一年も住んでいて、まだ何もわからぬ。それに、信玄が住む本丸曲輪《ぐるわ》のまわりは、昼も夜も、眼には見えぬ警固の網の目が張りつめられておるのだ」

「フム……それは、武田の忍びの者が、信玄を守っておるのじゃ」

「もう少し待てと、孫どのがいうた」

於万津は、しばらく考えにふけっていたが、

「なるほど、頭領様が、笹どのを塚原卜伝のもとへつかわしてまで、武田へ入りこませたわけが、わかるような気がする。わたしは、あまりにもまわりくどいやり方に舌打ちをしていたほどなのだが……」

「於万津どのは、甲府へ行ったのか？」

「行った。なれど、とても武田の館までは入りこめなんだ。それで孫どのにも会えず困っていたところ、ちょうど、笹どのが、こちらへ……」

「まず、よかった」

「甲府へ近づくにつれ、正直のところ、わたしも気おくれがしたぞえ」

「そうだろう。何となく、ひしひしと、こちらを見張っているような匂いが身に迫っているような……そうだろう？　於万津どの」

於万津はうなずき、

「武田信玄という大名、忍びの術については、われら甲賀のものに引けをとらぬ知力

があるらしい……」と、つぶやいた。

孫兵衛などは、足軽という身分柄、居館内部へは一歩も入れない。

忍び道具を使って、大胆に潜入することに踏み切るのは、わけもないことであった。

だが……。

そこへ踏み切れぬ何物かを、孫兵衛も笹之助も、忍者の鋭い本能で知覚していた。

(うかつには手を出せぬ)と、孫兵衛は思っているらしい。

失敗すれば元も子も無くなるのだ。

深沈たる夜の闇につつまれた武田居館の宏大《こうだい》な地域のその闇の底には、いくつもの眼が、忍び入って来るものを待ちかまえている。

笹之助は、太郎義信の住む北曲輪に起居していてさえ、その気配を、森に住むけだものの知覚で肌に感じとっていたのである。

「笹どの、では、しっかり」

間もなく、於万津は尼飾山から消えて行った。

五

丸子笹之助は、それから間もなく太郎義信にしたがい、甲府へ帰った。

尼飾城の兵力は、むろん増強させての上でのことであったが、この年、上杉謙信は、まともに信州へは打って出ず、三国街道を上州へ抜け、関東方面にくさびを打ちこむことに専念した。

この上杉軍の来攻を押えるため、関東（小田原城主）の北条氏康は、武州松山（埼玉県東松山市）まで出陣すると同時に、

「どうか、そちら側で信州に兵を送り、上杉めを牽制《けんせい》していただきたい」

と、武田信玄に申し送ってきた。

今のところ、信玄は北条と同盟をむすんでいる。

「よろしい」

信玄は引きうけて、秋になるとみずから信州へ出陣し、佐久郡の松原神社に祈願文をおさめ、小室《こむろ》城へ入った。

それと同時に、甲州と関東との国境にも兵を送って上杉軍を牽制した。

出陣はしても、この年の武田軍は、別に戦闘を行なったわけではなかった。

上杉謙信も、沼田や廏橋《うまやばし》の城を攻め落して一応の目的を達すると、早くも初雪がおりた越後の国へ、さっと引き上げてしまった。

関東や東海の地方にいる戦国大名たちと違って、信玄も謙信も、冬の間は軍団を出すことができない。

雪と寒気は、兵団や大荷駄小荷駄の輸送を至難なものにする。

雪どけと共に作戦を開始し、初雪と共に帰国する。

これは山国の武将たちが背負う宿命であった。

その年も押しつまったある日に、笹之助は信玄に呼ばれて主殿へ行き、親しく言葉をかけられた。

このところ、あたたかい日和がつづき、その日も主殿の庭に面した戸は開け放たれていた。

庭の枯芝は冬の陽にぬれている。

「そちはまだ、戦場の匂いを知らぬが、余も来年は、おそらく、そちの働きを存分に見せてもらえよう」

「おそれいりまする」

武田の家臣となってからの笹之助は、宏大な居館内の北端にある太郎義信の館で暮している。

太郎義信も、父の信玄と十日も顔を合わさぬことがあるほどで、信玄が呼ばぬときは、本丸曲輪へも出向かないのが慣例のようなものになっているらしい。

本丸と他の曲輪とは、厳然と区別されていた。

六

笹之助にしても、この武田居館へ入ってからの一年半という月日の間に、信玄の顔を見たのは数えるほどしかない。

北の曲輪は、太郎義信の居館と、信玄夫人三条どのの居館とに別れている。

本丸曲輪と信玄夫人の居館とは、二十間に近い二階廊下でむすばれてい、その長い廊下には二か所の番所のような『溜《たま》り』があって、信玄の近習と、夫人側近の侍女が交替に詰めていた。

信玄夫妻が、互いにこの長廊下を通って顔を合せることなど、一年のうちに何度あるだろうか。

この永禄三年という年など、おそらく正月の賀宴に三条どのが本丸主殿へわたった、そのときくらいなものであったろう。

信玄夫人は、三条内大臣公頼《きんより》の娘であり信玄より二歳年上である。

二人が結婚をしたのは天文六年で、信玄十七歳。三条どのは十九歳であった。

三条どのが太郎義信を生んだのは翌天文七年であるから、義信は今年二十三歳になる。

武田の後嗣として恥ずかしくない武勇の将であり、神経のするどい機敏な戦場での駆け引きも立派なもので、

「先ずは、御家も安泰じゃ」

武田の老臣たちは、よろこんでいるようだ。

「義信に仕えてみて、どうじゃな?」

その日も、信玄は笹之助に訊《き》いて、

「互いに若者同士ゆえ、気も通うことであろうと思うておるが……」

「もったいないことにござります」

「余も、義信は初めての男子ゆえ、いつも心にかけてはおるのじゃが……」と、信玄は笹之助を通じて義信の耳に届かせたいような口ぶりであった。

笹之助は、そんな感じをうけた。

「一献《いっこん》つかわそう」

傍の置戸棚から錫《すず》で出来た『振り鈴』をとって、信玄は軽やかにこれを鳴らした。

「そちの生まれは、相模国じゃそうな……」

「はい」

「親は？」

「父母ともに健在でござります」

いま笹之助の仮親となっている相模国・丸子の里の郷士丸子重太夫には、甲賀の息がかかっている。いざというとき、武田の密偵が笹之助の身もとを洗っても心配はない。

重太夫の祖先は甲賀杣山の出身であり、三代ほど前から相模に土着したのだ。

何のための土着か、それはいうまでもないことであろう。

やがて、数名の侍女たちが、酒肴《しゅこう》の仕度をととのえて主殿へ入って来た。

その中に、久仁がいたのである。

館《やかた》の侍女たちは、いずれも、かなり濃い化粧をほどこしていた。

白粉《おしろい》や紅は、京から運ばれてくるのを信玄夫人はじめ侍女たちは使用している。

化粧料を運ぶ商人は、京の公卿《くげ》方へも昔から出入りをしているもので、信玄夫人は、特別に明国から渡来する『唐の土』とよばれる白粉を四十をこえた今でも愛用しているそうな……。

七

丸子笹之助は、濃化粧の侍女たちの中にまじり、主殿へ酒の瓶子《へいし》をささげてあらわれた久仁へ、何気なく眼をやったとき、背すじのあたりが、ぴりっとふるえたような気がした。

主殿へあらわれた五人の侍女の中で、久仁だけが、いささかの化粧もほどこしていなかった。

美女という言葉は、むしろ久仁に当てはまらないであろう。

瞳《ひとみ》はつぶらであったが、鼻すじも低い方で、その鼻の先が、ちんとほのかに上を向いている。

さすがに唇は桃の花片のような若さがみなぎり、その唇の両端が微《かす》かに上へのびていて、そこに笑くぼのような小さいくぼみがあった。

小麦いろの肌には処女の凝脂《ぎょうし》がくまなく行きわたり、両頬から襟あしにかけ、わざと手入れもせぬままの細かい産毛《うぶげ》が、野性の美しさをほこっていた。

丸子笹之助は、一瞬、眼をうばわれた。

このとき、武田信玄の口もとに影のような苦笑が走ったのを誰も気がつかなかった。

久仁は、まず信玄の盃《さかずき》に酒をみたし、信玄がほした盃を三方にうけて、笹之助の前へ運んできた。

久仁の体臭が笹之助を目くるめく思いにさせた。

(母と同じ匂い……いや同じような、見事な匂いだ)

あたりには、侍女たちの化粧の香りもただよっている。

その中にあって、深林に咲く名も知れぬ花の匂いを久仁はもっている。

あたたかい午後ではあったが、冬の気配は、庭にも主殿のうちにも満ちわたっていた。

瓶子をとって、笹之助がもつ盃へ酒をそそぐ久仁の垂れ髪と小袖《こそで》の襟からのぞいているなめらかな、しなやかな喉《のど》もとは、その奥の小袖に隠れたふくらみのあたりにこもる彼女の肌の匂いを笹之助の官能へ送りこんできた。

それは、春の陽光を思うまま吸いこんだ久仁という木の実の芳香であった。

人の手にかけられぬまま育った若木の鮮烈《そうぼう》な香りでもある。

盃を唇に当てたとき、笹之助と久仁の双眸は、空間にひたとむすび合った。

八

恋という迷路へは、何処から入ってもよい。

ことに、その男女の年齢が若ければ若いほど、素直で率直な入り方が出来るものである。

久仁の躯《からだ》から放散する芳香は、笹之助が亡母の小里を慕う想いとないまぜになって、笹之助を擒《とりこ》とした。

この春に館へ上ったばかりで、笹之助を初めて見た久仁も、

（ま……何という、この方のお眼は……）と思った。

塚原卜伝をして、

「心情もゆたかな眼よ。可愛《かわ》ゆげな眼ではある……わしはの、そなたの眼が好きなのじゃ」

と、思わずも嘆じさせた笹之助の双眸に魅せられてしまったのだ。それに、去年の春、笹之助が藤田将八を倒した試合の模様は、居館内の侍女たちの間でも評判となっている。

盃をほして、三方にもどしたとき、笹之助は上気していた。

笹之助は、久仁の体臭に酔っていた。

だからといって、久仁の躯の匂いが他の女たちにくらべて、特別に強烈だというの

ではない。

つまりは、笹之助のように嗅覚《きゆうかく》が異常にするどく、女の体臭に特殊な追想をもつもののみが、激しい感動をおぼえた、というわけであった。

その日は、間もなく笹之助も北曲輪《ぐるわ》へ帰された。

笹之助は主殿を出るとき、つとめて久仁の方を見なかった。

(気をつけねばならぬ。もう女には……)

年があけて永禄四年となった。

その正月から、孫兵衛が北曲輪と西曲輪をむすぶはね橋際《ぎわ》の番所へ移って来た。

外濠《そとぼり》の番所から居館内の番所へ移ることが命じられたのも、孫兵衛の忠勤ぶり?がみとめられたからなのであろう。

こうなってから、孫兵衛は二日に一度は顔を見合う機会が出来た。

(永かったのう、笹どのよ)

と、濠をへだてて西曲輪の番所から、孫兵衛の唇が動いて声なく語りかけた。

例の『読唇の術』である。

九

笹之助と孫兵衛は、春が来るまでに何としても信玄の命を絶とうと誓い合った。

春が来れば、また信玄は席のあたたまる間もなく、館から出たり入ったり、あわただしく諸方へ出陣する。

このとき、信玄と共に出陣出来れば、いくらも機会はあるのだが、笹之助は太郎義信の侍臣であり、孫兵衛は主として居館警衛をつとめる足軽であった。

ぬけ出して信玄の後を追い、事をしかけることは容易である。

だが、笹之助にしろ孫兵衛にしろ、毎日毎夜の厳重な点呼にもれていることがわかったら、たちまちにこの異常事態は急使によって信玄にもたらされるであろう。

油断のある城、油断のある大将なら忍術も派手に駆使できる。

(おそらく今川義元を刺せといわれたら、もっと早く事をなしとげていたろう)

笹之助はそう思った。

ともかく、孫兵衛も、笹之助も信玄をしとめる場所は、この居館内において、ということに意見は一致した。

信玄の住む本丸曲輪の建物は、四十五度ほどの傾斜をもった大切妻《きりづま》屋根である。

その大屋根の中には、いくつもの小窓が切りあけられてある。二重三重の部屋が、いくつも屋根裏にかまえられているらしい。

「あの窓の一つ一つに、武田の忍者の眼が夜も昼も光っているぞ、笹どの」

西曲輪の番所に何気なく立ったまま、孫兵衛ははね橋のこちら側の笹之助へ唇を動かして見せた。

本丸曲輪は、高さ二間の土塀によって他の曲輪から区別されている。

二度ほど、孫兵衛と笹之助はその塀を越えたことがあった。

本丸曲輪の西側に『御くつろげ所』と呼ばれる信玄の居間がある。その居間につづいて看経《かんきん》の間があり、六坪もあるひろい便所がつづいている。六坪というと十二畳のひろさだ。こんなにひろい便所というのも可笑《おか》しなものだが、信玄は朝と夜の二回、数時間にわたって、この便所にこもっているらしい。

しかも、これらの建物の床下は、ただの床下ではないようである。

「あの床下には人が住んでおるぞや」

孫兵衛は土塀の下の夜の闇に溶けこみつつ、唇を動かした。

黒の『忍び衣』を笹之助の分まで孫兵衛は用意してくれていた。

鉤縄《かぎなわ》・打鉤《うちかぎ》・苦無《くない》・探り針などの忍び道具や、火薬毒薬の類までも孫兵衛はどこかに隠してある。

笹之助が北曲輪を忍び出て、あの毘沙門《びしやもん》堂のある赤松の林まで来て孫兵衛と落合うと、これらのものを孫兵衛は笹之助にあたえるのである。

三月に入ってからも、確信をもって突進するだけの自信が二人には湧いてこなかった。

(よし!!　やってみよう)

孫兵衛にも洩《も》らさぬ秘密の計画が、笹之助に浮んだ。

（あの女を……）

丸子笹之助の脳裡《のうり》にうかんだのは、久仁のことであった。

久仁は信玄のそば近く仕える侍女である。

本丸曲輪の侍女たちは、本主殿の切妻屋根の二階と、あとの一部は西曲輪の一郭に居住しているらしい。

信玄居館は、主殿と本主殿に大別され、それぞれに高い切妻屋根をもっているが、一口に屋根といっても、何百坪もある建物にかぶさっている屋根であるから、小さな家の十や二十は屋根だけでのみこんでしまうほどのものだ。

さいわいに、そのころの久仁は西曲輪の東側の長屋に他の侍女たちと共に暮していた。つとめの刻がくると、孫兵衛が詰めているはね橋をわたり、石垣上にそびえる毘沙門堂の山を左手にした通路をぬけ、番所を二つ通って本丸曲輪へ入って行くのである。

侍女にしても、家来にしても、本丸曲輪からひとたび出れば、自由であった。

それぞれの管轄によって、朝夕の点呼は行なわれるが、その他の非番時間は、かなりゆるやかなもので、春や夏になると、侍女たちが毘沙門堂前の草原に集まり、毬《まり》をついたり、わらべ唄《うた》をうたったりすることもある。

三月七日の未明であった。

武田信玄は旗本百五十騎、士卒三千ほどをしたがえて、居館を出発した。

今年は、上杉謙信が小田原の北条を攻めるという情報が間者によってもたらされたので、信玄は信州軽井沢へ出て、関東の形勢をうかがうと同時に、去年の秋から、あの尼飾城の眼下にひろがる盆地に築城しかけている海津城《かいづ》の構築情況を視察しようというわけであった。

すでに、信州の雪が解けぬうちから『海津城構築』のための資材や人夫が、山本勘介や高坂昌信の指揮によって、続々と松井の郷へ送りこまれていた。

信州の諸方の城砦《じょうさい》を守る武田の部将たちも、総力をあげて、この城の完成を急いでいるように見える。

信玄が甲府を発してから、二日目の夜ふけに、笹之助は北曲輪を忍び出て、西曲輪へ潜入した。

例のはね橋には、孫兵衛ではない別の足軽が二名ほど詰めている。

孫兵衛は孫兵衛で、単独に本丸曲輪の潜入口を探索しているらしい。

「今度、信玄が帰館したときこそ!!」

孫兵衛の決意は固かった。

笹之助も、そのつもりであった。

(今度は女を利して、はたらくためなのだからな。孫どのよ。まあ、おれの腕を見て

おるがいい)

十一

忍び衣に身をかためた笹之助は、西曲輪《ぐるわ》へのはね橋の裏側に吸いつき、するすると濠《ほり》をわたって向う側の石垣に飛びついた。

西曲輪は女たちや下士の居住区で、他に味噌《みそ》庫《ぐら》と称する食糧庫がある。警戒も手薄なのはいうをまたない。

らくらくと、笹之助は、侍女たちの長屋の塀を越え、屋内に潜入した。

小柄《こづか》ひとつで、戸をあけ、忍び足で廊下をわたる。

夜番の中間《ちゅうげん》が廊下をわたって来たが、笹之助は影のようにすれ違った。

中間が持っている龕灯《がんどう》の灯影を避け、まるで人の気もただよわせずに夜の闇にとけこんだ笹之助は、一間そこそこの近くを夜番の男とすれ違ったのである。

中間は、まったく気がつかない。

(こんな奴らばかりなら、仕事も楽なのだが……)

笹之助は苦笑をした。

やがて、熟睡している久仁の枕頭《ちんとう》に、笹之助は立っていた。

同じ部屋に二人の侍女が、久仁をはさんで眠っている。

笹之助は懐中から小さく折りたたんだ手紙を取り出し、久仁の喉《のど》もとから胸のあたりへ差しこんだ。

そして笹之助は西曲輪の戸外の闇へ消えた。

手紙には、およそ次のようなことが、したためてあった。


おどろかれたろうが、私も必死であった。何とかして、この自分の心を、久仁どのを恋い慕う心を、そなたに伝えたかったのだ。

大胆にも、この西曲輪へ忍んだ私の心を、どうかくみとっていただきたい。私は命をかけておる。命をかけてのことでなくば、どうして、このような不敵な仕方が出来よう。お察し下されたい。

すぐる日……。主殿に於て上様に御言葉をいただいた折、そなたの姿を見、そしてそのときから、私は、身内に燃えてくる強い、激しい心を押え切れなくなってしもうたのだ。

明日、申《さる》の刻、毘沙門堂下の赤松の林の中におはこび願いたい。

笹之助

於久仁どの

大胆きわまる所業ではあった。

孫兵衛が知ったら一も二もなく、

「笹どのは何という恐ろしいことを——それが甲賀忍者のする業《わざ》か!!　軽はずみにも程がある」

叱りつけられることであろう。

だが、笹之助には自信があった。

あれから数回にわたって、笹之助は久仁と顔を合せていた。

それは、主として侍女たちが本丸曲輪から退出するときに、北曲輪の番所で、懇意となった足軽と立話をしながら、笹之助は久仁を待ちうけていたのである。

番所の向うの石垣と土塀にはさまれた幅一間《い》の通路を西曲輪のはね橋に向う久仁は、笹之助の燃えるような視線を受けると、たちまちに、反応をしめしてきたのだ。

十三

笹之助を見返す久仁の双眸《そうぼう》はうるみをおび、きらきらと輝いていた。

五人ほどの侍女たちの蔭《かげ》から見せる彼女の面《おもて》は、全身の血が凝血《ぎょうけつ》したかのようにあかくなった。

(ときには、大胆にやって見るものだ!!)

若さであった。成功の直感があったのである。

けれども笹之助は懸命に、(これは忍法だぞ。女にうつつをぬかすのではない、女を利するのだ!!)と、自分にいいきかせていた。

敵中にあって、女性を騙《だま》し、あやつり、これを利用して活躍の一助となすことは『忍びの術』のうちでも、かなり重要な位置をしめていたし、そのことについての秘伝も、忍者たるものは必ず体得していなければならない。

翌日の夕暮れも近い申の刻に、笹之助は毘沙門山の赤松林へ歩み入った。

近頃の太郎義信は、老臣の飯富《おぶ》兵部《ひょうぶ》や長坂源五郎などを連日呼びよせて、会議にふけっているようである。

何かそこには異様な空気もただよっているようだが、

(信玄を刺せばよいのだ!!)

という使命の遂行にわき目もふらず突き進むのが、この場合の笹之助と孫兵衛の立場であった。

二人の甲賀忍者は、武田家の密議も軍略も探りとれという命を受けていない。受けていない以上、傍に眼をそらし余計な行動を起してはならない。それは意外な破綻《はたん》をまねくからである。

その日も、朝から太郎義信の館《やかた》では密談がつづけられていた。

笹之助も遠去けられ、朝から暇であった。

笹之助がしのび出た赤松の林には、春の息吹きがこもっていた。

草と土と樹の匂いは早くもなまなましい香りをたて、名も知れぬ野の花も咲きはじめている。

笹之助の五感は、すぐに久仁が林の何処かにいることを知った。

（しめた!!　来ておるな……）

毘沙門堂から東へ下った斜面に、久仁は、ひっそりとうずくまっていた。

「久仁どの……」

「あ……」

しんかんとした春の夕暮れである。

空は、まだ明るかったが、林の中には淡《あわ》むらさきの夕闇が、かすかに流れこんできていた。

どの位たったろう。

二人は、二間ほどの距離をおいて、いつまでも、いつまでも互いの眼の底にあるものを見つめ合っていた。

十三

「わかって下されたか……？」

まず、笹之助から口をきった。

声が喉《のど》にからまっている。

双眸は火のような情熱をこめ、ひたと久仁の面に射つけられていた。

こうなると、笹之助は恋する若者になりきってしまっている。

ということは笹之助が久仁を手なずけ、久仁の口から本丸御殿の構造と信玄の生活を聞き取ろうと考えたのも、笹之助自身は気づいていないが、久仁への魅惑が『忍者の使命』という口実のもとに、笹之助を引き込み、このような忍者として全く非常識な行動に駆りたてたものらしい。

「わかって下されたか？　於久仁どの……」

もう一度、笹之助はいった。

「あい……」

消え入りそうに見える羞恥《しゅうち》の中にも、処女の情熱の激しさがむき出しになり、久仁は軀《からだ》を火照《ほて》らせつつ、しっかりと笹之助を見つめているのだ。

ものもいわずに笹之助は久仁に飛びかかった。

「あ……あ……」

抱きしめて、笹之助は、またも全身の気力を眼に集め、久仁を見た。

「私には、この世に只《ただ》ひとり、そなたがあるのみだ」

そう囁《ささや》きつつも、視線を放さぬ笹之助なのである。

久仁の眸《ひとみ》が、とろりとなった。

これは『眠りの術』の一種で、笹之助の視線が、久仁の眼の力を吸いとってしまったのであろう。

しずかに、笹之助の唇が女の唇に近寄って行った。

久仁は、かすかにうめき身をよじらせたが、すでに失神の一歩前の状態に陥っている。

女の小袖《こそで》の胸元をひらき、小麦色にふくらんだ久仁の乳房に頰をうめたとき、笹之助は冷静を失っていた。

夢を見ているような時が流れた。

夕闇は濃くなり、北曲輪《ぐるわ》から老臣飯富兵部の退出を知らせる小太鼓が鳴りはじめた。

久仁は蒼《あお》ざめていた。

「許してくれ、久仁どの……私は、そなたを妻にしたい。きっとする!! いずれ折を見て、上様にもお願いするつもりだ」

久仁がうなだれた。

「怒っているのか?」

「いいえ……」

「では、なぜ……そなたは哀しそうに見える」

久仁は、笹之助の胸に顔をよせ、

「嬉《うれ》しゅうございます」と、ささやいた。

このとき、笹之助は我に返った。

(いかぬ。ここで溺《おぼ》れてはならぬ)

笹之助は、久仁の唇を激しく吸いつつ、二日後の出合いを承知させた。

十四

武田信玄は、間もなく信州から引きあげてきた。

出陣といっても戦闘が行なわれたわけではない。

信玄は、軽井沢へ出ると、そこに真田《さなだ》幸隆《ゆきたか》を部将とする一隊を残しておき、みずからは直ちに千曲《ちくま》川に沿って北上した。

善光寺をのぞむ松井の郷へ築きつつある『海津城』の工事を見るためである。

千曲川は、奥秩父《ちちぶ》の西にそびえる甲武信《こぶし》岳《だけ》にみなもとを発している。

この長流のすすむところ、甲斐の武田と越後の上杉両軍の宿命的な戦闘は、千曲川の流れる沿岸に、平野に、いくたびもくり返されてきている。甲斐と越後にはさまれた信州には、由来これといった大豪族が無く、諸方に分散する小豪族が互いに小競合《こぜりあい》をくり返しているばかりであった。

ところが、戦国の時代も、今や天下統一に向って進みつつある。

小豪族が大豪族に――そして大豪族は大名に吸収され、大名たちはまた、それぞれに大勢力をもつ戦国大名の傘下に加わっている。

信州の豪族たちは、上杉と武田という両大名に分れて吸収されたといってもよいであろう。

そして、その大半は武田信玄の旗のもとにおさめられてしまったのである。

松井の郷へ城を築き、武田信玄は、まさに越後の喉《のど》もとを扼《やく》そうとしている。

これは、宿敵上杉謙信を一挙にほうむろうという信玄の決意のあらわれであることはいうまでもない。

信玄は、築城工事を視察して満足したようであった。

信玄が居館へ帰るまでの数日の間に、笹之助と久仁は、あの赤松林の中で、三度ほど会った。

土も樹も、陽の光を吸って生き生きと匂いたっている。

久仁の軀は、小袖の中に燃え、笹之助の愛撫《あいぶ》にとけた。

(おれは、忍者として、この女を抱いているのだ!!)

強く自分にいいきかせながらも、笹之助は、初めての女を自分にささげた久仁の情熱と、ひたむきな信頼をこめた応えように、ともすれば我を忘れかけた。

十五

久仁の口から、笹之助が『夜伽《よとぎ》』のことを聞いたのもこのときである。

「わたくし、こうなりましたからには……もう、あなたさまに黙っているわけには、まいりませぬ」

久仁の告白を聞き、笹之助もおどろいた。

「上様が、毎夜、そなたの裸身を抱いて眠られる、というのか……」

「もう……もう何もおっしゃらないで……」

「なれど、何も、あやしげなるふるまいをなさるわけではない……」

「いや!! もう、そのような……」

信玄が久仁の軀の匂いを愛し、添い寝をさせてはいるが、それ以上のことは何もしないということは、笹之助にもよくわかっている。

はじめて、赤松林の中で久仁を抱いたとき、久仁にとっては自分が最初の男だったということは誰よりも笹之助自身が知っているのだ。

僧門に入り、信玄と号した武田晴信が女色を絶ってまでも天下の覇権をつかもうとしている決意のほどは、家中のもの誰一人として知らぬものはない。

だが、裸身の侍女を両傍に添い寝させているということは、笹之助も初めて耳にしたことであった。

「はじめはいやでしたけれど……今は、何か父《てて》どのに抱かれているような気になってしまいます。上様は、上様の幼いころのことなどを、いろいろとわたくしに話して下さいます」

笹之助は、むっとしていた。

(信玄というやつも、おどろいたものだ。若い女を添い寝させ、しかも裸身で……)

男としての力を失った老人が女の体臭を嗅《か》いで若さをよみがえらせようとする――

このことは、笹之助も聞いているし、その事実を知ってもいる。

しかし、四十をこえたばかりの信玄がすることだけに、笹之助は押えようとしても押えきれぬ嫉妬《しっと》が胸につきあげてくるのをおぼえた。

（かまわぬ!!　おれは只《ただ》、この女を忍者として……）

何度も胸にいいきかせつつ、笹之助は久仁の口から、少しずつ信玄の生活や寝所の様子などを探り出して行った。

久仁は、昼のつとめのときは一度西曲輪へ戻り、夕飯の後に、ふたたび本丸曲輪へ出向き、寝所にはべるのだという。

「昼間のときには、あまり耳につきませぬが、夜更け、まったく物音が絶えたとき、御寝所の床下の底から水の流れる音が聞えてまいるのですよ」

この久仁の言葉を聞いたとき、笹之助はハッと気がついた。

（もしや……濠《ほり》の水が本丸御殿の床下に流れこんでいるのではないか……？）

一年近く、この館《やかた》へ奉公に上っている久仁でも、信玄の侍臣によって寝所へみちびかれるときには、何処をどう通って行くのか、まるで見当がつかないらしい。

十六

「御くつろげ所の西側のお廊下から、一度は本主殿の方へすすむのですけれど……そのうちに、いくつもの戸や小さな廊下を通り抜けているうち、御寝所が御館のどのあたりにあるのか……わたくしも、他の御女中方も、さっぱりわからなくなってしまうのです」

と、久仁は可笑《おか》しそうに微笑むのである。

「さもあろうな。上様は、この甲斐の地に大きな城をおかまえなさるわけでもなく、たった一重の濠水にかこまれたこの御館に暮しておいでなさる。戦いは敵をこの地へ入れず、出でて行こうという上様の御心じゃそうな——それだけに、それほどの用意が、この御館の内にあること、ふしぎではない」

その翌日の昼すぎに、笹之助は西曲輪の番所に立っている孫兵衛に呼びかけた。

声なき声の応酬は、すばやく行なわれた。

信玄寝所の床下に水の流れる音がすると聞いたとき、孫兵衛の眼がぎらりと光った。

はね橋のこちら側で何気なく西曲輪の石垣の上に咲きそろっている桜の花をながめている笹之助にも、その孫兵衛の双眸《そうぼう》の輝きは、はっきりと見てとれた。

「笹どのは、そのことを誰に聞いた？」

「北曲輪の老女から……」と、笹之助は嘘をついた。

「ふむ……いうまでもないが、相手に怪しまれてはおるまいな？」

「むろんのことだ」

「わしは、今夜、この濠の中へもぐって見よう」

「おれも行く」

「このようなとき、二人忍びはならぬ。それは、おぬしにもようわかっておる筈《はず》じや」

忍者が二人以上で敵地に潜入することを二人なら『二人忍び』といい、三人なら『三人忍び』とよぶ。

これは単独の潜行よりむずかしいものであった。

よほど二人の心が合い手順や合図に狂いを出さぬようにしない限り、一人忍びより効果はあがらない。

失敗しても、逃げ帰るという仕事なら楽なものだが、いまの孫兵衛と笹之助にとって失敗は許されない。

足かけ四年がかりの苦心も、わずかな手違いから水泡に帰してしまうわけであった。

「もし、わしが失敗《しくじ》っても、まだおぬしが残っていなくてはなるまいがな？」

笹之助も断念せざるを得なかった。

水中に於ける活動は、とうてい孫兵衛におよぶべくもない。

その翌日になった。

信玄は夕暮れまでに帰館することになっていたが、居館内では、別にあわただしいどよめきもない。主《あるじ》信玄の激しい活動ぶりに、みなも馴《な》れてしまっているのであろう。

その日の昼下りに、笹之助は孫兵衛がはね橋の向うから呼びかけるのを見た。

「今夜、わしのところへ来てくれい」と、孫兵衛の唇が動いた。

七

その夜更けに、笹之助は忍び装束に身を包み、西曲輪《ぐるわ》東面の石垣下で孫兵衛とおちあった。

石垣が濠の水へ呑《の》まれようとするわずか一尺のところに、二人の体は守宮《やもり》のように吸いついている。

「笹どの、お手柄じゃ」

と、孫兵衛は先ずほめてくれ、濠の向うの本丸曲輪の石垣が木立をかぶって南の彼《か》方《な》の闇に吸いこまれているあたりを指し、

「御旗屋のあたりにあるはね橋《い》の下あたりから、たしかに濠の水は本丸へ流れこんでいたわい」

「そうか。なれど孫どの――その濠水《ほりみず》は庭の泉水にひきこまれているのと違うか？　もしそうなれば何のことはない」

「わしも、そう思い、昨夜は、さすがにこの体が氷漬けになったかと思うほど根気よく何度も水にもぐってみたが……」

めずらしく孫兵衛は、ほろ苦い微笑を浮べた。

「笹どの。濠の水は、たしかに信玄居館の床下に流れこんでいる。わしは、一抱えもあろうほどの大木が、すっぽりと入るような穴から濠水が流れこむのを見とどけたぞ。

しかも、それは、石垣の底の底、ずっと深いところからだ。これは庭に引く水の通り路ではあるまい」

「いかにも——」

「まだ、二度や三度はもぐってみねばなるまいが……おそらく、わしはな、濠水の行方は信玄の厠《かわや》の下であろうと思う」

朝夕の数時間を厠にすごすという信玄の習慣については、笹之助も聞きおよんでいた。

しかも、十二畳敷きの厠だというのである。

だが、その厠の位置を、外部からは、まったく見とどけることは出来ない。

おそらく『御くつろげ所』の一棟のうちにあるのだろうが、そのまわりは樹林にかこまれ、大きな切妻屋根が一つそびえているだけで、その屋根の下の構造は、寝所にはべる侍女たちでも知らないというのだ。

「ともあれ、わしの見込みが間違っておらなければ、濠の水と共に本丸の地底《じぞこ》へ忍び込めると思う」

「孫どの。今度は、おれも行くぞ!!」

忍者としての生甲斐《いきがい》はここにあるのだ。危険を克服して使命を遂行出来たときの歓喜は、その危険の度合が大きければ大きいほど何倍もの反響となって我身に返ってくるのだ。

「おれは行く。連れて行ってくれ」

「聞きわけのないことをいうな、笹どのよ。功名にはやることは甲賀忍者の名折れではないか」

四日後の夜になって、また二人は同じ場処であった。

「わしの思うた通りじゃった。いよいよ、やるぞ」と孫兵衛は、さすがにその面を興奮にふるわせつついった。

戦鼓

一

それから三日を経た。

その間に、笹之助は赤松の林の中で、久仁と会った。

(首尾よく、孫どのが信玄を刺したあかつきには……)

むろん、孫兵衛はそのまま逃走するであろう。または、その場で武田方のものに命脈を絶たれてしまうであろう。そのどちらかであるに違いないのだ。

どちらにしても、久仁の軀《からだ》を抱き、久仁の囁《ささや》きを聞き、久仁の匂いに酔って行くにつれて、笹之助の決意は次第に牢固《ろうこ》たるものに変りつつあったのである。

それを、笹之助自身は、はっきりと意識してはいない。

(孫どのが失敗《しくじ》ったなら、おれが信玄を刺さねばならぬ……)と、胸は思いつつも、本能は拒否していたのだ。

(孫どのが失敗って尚、おれに信玄が刺せようか……?)

これであった。

信玄とも数度にわたって親しく対面の機会を得たし、そのたびに丸子笹之助は、武田信玄という大名の威風に圧迫されつづけてきた。

無意識のうちに、笹之助の闘志は殺《そ》がれていたといってよい。

その反面で、孫兵衛がきょうは決行するか、明日は……と、笹之助は時が流れ日がたつのを、期待と惑乱のうちに夢中ですごしていたのである。

（孫どのが首尾よく信玄を殺し逃げ終《おお》せたときは……）

そのときには、いうまでもなく笹之助も甲府を脱出して甲賀へ帰らねばならぬ。

（久仁も一緒に……）

甲賀に久仁を連れ帰り、頭領山中俊房に久仁という女を見てもらえば、久仁と夫婦になることは許されよう。

久仁にしても、御屋形さまの信玄が死んだところで、それが甲賀のものの仕業《しわざ》だとは思うまいし、思ったとしても、それがどうだというのだ。

（久仁にはおれという男がありさえすればよいのではないか……）

原則として他国の女と夫婦になることは禁じてあるのが、甲賀忍者の掟《おきて》だが、例外も二、三あることだし、久仁が甲賀のものにとって怪しむべき何物もない女であることは、ひと目見ればわかることなのである。

孫兵衛と西曲輪の石垣下で別れてから五日目の昼近く、またも久仁と北曲輪の竹林に出合った笹之助は、

「昨夜、御寝所の床下に曲者《くせもの》が忍びこんだのです」という、久仁の言葉を聞き、尚も、

「御屋形さまは、その曲者が今夜も来るであろうと、おっしゃいました」と聞くに及んで、

（もう、いかぬ）と、絶望した。

二

甲賀忍者に『死』はあるが『絶望』はあってならない。

けれども、あの武田信玄が添い寝の侍女にまで「今夜もまた来るであろう」ともらしたことは、笹之助にとって絶望以外の何物でもなかった。

寝所の床下にまで潜入し得た孫兵衛の力量をほめてやるべきであって、それから後は、とても、すべてを知ってしまった信玄の前には手も足も出まいと思った。

それにしても——その日の久仁との会話を、すべて孫兵衛に聞きとられていたとは、笹之助も不覚であった。

「おれは、おぬしを上様の寝所へはべらせることが、もうたまらなくなってきた——この十日の間に、おれもおぬしも変った……変った以上は仕方がない」

とまで、本能が命ずるままに真情を口走ってしまったのである。

それを盗み聞いて、孫兵衛は、

（これは……放ってはおけぬ）と直感した。

放っておけば、丸子笹之助は女を連れ、孫兵衛を置き去りにして逃げてしまうかも

知れない。そうなれば後の仕事がやりにくくなる。警戒は更に厳重なものとなるからだ。

孫兵衛は、前夜、濠水《ほりみず》の流れと共に寝所の床下へ潜入したことを信玄にさとられた、などとは思ってもみなかった。

孫兵衛は幾種類もの忍び道具を使って床下の構造をしらべてみたが、家屋の構造がまるで違うらしい。床板をあげて屋内へ入る隙を一点も見つけることが出来ないのだ。

孫兵衛があやつる『探り針』の先端すらも、いたずらに木材と鉄材の巧妙な組み合せ方による『鉄壁』をさ迷うばかりなのである。

(今夜はこれまで!!)

孫兵衛は一度ひきあげ、よくよく探究して見なくてはならぬと思った。

濠水が流れるひろい下水道は、焼き土と木材で出来ていた。

その下水道のまわりには何があるかわからない。

(なれど、ここまできたからには、何としてもしとげて見せるわ)

孫兵衛の意気込みは頂点に達していた。それだけに、竹林に潜み、低く風にのって伝わってくる久仁と笹之助の会話を、けだもののような聴力によって聞きとったとき
(笹どのを殺さねばならぬ)と、孫兵衛は心を決めた。

笹之助は『濠水』の秘密を北曲輪の老女から探り出したといった。

だが、この半月ほど前から、休息の刻をえらんではね橋をわたり毘沙門《びしやもん》山へ消えて

行く久仁を見送るたびに、孫兵衛は、

(もしや?)と、かすかな疑惑に胸がさわいでいたのである。

三

その日も、久仁の通る姿をみとめるや、孫兵衛は用便にかこつけて同僚に番所をたのみ、毘沙門山へ分け入ってみると、果して予感は的中していた。

孫兵衛の体全体が発した『殺気』に丸子笹之助が気づいたのは、さすがであった。

(笹も、あの情にもろい気質さえなくば、立派な忍者となれたものを……)

笹之助を自分につけてよこした頭領がうらめしくさえあった。

しかし、そうした笹之助の性格が、塚原卜伝をも、武田信玄をも騙《だま》し終せたといえる。

(なれど、嗅《か》ぎとった以上は、もう邪魔になった!!)

孫兵衛が襲いかかったとき、笹之助は女を毘沙門堂に隠し、互いに『飛苦無《とびくない》』を投げうって闘いつくした。

孫兵衛の詰問をうけると同時に、笹之助の決意は、声になり形になって具現したのである。

「笹よ、おぬしはあの女を連れ、この館《やかた》を逃げるつもりか?」と呼びかけた孫兵衛の唇の動きに「仕方がない」と、笹之助は断固として答えたのだ。

孫兵衛は、笹之助も久仁も、同時に殺害し、その死体を隠してしまい、おのれの使命を続行するつもりであった。

笹之助との無言の争闘は、笹之助が投げた、とどめの『飛苦無』が孫兵衛の右眼に喰い込んだことによって終った。

毘沙門堂の屋根から北の濠水へ落ちこんだ孫兵衛の行方は、まったく知れなかった。

問題は、丸子笹之助と久仁に残った。

笹之助も孫兵衛の『飛苦無』を左腕に受けている。孫兵衛と闘ったことは明白だし、同じ場所に久仁がいて「くせものでございます!!」と絶叫し助けを求めたことを知らぬものはない。

笹之助も久仁も、ただちに信玄の前に呼び出された。

笹之助も久仁も、面を伏せたままであった。

信玄も永い間、沈黙していたが、やがて、

「そちたちは、慕い合うていたのじゃな」と、声がかかった。

こうなると女の方がつよかった。

久仁は凛然《りんぜん》と面をあげ、「はい」と答えた。

「ふむ……そちたちが出合うていたとき、あの曲者があらわれたと申すのか」

「はい」

久仁は、笹之助と孫兵衛とによって交された『読唇の術』による会話を、もちろん知ってはいない。

久仁はただ、毘沙門堂の中で息をころしていたのだ。

四

「丸子様に、お堂の中へ押しこまれ、じっとしておりましたが……そのうちに、もう居ても立ってもいられなくなりました。何やら外で……」

無言の決闘ではあったが、さすがに女の久仁にも、堂の外に展開された凄《すさ》まじい孫兵衛と笹之助の駆け引きの気配は感じられたらしい。

思いきって扉をあけたとき、笹之助は孫兵衛が投げた『飛苦無』に左腕をかまれ、赤松林の窪地《くぼち》へころげこんだ。

「ふむ……久仁が救いを求めなんだら、笹之助も危いところであったのじゃな」

武田信玄は半眼に、久仁と笹之助を見やり、

「毘沙門堂のまわりには、そちが腕をかまれた、このようなものがいくつも散っていたそうな……」

「は……」

こういって、信玄は笹之助に『飛苦無』の鉄片をつまんで見せた。

「腕は、まだ痛むか?」

「いささか……」

「ふむ」

信玄は『飛苦無』に心をそそられたようであった。

およそ長さ二寸ほどの、手の親指よりややふとめで円錐《えんすい》形をしたこの甲賀忍者独特の武器を信玄は飽かずながめている。

笹之助は蒼《あお》ざめていた。

「笹之助」

「はい」

「そちは、あの曲者《くせもの》があらわれる前に、久仁を堂の中へ押し入れたそうじゃの？」

「はい」

「何故じゃ」

「は……」

笹之助のえり首のあたりに、ぱあっと血がのぼった。

もう甲賀忍者としての自分を忘れ、信玄気に入りの侍女と忍び合っていた一人の青年としての笹之助になりきってしまっている。

「何故じゃ？」

「は……久仁どのと、忍び合うておりましたゆえ」

「ふむ……」

信玄は久仁に視線をうつした。

久仁の伏せた面は灰色になっていた。

信玄は、しばらく久仁を見つめていたが、ややあって、

「女とは、おそろしいものよな」と、つぶやいた。

「久仁のような乙女でさえも、余にいつわりをいい、余を騙す」

「なれど――」

久仁は必死に面をあげ、

「御屋形さまこそ、私と丸子様の隠し事をお知り遊ばしていながら、私を……私を……

……」

久仁はどっとひれ伏し、泣き声をあげはじめた。

「女とは……手に負えぬ生きものじゃ」

信玄は苦笑をうかべた。

五

毘沙門堂前に、ひとり立ち、何気なく孫兵衛を――いや曲者を迎えた自分へ物もいわず曲者が襲いかかったという丸子笹之助の申したてを、武田信玄はどう感じたものか……。

「両人とも、退《さが》れ」

間もなく声がかかった。

居館内に於ける男女の密通は一応禁じてあることだ。

笹之助は北曲輪《ぐるわ》の締所《しまりしょ》に入れられ、太郎義信の手によって監視を受けることとなった。

久仁も西曲輪の締所に閉じこめられた。

(信玄は、おれをうたぐってはおらぬようだ……)

締所へ入ってみて、笹之助はそう思った。

締所は大体において屋内へもうけられるものらしく、身分あるものや、軽い犯罪者や、又は内うちのものなど一時とじこめておくところといってもよい。

つまり、そのように信玄は笹之助と久仁を見ているわけで、

(もしも、おれが孫兵衛と同じ甲賀のものと知ったら……)

このような簡単な処置をする信玄ではない。

間もなく、太郎義信が侍臣二名をしたがえて牢格子《ろうごうし》の向うにあらわれた。

笹之助は居ずまいを正し、面目なげに一礼した。

義信は笑っていた。

「笹之助。そちは思いのほか、女に手の早い男じゃの」

「面目もございませぬ」

「は、は、は――神妙なやつ。わしの手もとの女たちとのことなれば、わしの一存に取りはからおうが、久仁は父上の御手もとにある侍女じゃ。何事も父上次第」

「く、曲者めは……？」

「逃げられたらしいぞよ。ついに見出せなんだわ」

「残念にござります」

「そちが曲者に傷を負わせたとな？」

「いささかながら……」

「さすが卜伝殿が見込んだだけのことはある。その働きを父上もよう御考えあそばしておられるようじゃ。まず安心しておれ」

「いえ、密通の罪をおかしたる私、ぜひにも御成敗を」と、笹之助は胸のうちで舌を出しながらいいつのった。

「急《せ》くな。間もなくわしも出陣することになろう。その折には、そちも此処《ここ》から出て、わしに従い信濃へ……」といいかけ、太郎義信はきびしい口調にあらたまり、

「なれど、あの女とのことは、もうあきらめい」といった。

六

春から初夏にかけて、武田信玄は、連日、諸将を召集し、軍議をひらいている様子である。

「昨日はな、小笠原長詮《おがさわらながあきら》様と浅利信春様が軍勢をひきいて飛騨《ひだ》へお発ちなされたぞ」

などと、笹之助を監視している武士たちが、かわるがわる話してくれる。

「上様の御心のうちはわからぬが、ともあれ近いうちに、大きな戦さがあることだけはたしかじゃ」

それよりも、笹之助にとって気にかかることは、久仁のことだけであった。

(こうなったら、久仁を奪い返して、一緒に逃げようか……)

やれば、できると思った。

(だが、待てよ……)

女を連れ、他国へ逃げても、孫兵衛の報告によって、甲賀忍者の裏切者への制裁は、草の根わけても笹之助の身にふりかかってくるに違いなかった。

笹之助にとって、とりわけ孫兵衛の報復が恐ろしかった。

(孫どのは、何をするか知れたものではないからな……)

考え、迷ううち、笹之助はようやく一つの決意をかためるに至るのであるが、それはさておいて、居館内の動きは、いよいよ、あわただしくなって行くようであった。

上杉謙信は大軍をひきいて、いま、小田原の北条氏康を囲んでいる。

怒濤《どとう》のような上杉の軍団に対し、北条軍は小田原城にこもり、しきりに武田や今川に救援を求めつづけている。

むろん同盟している北条には、信玄も一軍をさいて小田原へ入らしめた。

この年の三月十六日——笹之助が締所へ閉じこめられたころのことだが……。

謙信は、鎌倉鶴ヶ岡八幡宮の宝前に於て、名実ともに関東管領《かんれい》の就任を上杉憲政《のりまさ》にゆるされ、上杉氏を嗣《つ》ぎ、その式典を盛大にとり行なっている。

すでに、二年前の永禄二年四月。上杉謙信はわずかな供まわりのみを従えて京へのぼり、莫大《ばくだい》な進物を皇室や足利将軍に贈ると共に、皇室からは「そなたは越後にあって国を守護すると共に、隣国に於て敵心をはさむものは、これに誅伐《ちゅうばつ》を加えよ」という綸旨《りんし》までたまわっているのだ。

その上、足利将軍義輝《よしてる》からも「武田信玄がそなたの信州平定を邪魔するようなれば、思うままに処置するがよい」という言葉をもらっている。

七

こうした上杉謙信の動き方に対して、武田信玄は平気でいる。

信玄自身も、同じ永禄二年には足利将軍から「そなたを信州の守護職に命ずる」といわれているのだ。

これを見てもわかるように、皇室も将軍も、天下をねらう大名たちの力の前には手も足も出ず、大名たちが進物を贈って運動をすれば、わけもなく、理非もたださず、どちらへでもなびくのである。

皇室のまわりには、諸方の大名たちと通じて、いいように事をはかる公卿《くげ》どもがいるし、将軍のまわりにも同じような権臣がはびこっているのだ。

こういうわけなのだから、上杉と武田の間にある信州という国に対する支配権は、互いに「おれのものだ!!」といってよい理由があるのだ。

前にものべたように、信州は、武田と上杉にとって、まことに重要な国なのだ。

現に、信玄は信州の大半を手におさめ、松井の郷に海津城を完成しつつある。

海津城は、善光寺（長野市）を指呼の間《かん》にのぞみ、上杉謙信の居城がある越後・春日山へは二十里にみたぬ距離にある。

喉《のど》もとまで迫ったこの武田軍の前進基地には、豪胆な上杉謙信もかなり神経をとがらしているのだ。

皇室をいただき、足利将軍と結ぶというのも、これは天下をとるために世上へうったえる名目にすぎない。

それほどに、今や皇室も将軍も力をうしなっていた。

上杉謙信にしてみれば、根が生一本の正直な武将だけに、

「余は、皇室と将軍家の信任を得て、信州統治をまかせられているものだ。しかるに信玄、傍若無人に侵略をほしいままにしておる。怪《け》しからぬやつ!!」

烈火のように怒っている。

それだけに、怖い。放ってはおけないのであった。

この時代に、正面から武田の軍団と闘って引けをとらぬといえば、おそらく上杉のみではなかったろうか。

織田信長も、今川も、北条も、名だたる大名たちは、いずれも信玄に款《かん》を通じてき

ている。

一方では、北国の大勢力たる上杉氏も、ついに謙信を長尾家から迎え後嗣としたほどである。

ただ、武田も上杉も、皇室と将軍のある京都へ進出するためには、まことに不利な国の大名であった。

けれども、いよいよ、武田信玄と上杉謙信は、それぞれに京へ上るべく腰をあげたというのが、この永禄四年という年であったといえよう。そのためには、双方ともに、この宿敵を倒してからでなくては、安心して京都への進出をはかるわけにはいかないのだ。

「今年こそは、上杉との決戦を行なうつもりじゃ」

武田信玄は、太郎義信にも、弟の信繁《のぶしげ》や信廉《のぶかど》にも、そう明言をした。

八

信玄は先ず、飛驒（岐阜県）へ部隊を出陣させた。

飛驒の豪族たちは上杉と同盟している。

昨年も、信玄は飛驒へ攻め入って武田の『くさび』を諸方に打ちこんできていた。

同時に越中富山の城主神保《じんぼう》氏を抱きこみ、上杉に対抗させた。

このため、上杉謙信は背後をおびやかされ、思うままに関東征服が出来ないので口惜しい思いを何度したかわからない。

関東から京へ……その進出が思うにまかせないのは、まったく武田信玄あるためである。

これは信玄にとっても同じことだ。

信玄が大軍をひきいて京へ向えば、おそらく謙信は信州を攻めとり、雪崩のように甲斐の国へ入って来よう。

飛騨へ、信州の諸方へ、武田の軍団が動きはじめる気配は、いち早く、上杉の間者によって、小田原城を囲んでいる上杉謙信にもたらされた。

「信玄め、今度はやる気らしい」

過去に上杉武田の両軍が対戦したのは三回に及んでいる。

ともに戦力が拮抗《きっこう》し、ともに名将であるがために決定的な勝敗を見なかった両軍であった。

とにかく、このまま小田原を攻めていたのでは、武田軍が越後までなだれこんで来るかも知れない。

「引きあげよ!!」

上杉謙信は全軍に指令を下し、小田原の包囲をとくや、たちまちに上州から三国街道を通って越後へ引き返した。

その途中でも、間者がもたらしてくる情報は、武田軍の動きのただならぬ模様をつたえてきた。

信玄の動きは、何時《いつ》になく何も彼もさらけ出し、ひたすら信州へ打って出て、上杉との雌雄《しゆう》を決しようという気組が見てとれた。

(よし!! その気なれば……)

もとより、のぞむところであった。

上杉謙信は、六月の末に春日山の居城に帰り、目前にせまった武田信玄との決戦の準備に取りかかったのである。

七月二日――。

甲府の武田方でも、

「太郎義信が先ず出張っておけい」

信玄の命が下った。

出陣の準備まったく成っていた義信は二千五百の軍勢をひきいて、翌三日に甲府を出発した。

丸子笹之助が締所からひき出され、この部隊に加えられたのは、笹之助自身が予期したところである。

(久仁どの。待っていてくれ。きっと迎えに来るぞ!!)

笹之助は、にやりと笑った。

(戦塵《せんじん》の間に、おれは信玄を討ってみせる!! 孫どのにも討てなかった武田信玄を…

……)

自分が信玄を刺せば、甲賀の頭領山中俊房への申しわけも立つ。秘命を遂行したことになるからだ。

その上で、久仁と共に逃げるのなら、まさか『裏切り者』としての制裁を受けなくてもすむであろうと、笹之助は考えている。

九

笹之助の鎧《よろい》は桶側胴《おけがわどう》のもので、兜《かぶと》は小星兜であった。

これは、武田家へつかえる身となってから甲府城下の具足師に注文してつくらせたものである。

鎧も兜も、すべて黒色にぬりあげてあった。

太郎義信には、長坂源五郎がその部隊をひきいて附添っている。

三千の部隊は、大荷駄小荷駄をもふくめ、かなりの速度をもって、一気に釜無川《かまなしがわ》を北上した。

昼前には韮崎《にらさき》をすぎた。

昼すぎに若神子《わかみこ》の村へ入り、ここで昼飯の大休止があった。

旧暦の七月三日というと、いまの八月初旬にあたる。

山なみに囲まれた甲府盆地は、灼《や》けるような太陽の熱気につつまれ、汗まみれとなって此処《ここ》まで強行軍をつづけて来た部隊は、ようやく、八ヶ岳の高原への入口に到着し、冷たい風の感触に息をついた。

若神子というところは、武田信玄がまだ若いころに、武田の前線基地として重要な役目を果した地点である。

信州の村上義清が此処まで侵入して来て、一時は占領されたこともあったほどだ。

山と山とにはさまれた塩川の沿岸に、細長い耕地が屈折して横たわっていた。

村の西側の山腹に、武田の砦《とりで》がきずいてある。

義信は砦へはのぼらず、河原の木蔭《こかげ》に休息所をもうけさせた。

蟬の声があたりにみちていた。

彼方《かなた》の甲府盆地の真上にある太陽は、山峡の村にぎらぎらと照りつけている。

歩卒が軍馬に水を飲ませていた。

笹之助は、他の近習と共に太郎義信の傍にひかえ、湯を飲み、握り飯をほおばった。

十

武田太郎義信のひきいる三千の部隊は八ヶ岳のふもとを進み、七月五日の夕暮れには、早くも佐久盆地に入り、御牧《みまき》ヶ原の東方に宿営をした。

千曲川の河原には、点々として篝火《かがりび》がつらなり、桔梗《ききよう》色に暮れかかる空を焦がした。

翌六日。

千曲川をわたった部隊は小諸《こもろ》をぬけ、浅間山の噴煙を右手にのぞみつつ、高原の街道を北上し、昼すぎには上田原へ到着した。

このあたりは、十六、七年ほど前から武田軍が信州の豪族たちを征服するため、何度も戦闘をくり返したところだ。

武田信玄は二十八歳のころに、この上田原に於て村上義清と闘い、大敗をこうむっている。

その村上義清も、八年前に信玄の攻撃を受けて破れ、いまは越後へ逃げて上杉軍の一部将となっているのだ。

上田原で昼飯の大休止となった。

低い丘陵と耕地と、千曲川支流に沿った白い河原とが、今日も晩夏の陽をあびている。

泉田、神畑、好畑などの小さな村々から物売りの農婦があらわれて来て、酒や瓜などを売りつけに来る。

街道から河原へ出て来て、もののしい武装の隊列を見物する旅人もある。

やがて、出発の命が下った。

上田原から千曲川をわたり、部隊が虚空蔵山《こくうぞうやま》のふもとの街道へ出たときであった。

（あ……？）

隊列の中央に馬を進めて行く太郎義信の背後から、これも騎乗で従っていた丸子笹之助は、思わず、息をのんだ。

街道の左側の草むらに、うずくまって部隊の通過を待っている二人の男女の顔を何気なく見たのである。

その一人は、老いた琵琶《びわ》法師であった。

あとの一人は、このあたりの農婦らしく、菅笠《すげがさ》をかぶり、鎌を腰にさし、ふとやかな軀《からだ》も顔も、まっくろに陽に灼けていた。

そして、琵琶法師の右眼は黒布で眼かくしがされていたのである。

(孫兵衛だ)

馬上から眼を据え、琵琶法師の前を行きすぎる笹之助に、
声もなく法師の唇が動いた。

「裏切者の笹よ!!」

孫兵衛の左眼は白く光り、複雑な陰影をふくんで笹之助を凝視していた。

と……。

孫兵衛の傍にひれ伏していた中年の農婦が、顔を上げて笹之助を見上げた。

(あ!! 於万津《おまつ》……)

農婦に化けた甲賀の女忍者於万津は、三間ほどを離れて通りすぎる馬上の笹之助へ、にんまりと笑いを投げたのである。

十一

琵琶法師と農婦に化けた孫兵衛と於万津の姿は、たちまち部隊が巻きあげる土ぼこりの向うに隠れてしまった。

笹之助は、二人の前を行きすぎてから、すぐ振り向いて見たが、もう見えなかった。

（……これは、よほど気をひきしめてかからねばなるまい）

孫兵衛が武田居館から逃走した以上、

（何時《いつ》かまた会わねばなるまい）と、覚悟をしていた笹之助であったが、

（それにしても……）

何といっても相手は孫兵衛と於万津である。

甲賀忍者のうちでも、笹之助にとっては師匠格の熟練をもつ二人なのだ。

彼等はおそらく、引きつづいて武田信玄の命を狙うと共に、裏切者の笹之助の首にも爪を磨いているのに違いなかった。

（何よりも大事なことは、あの二人に先んじて、おれが信玄を刺すことだ）

笹之助が独力で信玄の命を絶ったとすれば、甲賀の頭領山中俊房からの秘命を達したことになる。

理由は問うべきでなく、いかなる手段を講じても目的をとげることが大切なのだ。

（そうなればきっと、頭領さまは、おれをゆるして下されよう。おれと、久仁とのこ

とも……）

笹之助は信じてうたがわなかったし、もしもすべてが笹之助の思う通りにはこんだならば、山中俊房は、

「目的をとげた上は、女とのことなどかまわずにおけ」というに違いなかった。

この自分の決意を孫兵衛や於万津へ何とか伝えようとすれば、さっき、彼等の前を通ったときに、いくらでも方法はあった。

いくつかに種別された簡単な合図を、眼や手指をつかって二人に送ればよいのである。

二人を見て、ハッと思ったとき、一瞬ではあるが笹之助もとっさに合図を送ろうと考えた。

それを思いとどまったのは、

（孫どの、於万津どの。おれ一人でやって見せるぞ!!）

丸子笹之助は、甲賀忍者として一人でもこれだけの働きが出来るのだということを、二人に見せてやろうという自負があったからだ。今までの笹之助は、あくまでも孫兵衛の助手であったといえよう。

（よし!!　腕くらべだ）

たとえあの二人に負け、報復の刃を身に受けてもいいと、笹之助は気負いたった。

（だが、おれは負けぬ。勝って、久仁に再び会うまでは、決して死なぬ!!）

三千の部隊は、七日の夕刻に松井の郷へ到着した。

城を守る高坂昌信が手兵二百をひきいて妻女山《さいじょざん》の山裾《やますそ》からあらわれ、太郎義信を出迎えた。

「昌信。城は出来たか？」

義信がそういうと、

「はい。何も彼も、すべてととのいました」

高坂昌信は、まだ若々しさが残っている濃い眉《まゆ》をあげて力強く答えた。

善光寺平の盆地の中でも、このあたりは『川中島』とよばれている。

山も平原も、血のような夕焼けの色にそまっていた。

秋天

一

春から夏にかけて、久仁《くに》は、西曲輪《ぐるわ》の締所へ入れられたままであった。はじめのうちは、御屋形信玄の怒りが、自分の身へよりも笹之助に向い、どんなかたちであらわれるかと思い、締所へはこばれる食事ものどに通らないほどであった。

「お久仁さま、安心なさいませ。御屋形さまは、あなたにも、丸子様にも、別だん、お怒りのいろもないようですよ」

朋輩《ほうばい》の以乃《いの》という久仁と同じ十七歳になる侍女が、見舞いに来てくれたとき、そっとささやいてくれた。

「ま——それは、本当?」

「二人とも、もう懲りたかの。いや、あれ位のことでは懲りはすまい……こうおっしゃって、お笑いあそばしておられました」

「お笑い……」

「だいじょうぶ。御屋形さまは、お久仁さまのことも丸子様のこともあまり悪《あ》しゅうはお思いになっておられませぬ」

ほっとしたが、そのとき急に、久仁は一種の『ねたみ』を、以乃におぼえたのである。

「以乃さま……」

と、以乃を見やった久仁の眼は、白く光っていた。

「以乃さまは、毎夜、寝所へまいられますのか？」

「あい……」

以乃は顔を赤らめて、うつむき、

「だって、お久仁さまが、こんなところへ押しこめられてしまったのですもの。久仁のかわりに、そちがまいれと……御屋形さまが……」

このとき、見張りの老中間《ちゅうげん》が、

「もうよいじゃろ。あまり永う話していてはいかぬぞよ」と、声をかけてきた。

以乃は、そそくさと去った。

久仁のかわりに、毎夜毎夜信玄の寝所へはべっているという誇りが、うつむきながら、ちらりと久仁を見た以乃の眼のいろに、まざまざとあらわれていた。

（以乃どのが、私のかわりに……）

締所へ入れられてから、もう三か月あまりになるというのに、信玄は久仁を出そうとしないのだ。

（私が、丸子様と契りをかわしたからなのか……）

ああ、自分は御屋形さまにきらわれてしまった……こう思ったとき、久仁は、われにもなく以乃に嫉妬《しっと》をおぼえたのである。

笹之助の身に大きな危険はないということがわかったとき、久仁の関心は、

(御屋形さまに、私はきらわれてしまった……)

その一事に向けられた。

二

武田信玄は、居館に暮しているときの夜毎、裸身の侍女ふたりを添い寝させて眠る。前にものべたように、この若い侍女を両側において、信玄は一指もふれないのである。いや、女たちのまろやかな肩を抱くこともあるが、決して、その女体を犯そうとはしない。

若いころから女色にかけても信玄の活力はまことに旺盛《おうせい》であった。それが、二年前に頭をまるめて僧籍に入り、その活力のすべてを天下の覇権を得るためにそそぎこむべく決意したときから、女体を近づけても、若々しい彼女たちの匂いにひたるのみで、男の力をふるおうとはしなくなったのである。

それだけに、侍女たちは信玄に対して一種の特別な愛情を抱くにいたった。

はじめは恐ろしく、恥ずかしく、ただもう軀《からだ》をすくめて添い寝するのだが、そのうちに、信玄の濃い体臭や、その体臭にまじり合った香油の匂いに女たちは、うっとりとなった。

寝ものがたりに、信玄は、自分の娘のような若い侍女たちへ、甲斐の国につたわる昔話や自分の少年のころの話をして聞かせるのである。

こういうわけで、添い寝する二人の侍女のうち、ほとんど毎夜、寝所へはべる久仁に向けられる侍女たちの嫉妬は只《ただ》ならぬものがあったのだ。

いずれも十七か八ほどの娘たちだけに、それは成熟した女たちの嫉妬心よりも他愛ないものではあったが、

（でも、もうよい。私には、丸子様が……）

そう思い直すと、また久仁は、たかぶってくる心の波だちに居ても立ってもいられなくなるのだ。

あの赤松林の中で、いくたび丸子笹之助の愛撫《あいぶ》をうけたことだろうか。

いまの久仁の軀には、すでに女が目ざめていた。

（いつ、お目にかかれるのか……）

居館内の何となくざわめいた出陣の気配は、締所にいる久仁にもはっきりと感じられた。このように緊迫した出陣の空気は、久仁が奉公へ上ってから今までになかったといってよい。

夏が来て、久仁も締所から出ることをゆるされた。だが信玄は久仁に会おうともせず、そしてまた本丸曲輪への出仕もゆるされなかった。

笹之助が出陣したことは、久仁の耳へも入ったし、それを聞いて久仁は、

（ま、よかったこと。御屋形さまは丸子様をおゆるしなされたのだ。それならもう、御屋形さまにきらわれてもよい）と思った。

三

夏はすぎようとしていた。

毎日、昼となく、夜となく、信州からの使者が馬を駆って居館へ入って来ては、すぐに出て行った。

武器食糧の整備に、西曲輪の内は、まるで戦場のようなあわただしさがみなぎっている。

八月十日の朝になって、久仁は信玄からよばれた。

約五か月ぶりに、久仁は本丸曲輪へ入った。

なつかしかった。

信玄は表主殿に、久仁を迎えた。

するどい信玄の視線が、久仁の腰まわりのあたりへ走ったようである。

久仁は、面を赤らめ、おずおずとひれ伏した。

「そちは、余との約束を破ったな。余がゆるすまでは、決して男とまじわってはならぬと申しわたしてあった。なれども、そちは笹之助と情をかわし、しかも余をあざむき、どこまでも知らぬふりをして通すつもりであったな」

いうことはきびしいが、声は笑っていた。

「おゆるし、下されますよう」

久仁は、泣きそうになり、やっといった。

「ま、よいわ」

信玄は、庭園の木立から吹きぬけてくる微風に眼を細め、

「風もさわやかになったの」とつぶやき、

「於久仁。そち、帰りたければ花鳥の村に帰ってもよいぞ」

「帰れとおおせられまするか？」

「帰りたくないか？」

「はい」

母も、久仁が七歳のころに病死していたし、父親も二年前に亡くなった。

久仁の家は、甲府から四里ほど離れた花鳥村の長《おさ》百姓で、いまは兄の義助が当主となっている。

長百姓といっても、この甲斐の国では威張っているわけにはいかない。平地といえば甲府盆地のみといってもよい山国だし、農民たちは地頭も名主も長百姓も力を合せ、武田信玄という領主のために汗を流している。

それにむくゆるため、領主としての武田信玄は全力をつくして農政に当った。

釜無川の氾濫《はんらん》の凄《すさ》まじさが永年にわたって農民を苦しめていたのを、信玄が治水事

業を起し、十年に近い歳月をかけて堅固な堤をきずき、水難を追い払ったのは、去年の夏のことである。

この工事が終了するまではと、信玄は戦闘も出来るだけは避け、領国の内政に力をつくしてきている。

久仁が、村の地頭のすすめで信玄の居館へ奉公に上ったのも、

(御屋形さまに御奉公出来るのなら……)

十六歳だった久仁でさえ、それを誇りに思ったものである。

その思いは今も変らなかった。笹之助とのことは、たしかに悪いことなのだし、今さら村へ帰っても、兄夫婦と暮すだけのことで、考えてみただけでも興がなかった。

四

それに、村へ帰ってしまえば、もう笹之助との連絡は絶たれてしまうではないか。

「帰りませぬ」

久仁は、きっぱりといった。

信玄は、にんまりとして、

「それほど、笹之助が忘れられぬのか」

「…………」

「ふ、ふ、ふ……強情なやつよの」

ややあって、

「よし。帰りたくなければおるがよい」

信玄は、

「よい。さがれ」といった。

今夜は寝所へ来るようにという信玄の言葉を、久仁はひそかに期待していたのだが、ついにその声は聞くことが出来なかった。

今はもう、丸子笹之助が無事に凱旋《がいせん》することのみを、久仁は心に念じた。

久仁が西曲輪《ぐるわ》へ退出したあとで、信玄は軍師・山本勘介をよび、酒宴をひらいた。

「勘介。いま、久仁をよんだ。あの女、男を知ってからふてぶてしゅうなったわ」

「これから、どうなさるおつもりで」

「久仁のことか……？」

「いや。丸子笹之助のことをでござります」

山本勘介は、ひたと信玄を見て、

「あのものをこのままにしておいてよろしゅうござりますか？」

信玄は眼をとじ、

「笹之助は、どこのまわしものかの？」

「わかりませぬ。いずれにしても、甲賀か伊賀の忍者ではございますまいか」

「いかにも……おそらく、あの孫兵衛とか申した足軽と同類のものであろう」

「どうなされます?」

「まあ、よいわ。余にも考えがある」

「と、おおせられますと……?」

「あの忍者を余のもとへさし向けたものが誰か――それを知りたいのじゃ」

「なれど……」

「案ずるな勘介。笹之助には余の命を絶つことはできぬ」

「は……」

「さすがの塚原卜伝も、笹之助には目がくらんだ。余もはじめのうちは……」

「上様は、いつから、笹之助が怪しきものと見きわめられましたのか?」

「これじゃ」

信玄は、傍の手箱から、二つの鉄片を出して勘介に見せた。

その鉄片は、あの『飛苦無《とびくない》』であった。

「見よ。二つとも同じようでいて、形が違う。一つは、あの孫兵衛が笹之助に投げたものじゃ。別の一つは笹之助が孫兵衛に投げたものであろうと、余は考える。となれば……あの二人は共にこの館《やかた》へ潜入しながらも、何かのわけあって争い合うたものと見ゆるな」

五

あのとき――孫兵衛と笹之助が決闘を行なった毘沙門堂《びしゃもんどう》のまわりには、いくつものもの

『飛苦無』が散乱していた。

『飛苦無』という手裏剣と同じ役目をする甲賀忍者独特の武器は、それぞれに忍者たちが自分のつかいやすいように細工をほどこしている。

笹之助の『飛苦無』は、亡母小里ゆずりのものであったし、孫兵衛のものは彼自身が創意をくわえた細工がほどこしてあるのだ。

決闘の直後——笹之助もこのことに気づかないわけではなかった。

しかし、草むらの中や土の上に散乱した『飛苦無』をひろい集める間もなかった。

久仁の叫び声によって、北と西の曲輪から毘沙門山へ駈けつけて来た士卒は二十名をこえていた。

笹之助と久仁は、すぐさま北曲輪の番所へ連れこまれ、使番頭の取り調べをうけたのである。

そのあとで、家来たちが毘沙門堂のまわりに落ちていた『飛苦無』をひろい集め、信玄の前に供したことはいうまでもない。

（おれと孫どのの飛苦無は、指をかける根もとの溝のところが少し違うだけだ。信玄といえども、気づこう筈《はず》はない）

そう思いつつも、不安であった。

けれども、その後の自分へ対する信玄の処置を見て、

（大丈夫。見破られてはいないぞ）

笹之助は、ほっとした。

しかし、いま、この表主殿に侍女も遠ざけ、二人きりで酒をくみかわしている信玄と勘介の応答を聞いたなら、笹之助は何と思うであろう。

「余は、笹之助よりも、あの孫兵衛という男が怖い」

と、信玄は勘介にいった。

「あの男め、濠《ほり》の水と共に、寝所の床下まで流れこんできたやつじゃ」

「御寝所を別のところへお替えあそばしては……？」

「まあ、よいわ。床下に異変あるときは水の流れの音がかすかにざわめく。余が曲者《くせもの》の忍び入るを知ったのも濠水のおかげじゃ」

「上様。笹之助のことは、どうあっても、このまま、うちすてておかれますか？」

「いま少し、きゃつの様子を……いや、きゃつめと於久仁を弄《いろ》うてみてやろう」

「上様……」

「は、は、は、――案ずるな。若い男女が恋に血迷う姿をじっと見ておるのも退屈しのぎになるわ。余も老いたのであろうかな」

勘介は苦笑をした。

「笹之助が、おのれの恋と……そして、忍者として生きねばならぬ宿命とを、いかに処置するか――これは、見ものじゃ」

信玄は、くっくっと楽しげに笑った。

六

八月十四日の夜——。

居館の北方を一里ほど山峡へ入った要害山の城から使者が駈けつけて来た。

要害山の城は、信玄が生まれたところである。居館が敵の襲撃をうけた場合には、この山城へこもって戦うというわけであった。そればかりではなく、要害山の城は、信州その他の武田出城《でじろ》から飛来する信号の受信地でもある。

信号は狼煙《のろし》である。

この夜に、要害山の狼煙台の番兵が見た狼煙の柱は、若神子《わかみこ》の狼煙台から空にふきあがったものであった。

「上杉軍、越後を発す!!」

三回にわたって空にのぼった火柱は、その声をつたえて来たのだ。

この日の早朝に、上杉謙信は一万余の軍団をひきいて越後春日山の居城を発し、信州へ向った。

春日山城下に潜入していた武田方の間者は、すぐにこれを海津城へ急報した。

間者の報告がとどいたのは夕刻である。

「よし!!　すぐに狼煙をあげよ」

すでに海津城へ入っていた武田太郎義信は、城の背面にある狼煙山から狼煙をうちあげさせた。

この狼煙は、五里ヶ岳の狼煙台にうけつがれ、五里ヶ岳から二本ヶ峰、次いで腰越から和田峠を経由して、甲府の要害山へとどいたのだが、これに要した時間は約一刻(二時間)ほどであったという。

「上杉め、いよいよ打って出たか」

信玄は、ただちに出陣をふれ出した。

甲府城下は騒然たる馬蹄《ばてい》の音につつまれはじめた。

使者が飛ぶ。

武将たちが城下の屋敷を出て、次々に居館へ参集する。

このように堂々と、信玄が出陣の気配を見せるのは、久しぶりのことであった。

城下の商人たちも、附近の村人たちも、その湧きたつような緊迫を見て、

「御屋形さまの今度の戦さは、只事《ただごと》でない」と囁《ささや》き合った。

甲府近くに潜入していた上杉の間者が、このありさまを上杉軍につたえるため、必死に甲斐の国からぬけ出して行った。

翌十五日の夜ふけには、海津城からの使者が馬を飛ばせて駈けつけてきた。

「上杉軍は富倉峠を越え、善光寺平に向って進みつつあり、軍勢は約一万三千!!」

という知らせである。

信玄はうなずいた。

兵力もどうやら差はないといってよい。

十六日の早朝になるや、信玄は後続部隊の指揮を弟の信繁にゆだね、みずから旗本三百騎、士卒二千をひきいて甲府を発した。

七

信玄が馬を疾駆させて諏訪《すわ》の高島城へ入ったのは、その日の夜ふけであった。

諏訪湖畔の南面にある高島城には、信玄の子の勝頼《かつより》が住んでいる。

この年で十六歳になる勝頼は、信玄夫人が生んだ子ではない。

勝頼の母は、諏訪御寮人《すわごりようにん》とよばれた女性であり、信玄が、もっとも愛情をかたむけた側室であったという。

しかも勝頼の母は、信玄にほろぼされた諏訪頼重《よりしげ》の娘であった。

諏訪攻略は、信玄の父信虎のころから武田方にとって重要な懸案であり、信玄がこれをなしとげたのは天文十一年で、信玄二十二歳のときのことである。

諏訪の領主・諏訪頼重は信玄によってとらわれ、ついに自殺をとげた。

その娘を側室にした信玄なのである。

といっても、勝利者の暴力をふるって意のままにしたのではない。

諏訪の息女を甲府へ連れてきて、女の心が、若き武将であった信玄にかたむくまで、ゆっくりと時をかけたのである。

この時代の女性たちは、戦国武将のいけにえとなり、自由を奪われ、見るも無惨なありさまであったと世にもいわれている。

政略のため、おのれの意志も踏みにじられ、顔も知らぬ男に嫁いで行き、しかも必ず戦乱の不幸に見舞われるという悲劇を、武家に生まれた女たちはくり返したというわけだ。

それが通説となっている。

だが、そういう見方だけが一つだけしかないと決めてしまうのは如何《いかが》なものであろうか。

たしかに女性は不幸であったかも知れないが、その一面には戦国の世に生まれた女として『意気』があったようにも思われる。

夫の仇《かたき》とめぐり会って太刀をつけたとたんに、その仇が好きになり、火のような情熱が燃えあがるまま、その仇の男と夫婦になったなどという例は、いくらもある。

血を流して闘わねば生きられぬ時代であった。

男は闘志をかきたてて、国を、家を守った。

女とて同様なのである。

時代の様相がまったく異なる後世になって、当時の人間の生き方を見る眼が一色になってはなるまい。

身内に充満している熱い熱い精神を、この時代の女たちは悲劇の中へたたきこみ、その中から女としての幸福をも、強引につかみとっていた、といいたい。

ともあれ、諏訪御寮人は信玄を愛し、そして勝頼を生んだ。

「母を、いま少し生かしておきたかったの、勝頼――」

高島城へ入った信玄は、すぐに居館の一室で勝頼と対面し、しみじみと、

「一年会わなんだうちに、そなたの成長ぶりのたくましさは、余をおどろかせた。母にも見せたい」といった。

諏訪御寮人は六年前の弘治元年に病没している。

今でいう肺結核であった。

八

「父上。私を初陣にお連れ下され」

勝頼は、信玄にせがんだ。

母の諏訪御寮人の端正な美貌《びぼう》を、そのまま血肉としたような勝頼であった。

勝頼は義理の兄にあたる太郎義信に負けず、一日も早く戦場で働きたいらしい。

信玄は、かすかに眉《まゆ》をひそめたが、すぐに笑って、

「では訊《き》こう。合戦とは何のためにするものか？」

「敵を倒すためでございます」

「敵をな……」

「敵の大将の首を討つためでございます」

「それから?……」

「敵をほろぼして、領国を守るためでございます」

「それから……?」

「それから……それから……」

勝頼は、少年のおもかげをまだ色濃く残している前髪だちの面《おもて》を不思議そうにくもらせ、

「そのほかに、何がございますか?」

「わからぬか?」

「……はい……」

「今にわかる。わかったときこそ、そなたが戦場に打って出るときじゃ」

「父上……」

「まだよいわ。そのかわりに、今日より、その前髪を切るがよい」

「元服でございますか?」

「いかにも」

勝頼の眼がかがやいた。

「そなたも、今日からはひとり前の大将じゃ」

「はいッ」

「余が戻るまでに、今いうた合戦は何のためにあるのか……武田家は何のために合戦

をするのか――それを、その心を、よく考えておくがよい」

「はい……」

勝頼は不服そうであったが、老臣の塩田甚五郎が信玄によばれ、甚五郎の手によって前髪が切られて、古式通りの元服の式が、たちまちにあげられたので、

「勝頼も、これよりは、ひとり前の大将でございます」

叫ぶように歓喜の声をあげた。

信玄は、眼を細め、何度もうなずいた。

その夜のうちにも、諸方からの部隊が諏訪に到着しつつあった。

篝火《かがりび》は燃えつづけ、軍馬のいななきは諏訪の城下にみちた。

信玄が、高島城二の丸の勝頼居館の奥ふかい一室に眠ったのは、寅《とら》の刻（午前四時）も近いころである。

同じころ、まだ夜の闇が残る高島城本丸の堤へ、諏訪の湖面から引き入れた濠《ほり》の水の中からあらわれた人影が、するすると這《は》いのぼって行った。

孫兵衛であった。

九

忍び装束に身をかためた孫兵衛は、堤をのぼりきった。

目の前の番所には数か所に篝火が燃え、約十名ほどの士卒が見張りをしている。

孫兵衛は堤のうちに右手をかけて上体を本丸曲輪《ぐるわ》の土にかたむけつつ、左に持った長さ一尺、ひと握りほどの筒のようなものの上部にはみ出している紐《ひも》を口にくわえ、口と左手とをのばして、その紐をぐいと引いた。

引くと同時に、孫兵衛は大きく左腕をふって、その筒状の物を宙に投げた。

筒は、するどい笛のような音をたてて番所の屋根の上を飛び、向う側の濠の水へ、かなり異様な音をたてて落ちこんだのである。

「や!!」

「何じゃ？　あれは……」

わめきつつ、孫兵衛が伏せているところから二間と離れぬ番所の前にいた士卒たちが、ばらばらっと番所の向う側へ駈けて行った。

その一瞬をねらって、孫兵衛の体は跳躍した。

番所の前を影のようによこぎった孫兵衛は、またも別の筒を出して紐を引きぬき、これを別の方角へ投げる。

本丸曲輪がざわめいた。

孫兵衛は本丸から二の丸にかけられたはね橋の裏側に吸いつき、たちまちに二の丸の堤にとりつく。

横這いに、孫兵衛が堤を守宮《やもり》のように横切って二の丸曲輪へ消えたとき、本丸曲輪のざわめきも止んだ。

孫兵衛が投げた筒は『散らし』とよばれている甲賀忍者の『忍び道具』の一種であった。筒の上部に仕かけた紐をぬくと、圧搾されていた筒の中の空気が、特殊の仕かけによって外部へ走り出し、独特の音をたてるのである。

その音にも工夫がこらされてあった。あまりに敵のさわぎを大きくしてはならない。それでいて、敵の注意をそらすための音色が出なくてはならない。

敵の注意を散らすためには、けだものや鳥類の鳴声を使うこともあるが、『散らし』の筒も甲賀の忍者はよく使う。

「何じゃ、今の、ふしぎな音は……？」

「わからん」

「ともかく見張りをおこたるなよ」

「御屋形様が、おやすみあそばしておられるのだからな」

本丸の士卒が、そんなことをいい合っているうちに、孫兵衛は二の丸居館の奥庭へ忍びこんだ。

もう『散らし』は投げない。ここまできて、それをやってはかえって危険だからだ。

＋

勝頼居館の周囲にも見張りが動いている。

篝火の炎の色もあかるい。

だが、孫兵衛は甲府の信玄館にいたころと違い、すべてに大胆であった。

失敗すれば逃げる。そして、何度でもやり直す。戦旅の途中にある武田信玄を守る警衛の網は限られたものでしかないのだと、孫兵衛は考えていた。慎重の上にも慎重に、四年の間も機会をねらっていたのは、それが甲賀忍法の本道であったからで、それも今は笹之助の裏切りによってやぶられたとなれば、

（死力をつくして、やれるだけのことはやって見せる!!）

孫兵衛の五体には火のような闘志がみなぎってきている。

奥庭から床下へ……。

床下から屋根へ……。

信玄の居館と違って、この高島城などの建築は、孫兵衛にとって非常にたやすい相手であった。

孫兵衛が床板をはいで這い込んだところは、勝頼の侍臣が眠っている部屋だ。

「あ……」

音もなくあらわれた孫兵衛を見たものがいる。

ねむっている四人のうちの一人が起きていたらしい。半身を起しつつ、

「な……」

何者!!　と叫ぶつもりだったらしいが、ほとんど声にはならない。

殺到した孫兵衛は相手の首を抱え、口を押え、同時に脇腹を刺していた。

がう。

ぐったりとなったその侍臣を、しずかに横へ倒し、孫兵衛は他の三人の寝息をうかがう。

何も気づかぬらしい。三人の寝息といびきが室内にこもっている。三人とも半武装のまま、板敷きの上に寝つぶれている。

室内から廊下へ、孫兵衛は出た。

こうした城内の居館は、およそ、その構造や間取りがきまっているものだ。孫兵衛が手をやいたのは信玄の居館ぐらいなものであろう。

高島城の内も外も、あかつきの光りを間もなく迎えようとして、さすがに静まり返っていた。つかの間の仮眠を、部隊の士卒はむさぼっているらしい。

そのあかつきの薄闇にとけこみ、孫兵衛はすばやく奥主殿へ進んだ。

信玄が眠っていると思われる寝所の次の間には、むろん寝ずの番が三名ほどひかえ、灯火もあった。

十一

音もなく戸をひきあけ、およそ二尺もあけたかというときに、寝ずの番の一人が、はっとなり、戸口へふり向いた。

二尺の空間を孫兵衛は矢のように室内へ走りこんだ。

「曲者《くせもの》!!」

「出合え!!」

三人の叫び声があがった。

あがると同時に、三人とも、孫兵衛の脇差に刺され斬られて、血しぶきをあげていた。

孫兵衛は、すばやく境の戸を引きあける。

寝所の燭台の灯影は、むっくりと起き上った信玄の坊主頭を、はっきりと孫兵衛にみとめさせた。

孫兵衛の左腕があがった。

寝所の中に、火箭《かせん》と煙が飛び散った。

ぎらりと孫兵衛の右手の刃が光った。

刃をかまえて信玄に突進しつつ、孫兵衛の左手は例の『飛苦無《とびくない》』を三個も投げつけていた。

『飛苦無』が火薬の爆発による黄色い煙を縫って、信玄の坊主頭へ突き刺さるのと、

「曲者!!」

叫ぶ信玄の声と、飛びかかった孫兵衛の刃が信玄の喉笛《のどぶえ》をかき切るのと、ほとんど同時であった。

血をふきあげ、信玄は倒れた。

(やったぞ!!)

孫兵衛は胸のうちに快哉《かいさい》を叫びつつ、薄れ流れる煙の下に突伏している信玄のえり

首をつかんで引き起した。

（あ……）

孫兵衛は立ちすくんだ。

激しい絶望感と敗北感に全身を抱きすくめられた。

信玄ではなかったのだ。

（か、影武者か……）

顔も、体つきも、よく似ているが、よく見ると信玄ではなかった。

（しまった!!）

がっくりとしたが、すぐに孫兵衛は気力をとり直した。

これ位のことはあって当然だといえよう。

（何しろ、信玄なのだからな）

どどっと廊下を走って来る数人の足音を、孫兵衛の耳がとらえた。

居館の内も外も、火薬の爆発の音と、控えの間の侍臣の叫びとでいっぺんに目ざめたらしい。

たちまちに城の諸方で危急を知らせる太鼓が鳴りはじめた。

孫兵衛は、控えの間を抜けて廊下へ走った。

武装の家臣達の刀が光り、孫兵衛にせまった。

孫兵衛は腰に下げた革袋の閉じ紐《ひも》をひきぬき、

「や!!」

気合と共に、つづけざまに火薬の筒を投げた。

響音と火箭があたりに飛び散った。

間もなく孫兵衛は、二の丸の濠水《ほりみず》へ消えた。

十三

戦国時代の名ある武将が、影武者をもっていたことはいうまでもない。当時の戦いは、大将の生死が、そのまま軍団や一国の存亡につながっているからだ。

科学や機械や総合的な政治力の結果によって行なわれる近代戦ではない。もっと人間の力と力が物をいった時代であり戦争であったわけだ。

武田信玄には、常に七人の影武者がいたといわれている。

孫兵衛に殺害された影武者の一人は、生野《いくの》六郎太夫というものであった。このほかに、もっともよく信玄の影武者として知られているのは、信玄の弟信廉《のぶかど》であろう。

信玄は父信虎の長男である。次男が左馬之助信繁で、信廉は三男だ。信廉は信玄より六歳下だから、この年三十五歳であった。

信玄が僧門に入ったとき、信廉も共に頭をまるめた。影武者としての必要もあったことであろう。頭をまるめたついでに、信廉は「逍遙軒《しょうようけん》」と号し、名も信綱とあらためている。

孫兵衛の奇襲によって諏訪の城は騒乱の朝を迎えたが、それもつかの間のことであった。

約五千に集結した軍団は、十七日の朝の陽をあびて、すぐさま諏訪を出発した。

諏訪の湖の北東の山峡をぬって、武田の軍団は中山道をのぼりにのぼった。

砥川《とがわ》の渓流を左下に見て、山道はうねりくねり、ゆるい傾斜を飽くことなく約三里の道が続いていた。

馬のいななきと、大荷駄小荷駄をつみこんだ荷車を押す歩卒の「えい、えい」という叫びが、両側の切りたった山肌にひびきわたっている。

馬も人も、汗みどろであった。

樋橋《といはし》の部落で一息入れ、なおも軍団は進む。

初秋とはいえ、高くのぼった陽は、山肌の間から、木立のすきまから、きらきらと山道をのぼる士卒の兜《かぶと》に、鎧《よろい》に照りつけてきた。

信玄は、足軽十名にかつがせた輿《こし》に乗っている。

輿は軍列の中央にあった。

輿の屋根からは薄布がたれていて、信玄の姿を隠してはいるが、その薄い幕をすかして、特徴のある坊主頭と、肥《ふと》やかな軀《からだ》が緋《ひ》色の法衣につつまれて、ゆうゆうと輿にゆられている。

昼もすぎたが、一人の旅とは違い、五千余の軍列が、ひしめきつつせまい山道をのぼるのであるから、和田峠へ到着するのは未《ひつじ》の刻（午後二時ごろ）と思われた。

そして、軍団は、峠を下った小さな草原をそれぞれにえらんで宿営をする筈《はず》であった。

ここには武田方の砦《とりで》や村落もあるし、信玄の宿舎もととのえられてある。

孫兵衛が大胆にも二度目の襲撃を敢行したのは、和田峠へあと一息というところの、山道に於てであった。

十三

今度の襲撃は孫兵衛一人ではなかった。

軍列の先頭が、杉と松のそびえる山道をあえぎつつのぼっていたとき、向うから来る木樵《きこり》の女房らしい中年の女が、薪《まき》を背負ったまま、山道からそれた杉林にひざまずいて、軍列を迎えた。

たくましい首も腕も腰も、見るからに山暮しの女房なのである。

ひれ伏しているその女の前を、軍列は次々に通りすぎて行った。

間もなく、信玄の輿《こし》が進んで来た。

旗本五十騎が、輿の前後をかためている。いずれも騎馬武者であった。

女は、ひれ伏したまま、きらりと上眼づかいに約十間も向うの一隊を見やった。

於万津であった。

この甲賀の女忍者は、あっという間もなく、背負った薪の荷を後ざまに投げ捨てるや、

「えい!!」

するどい気合と共に、爆薬を輿に向って投げつけた。

これは、前夜に孫兵衛が投げたものとは違い、点火した上で投げたものだ。

したがって『目くらまし』の火薬よりも、もっと爆発力は激しい。

が、があん……。

火薬が山道いっぱいに飛び散った。

輿の前を守る騎馬武者たちは、狂奔する馬と衝撃とで、

「ああッ!!」

「くせもの!!」

「御屋形を——上様を!!」

一瞬ではあったが、異常な混乱を山道いっぱいに展開した。

於万津の姿は、もう何処にも見えなかった。

軍馬がいななき、竿立《さおだ》ちになる。

前に進む軍列からも、後から来る部隊からも、叫び声をあげて騎馬武者が駈けつけて来る。

と、そこへ……またも火箭《かせん》が走った。

「わあーっ!!」

信玄の輿が、ゆらめく。

足軽達が叫ぶ。

騎馬武者が林の中へ飛び込む。

「御屋形様、御屋形!!」

絶叫しつつ、前方から馬をあおって来た部将が一人あった。

輿を担ぐ足軽たちはまっ青になり、必死で輿を肩から落すまいとしていた。

「御屋形!!　御屋形!!」

その部将は、いきなり輿に近づくや、

「御屋形!!」

小わきにかいこんでいた長槍《ながやり》を、すぱっと輿のたれ布の中をねらって突き込んだのである。

それと、まったく同時であった。

偶然ではあったが、輿をかついでいた右手の足軽が足をすくませたため、山道の石につまずき、ぐらりとよろめいた。

輿がかたむく。

そのために騎馬武者の槍は、輿の屋根を突き通してしまっていた。

十四

輿の中の信玄をねらって槍を突き込んだ騎馬武者は、孫兵衛である。おそるべき執念であり、闘志であった。

前夜の失敗も物かは、今となっては、もう孫兵衛は忍術の鬼と化したようだ。

「曲者《くせもの》!!」

「逃がすな!!」

輿の中から信玄がころがり落ちたそのまわりへ、どっと旗本たちが馬を寄せて来て、孫兵衛へいっせいに槍の穂を向けた。

顔を隠した兜の中から、孫兵衛の左眼は無念に血走っていた。

徒歩《かち》の士卒も槍や刀をひらめかせて、山道をひしめき合いつつ、迫って来た。

孫兵衛は右手に槍を振りまわしつつ、左手で、鎧の上から掛けている革袋の中をさぐった。

またも火薬である。

火薬といっても、これは殺傷のためのものではなく、脱出のためのものだ。

火花よりも濃い黄色な煙が、ぱッと山道にひろがった。

重い鎧をつけたまま、孫兵衛の軀は馬の上から、あお向けに右側の杉林の斜面へ飛んだ。

喚声をあげて、士卒が杉林に躍りこむ。

またも火薬の爆発であった。

孫兵衛が身につけていた最後の火薬である。

黄煙の中へ、士卒たちがおどりこんだときには、孫兵衛の姿は、もう消えていた。

軍列をひきいている内藤修理《しゅり》・諸角豊後《もろずみぶんご》・原隼人《はやと》・跡部大炊介《あとべおおいのすけ》などの部将が駈けつけて来たときには、輿の中からころげ落ちた信玄も立ちあがって笑っていた。

「危いところだったな」

この信玄を見ておどろいたのは、輿を担いでいた足軽である。前後をかためていた旗本である。

信玄は、信玄でなかったのだ。

武田逍遙軒なのである。

信玄の弟だけに、逍遙軒は顔もかたちも、兄の信玄によく似ている。

輿を守る家来たちも気づかなかったのだから、先ず見張りに出て、輿の中の信玄を『たれ幕』ごしにたしかめた於万津が合図の火薬を投げ、孫兵衛に、

(今度は間違いなし)と知らせたのも無理はないところだ。

軍団は、和田峠へ定刻に到着した。

そのころ、武田信玄は、後から甲府を発って来た弟信繁の部隊二千と共に馬を駆って、早くも和田峠から一里も下った唐沢《からさわ》近くの街道を北信州へ向けて、進んでいた。

前方に、夕暮れの澄んだ秋空を背負って、浅間山が、しずかに噴煙を吐いていていた。

川中島

一

武田信玄は、二十二日まで上田の城にとどまった。

甲斐からの後続部隊のほとんどは、すでに上田へ集結をした。

信州の諸豪族も途中から加わってきて、総員一万二千余となった。

先に、海津城へ入っている太郎義信が三千。城代高坂昌信の兵が二千だから、合せて一万七千余の大軍となったわけである。

のちのち、織田や豊臣・徳川などがくりひろげる大戦争とくらべたら大軍ともいえぬが、これだけの軍団をもって上杉謙信と戦うことは、信玄にとってはじめてのことであった。

三十歳を越えてからの信玄は、なるべく無用の戦いを避けることにしていた。

「力をためておかねばならぬ」

だが、上杉の戦力を絶たねば、どうしても上洛《じょうらく》の邪魔になることが、一年毎に、はっきりとわかってきた。

「怖れを知らぬ謙信じゃ。このたびの余の出陣ぶりを知って、謙信も、みずから槍をふるって突きかかって来よう。余もまた、この身を戦場のまっただ中におくつもりでおる」

信玄は、山本勘介にそう語った。

果して上杉謙信は善光寺平へ軍を進めて来ると、すぐに大荷駄の一隊に三千の部隊をつけて善光寺の城へ残し、謙信は一万余の軍団をひきい、堂々と正面に海津城を見やりながら、犀川《さいがわ》をわたり、盆地を進んで来た。

これが二十日の未明である。

善光寺は、上杉軍の最前線で、それからこちら側は武田軍の勢力範囲なのだ。

太郎義信は、ただちに陣ぶれを行ない、わずか二里そこその善光寺から、ひたひたと押し進んで来る上杉軍にそなえた。

だが信玄の命令もなく、こちらから出て戦うわけにはいかない。

こちらにも五千の軍がいるけれども、謙信みずからひきいる一万の戦力と、たとえ戦ったとしても勝目はない。

何よりも先ず海津城を敵にわたさぬことだ。

そのために、信玄は太郎義信を先発させて海津城の兵力をふくらませていたのだし、信玄自身も、すでに上田まで来ている。

謙信が全力をあげて城を攻めても、まさか三日や四日で落ちるような海津城ではない。そのようなことをしたら、一日のうちに信玄の大軍が善光寺平へ出て来て、上杉軍は、はさみうちにされてしまうであろう。

それほどのことがわからぬ上杉謙信ではない。

「上杉は、何のつもりで押し出して来たのか？」

義信も高坂昌信も、首をかしげた。

二

上杉軍は、善光寺平の、平原と林と、低い丘陵をぬって進み、海津城の前面約一里ほどまで来ると、急に右へ移動をはじめた。

城内の武田軍は、かたずをのんで見守っている。

「や……？」

太郎義信は、城の物見台の上で眼をみはった。

上杉軍は、ななめに南下し、千曲川を押しわたって、妻女山《さいじょざん》へのぼりはじめたのである。

妻女山は海津城の南西にあって、城からわずか半里の近間なのだ。

つまり上杉軍は、敵地へ押し入って堂々と陣をかまえようとするらしい。

まことに大胆不敵な上杉謙信の仕方であった。

「上杉らしい、やりくちでございますな」

高坂昌信は苦笑している。

「うむ……上杉も、このたびの戦いにすべてをかけようとしておられる父上の心と同じ決意を抱いているのであろう」

太郎義信も凝然としていった。

このありさまは、すべて、海津城から出た使者が馬腹を蹴《け》って上田の信玄の本陣へ報告しつづけている。

信玄は上田の本陣にあって、指で髭《ひげ》をもてあそびながら、

「勘介。謙信めは、どのようなつもりでおるのかな？」

山本勘介は、にやりとして、

「それは、まだ謙信自身にもわかってはおりますまい」

「うむ……」

「何事も、上様の御出馬を見てからのことと決めておりましょう」

「それにしても、謙信らしいやりくちではある」

「妻女山は、海津城を眼下に見おろし、しかも、この上田から出て行くわが軍列の動きをもとらえることが出来る位置にあるわけでござります。あながち無謀な仕方とも申せますまい」

「しかも、三千の兵と大荷駄を善光寺へ残しておるという……」

「では一万をもって、一万七千のわが軍に立向おうというわけでございますな」

「捨身じゃ!!」

「油断なりませぬ」

勘介は呟《つぶや》くようにいって、眼を伏せ、緊張に耐えているようであった。

この日の翌朝——すなわち二十二日に、信玄は腰をあげて全軍をひきい、上田を発した。

武田軍は千曲川をわたり、その左岸の道を北上し、妻女山を約二里の右手にのぞみつつ、尚も進んで善光寺平の西方にある茶臼山《ちゃうすやま》に陣をしいた。

三

信玄は千曲川をはさみ、謙信と対陣した。

しかも、妻女山の上杉軍の背後には海津城の武田軍五千がいる。

その上、これによって上杉軍は善光寺へ残しておいた部隊との連絡を絶ち切られたかたちになったわけだ。

八月二十九日の未明になって、

「これではらちもあかぬ」

信玄は命を下して、全軍をまとめ、茶臼山を下って妻女山の前面一里ほどの盆地を通過し、全軍を海津城におさめた。

善光寺平の、このあたりの盆地は『川中島』とよばれている。

犀川と千曲川にはさまれた『盆地』という意味からつけられたものであろう。

信玄も謙信も、互いの恐るべき力量を知りつくしているだけに『うかつ』なことは出来なかった。それに、今度は決戦を行なう覚悟が双方にある。

このあたり一帯の村々を戦場にして、いたずらに村民を苦しめるようなことはしたくない。

戦国時代の戦闘が、何のかかわりもない庶民の生活を踏みにじってきたかのように、今は思われようが決してそうではない。

ことに名将といわれるほどの武人は、自分たちの戦闘が無辜《むこ》の民の生活を傷つけるのを何よりもおそれたものである。

戦国時代にも、いろいろの段階があり様相がある。

やむを得ない場合をのぞいて、戦場をえらぶことは暗黙のうちに敵も味方も心につけていたのだ。

領国をおさめ、天下をおさめようとするものが、民の人望を失ってはならない。例外はいくらもあろうが、信玄や謙信ほどの武将ともなれば、やたらめったに村や町へ侵入して火をつけて戦闘を行なったり、掠奪《りゃくだつ》をしたりなどというようなことは決してしなかった。

九月に入った。

海津城と妻女山のにらみ合いは、まだつづけられている。

秋は、まさにたけなわであった。空はふかく澄みわたり、好晴の日々がつづいた。

海津城に入った武田信玄は、久しぶりに丸子笹之助を本丸の営舎によんだ。

「笹之助よ。間もなく戦さが始まろう。この信玄のために命を捨ててくるるか？」

「はい」

眼をかがやかせて答えたが、笹之助は、

（何をいう。おれのために、そっちこそ命を捨ててもらわねばならぬわ）

胸のうちは、ふてぶてしかった。

諏訪と和田峠で信玄を襲撃した忍者があったことは、すでに城内にもひろまっている。

（孫どのだ。仕損じたな。なれど、おれは……）

笹之助の闘志は、いやが上にもかきたてられてきた。

四

海津城は、平城《ひらじろ》であった。

城を守るためには、山岳などの峻嶮《しゅんけん》を利用した山城《やまじろ》にくらべて遜色《そんしょく》はまぬがれない。

そのかわりに、物資・兵員の出入りが自由であり、ことに大軍の滞営には便利なのである。

だから大規模の戦争のための本陣としては非常に有利なのだ。

この松井の郷の地は、東南北の三方に屏風《びょうぶ》をたてまわしたような山々をせおっているばかりか、西から北方にひろがる善光寺平の盆地は千曲川と犀川の流れによって限られ、城は千曲川の岸際にきずかれているのであった。

千曲川は両方に流れ、上杉軍が陣をかまえる妻女山の山すそをも流れている。

半里のかなたにある妻女山からは、こちらの城がまる見えのかたちであった。

けれども、城の周囲は、築城する前からあった樹林によってかこまれている。

その上に、信玄は入城するや、西側の濠《ほり》の堤の上に板塀を高く張りめぐらし、妻女山からの展望をふせいでしまった。

城は、山本勘介の設計によるものである。

勘介は、かつて諸国を放浪していたころの知友・角隅右京を甲府にまねき、唐土流の築城法をくわしく聞きとり、それに自分の創意を充分にくわえて設計したものだ。

去年の秋から縄張りにかかり、今年の雪どけも待たずに数か月で完成した勘介の力量には、

「余は、浪人のそちを召抱えたことを、今更ながら、ありがたいと思わずにはおられぬわ」

この春に城の工事を見まわったとき、信玄は勘介だけに思わず、そうもらしたという。

城の本丸は高さ七間の堤の上にあり、千曲川に突き出していた。

天守閣というものは、もう少し後年になってから城にとり入れられたものだが、それにかわる堅固な物見台が本丸にあった。濠の水は、千曲川と神田川から引き入れ、

三重になって、本丸・二の丸・三の丸を囲んでいる。

石垣はなかった。

このころの城で、石垣をもつ城はまだあまり無かったといってよい。

しかし武田信玄は、早くも甲府の居館を石垣で囲んでいたのだ。

しかも、その石垣がなみなみの石垣でないことは、前にのべた通りである。

それを思えば、この海津城などは笹之助にとって、まことに与《くみ》しやすい構造なのである。

太郎義信に仕えながらも、夜となれば丸子笹之助は、海津城内のいたるところに姿をひそませ、信玄の命をねらっていた。

信玄を刺すことによって、裏切者の汚名を返上し、久仁を奪いとり甲賀へ帰るか——または名も知れぬ遠い山里に姿を消し、久仁と二人きりで一生を送ってもよいと、笹之助は考えている。

五

日夜、海津城では軍議がひらかれていた。

木立と平原と千曲の曲りくねった流れの向うに、妻女山は手にとるような近さであった。

山頂から雨宮の山腹にかけてとそのまわりの尾根尾根には、上杉軍の旗・幟《のぼり》・馬《うま》印《じるし》・指物《さしもの》などが林立し、秋の風にはためいている。

「今日も上杉謙信は、朝から酒をくみ、鼓《つづみ》をうちならし謡《うたい》をうたっております」

間者が城へ馳《は》せもどっては報告する。

善光寺へ残して来た糧秣《りょうまつ》部隊は、川中島の盆地の彼方《かなた》の山裾《やますそ》を遠まわりにまわって、二度ほど妻女山へ食糧を補給して行った。

「上様。黙って放っておいてよろしいのでござるか？」

重臣の馬場民部が、信玄に訊《き》くと、

「放っておけ。今となっては、それほどのことに邪魔をかけても何にもならぬわ」

「なれど……」

「少しでも兵を動かすことは今の場合、まことに重大なことになろう。謙信もわがしかけるを待ち、余も上杉の動くのを待っておる。たとえわずかな小競合《こぜりあい》がおきても、それに火がつき、決戦とまでもちこまれるであろう。何よりもこのたびの謙信は捨身の覚悟じゃ。ゆえにこそ、こなたもうかつには手は出せぬわ」

捨身になった上杉謙信の猛将ぶりは、信玄も身にしみて知っている。

兵法の常識では、はかりきれぬ奇想天外な襲撃を、謙信は平気でやってのけるからだ。

両軍とも、それぞれに間者、斥候を放ち、たがいに動向をさぐり合っていた。

あたりの村落には人影もない。

いずれも戦闘の起きる気配を知って逃げてしまっているが、中にはずぶとく家に残り盗難を見張っているものも少しはいたし、城外へやって来て酒を売りつけようとするものもいる。

「城外のものとは一切口をきいてはならぬ!!」

厳命であった。

三の丸の外には幕舎がならび、そのまわりに堅固な柵《さく》や鹿砦《さかもぎ》などの防備もほどこしてある。

ときおり、城の背後をかこむ皆神山・狼煙山などの尾根や山林で間者同士の闘いが行なわれたりした。

九月六日の夜であった。

丸子笹之助は、数名の武士と共にえらばれて本営内部の警備につくことを命ぜられた。

この夜は、信玄の営所まわりの警備はことに強化された。

山本勘介や他の重臣も遠ざけられた。

武田信玄は弟の左馬之助信繁と長子の太郎義信の二人だけを居間に呼びよせたのである。

何か重要な密談が行なわれるらしい。

(よし!!　今夜こそ……)

笹之助は胸がおどるのを制しきれなかった。

六

営舎といっても本丸のそれは、ほとんど居館といってよいほどの、がっしりとした建物である。

本丸の営舎には、信玄と弟の信繁と逍遙軒信綱。それに太郎義信が入り、山本勘介と高坂昌信が別棟の建物に入っていた。

笹之助は戌《いぬ》の刻前（午後八時前）から営舎へつめた。

玄関がまえから廊下、控えの間の周囲などに、ものものしく警衛の武士たちがつめている。

西側の大廊下の北詰が、笹之助の持場であった。

ここから、濠際の物見台へ通ずる階段口がある。

階段の上にも見張りのものがいて、

「丸子殿。何やら今夜は、容易ならぬ御用談があると見えるな」

上から声をかけてきた。

「うむ。そうらしい」

上からその武士が降りて来た。

これは武田信繁の若い侍臣で、深沢高七という武士であった。

「何と思うな？　丸子殿は——」

「何と……と申されると……？」

「いや。今夜の御密談のことだ」

「わからぬな」

「おぬし、太郎様のおそば近くつかえていて何か耳にはさんだことはないか？」

「別に……」

「そうか……」

深沢高七は、一瞬のことだが、変に笹之助の眼のいろを探るような表情になった。

「何か、あるのか？　深沢殿」

「いや——別に……」

深沢は、首をふって見せ、

「いや。よいのだ。よいのだ」

階段の上へ引返して行った。

(何であろうか……)

信玄を刺すことのみに全力を集中しろと孫兵衛が命じ、それを守っていた笹之助だ。

武田家の内部の事情には、あまり首を突っ込んではいない。

だが、笹之助も甲賀忍者の一人である。

この半年ほど前から、太郎義信の住む北曲輪《ぐるわ》へ、飯富兵部・長坂釣閑《ながさかちょうかん》。それに釣閑の息子の源五郎などが、しばしばやって来て、永い密談をこらしていることがあった ものだ。

それも、信玄がどこかへ出陣している留守のときをねらって行なわれるのである。

この密談に、ときどき信玄夫人の三条どのが加わることもあった。

（一度、さぐってみてやろうかな）

そう思ったこともあるが、大事の前の小事だときめ、つのる好奇心を押えてきた笹之助なのである。

二年前に、笹之助が武田の家来となったころからくらべると、太郎義信の顔には複雑な、暗い影がただよってきているし、どことなく、いらいらとした様子が絶えない。

（ま、よいわ。それよりも今夜のことだ）

笹之助は夜の更けるのを待った。

七

丸子笹之助は、亥《い》の下刻（午後十一時）ごろ、信玄たちが密談をかわしている部屋の床下へひそみ入った。

一刻（二時間）おきの見張り交替の時間を利用したのである。

一刻たてば、西側大廊下の見張りに立たねばならない。

（おそらく、信玄が眠るのは、その次の、おれの……）

その次の交替時間のころになるだろうと、笹之助は思っていた。

それまでに、信玄の寝所へ忍び入る方法をこうじておかねばならないのだ。

床下の闇の中を、笹之助は、じりじりと這《は》い進んだ。

呼吸をととのえ、笹之助は闇の中にとけこみつつ、……いや、その夜の闇と化して、少しずつ、信玄たちがいる部屋の床下へ近づいて行った。

今夜の笹之助は『忍び装束』を身につけてはいない。

鎧下《よろいした》の半武装の上から『墨流《すみながし》』とよばれる、一種の布をまとっているだけであった。

この一枚の黒布は、たくみに裁縫されてあり、身にまとえば忍者の体のみか覆面の用をも足すし、はぎとれば拳《こぶし》の中に握りかくすことも出来る。

どこかで、遠く虫が鳴いていた。

笹之助の耳は、猟犬のようにそばだっている。

（あ……）

武田信玄の声を、たしかに笹之助の耳はとらえた。

かすかに少しずつ、焦りを押えつつ、笹之助は前進した。

「太郎も、左馬之助も、よう聞いてくれい」

まぎれもなく信玄の声であった。

常人ならば、床下にひそんでいて、たとえ信玄の声を聞いたとしても、それを言葉としてとらえることは、とうてい出来得ぬことであった。

しかも、信玄の声は低く、おもおもしかったのである。

「余は、いつも合戦するたびに思うことじゃが……このたびもそのごとく生きて帰れようとは思うておらぬ」という信玄の声を、笹之助は聞いた。

八

「余が、なぜに戦さをするか――尊い人命をいけにえとなし、莫大《ばくだい》な財貨をついやして諸方に打って出るは何のためか……」

信玄の吐息を、床下の笹之助は耳にとらえた。

武田信玄の声は、なおもつづいた。

「いまの世の、大名の家に生まれたものが、国を守るため、戦わねばならぬこと――これはいうまでもない。何度も戦いをくり返し、諸方の勢力が固まり、小さなものは大きなものへ……そして大きなものは、より大きな力にふくみこまれて、ついに天下の戦乱はおさまり、平和な世を迎えることになろう。これも自明の理じゃ」

左馬之助信繁も、太郎義信も緊張と沈黙のなかに、じっと息をこらして信玄の言葉に聞き入っているらしい。

「さて……そこでじゃ……」

と、信玄はいいかけて声をのんだが、ややあって、

「そこが、むずかしい……」

「はい……」

と、今度は左馬之助信繁がうなずいたようである。

「左馬之助には、わかるか？　わかってくるるか？」

「いささかなりとも、兄上のお心は、信繁も……」

そこでまた信玄が何かいったようだが、床下の笹之助の鍛練された聴覚も、これをとらえることはできなかった。

武田左馬之助信繁は、この年三十七歳である。

兄の信玄とは四つちがいで、年少のころから穏健質朴な性格であった。

するどい気力にみちあふれていて、しかも文武の道に長じ、少年のころからその英明をうたわれた兄の信玄にくらべると、まったく対照的におだやかな左馬之助信繁だけに、

「次郎よ、次郎よ――」

父の信虎は、眼に入れても痛くないほどの可愛いがりようをした。

信玄の幼名を太郎という。

信繁は次男だから次郎という。

これは武田家におけるならわしのようなもので、いまの当主である信玄も、長男には太郎義信を名のらせているわけだ。

さて――信玄の父・武田信虎は、どうも武田の家を長男の信玄にゆずりわたすのを

好まなかったらしい。

「余の後とりは次郎信繁じゃ」

平気で、家来たちへ放言をしたりした。

天文七年正月の賀宴に、信虎は、わざと信玄へ盃《さかずき》をあたえず、信繁のみにあたえたりしたものである。

だから、信玄が父信虎を駿河へ追放してからのちの信繁の立場は、まことに苦しいものとなったわけだ。

九

武田信玄が父、信虎を駿河の今川家へ追放したのは、天文十年六月である。ときに、信玄は二十一歳であった。

今川義元は信玄にとって姉婿であるから、信虎は自分の娘の婿のところへ追いはらわれたということになる。

その今川義元も、去年、織田信長の攻撃をうけ、桶狭間に戦死をしてしまった。

今川家は、義元の息・氏真が後をついでいるが、年老いた武田信虎は、まだ今川の客となっていて、ときどき、自分を追いはらった息子の信玄に手紙などよこすこともあるらしい。

こういうわけであるから、武田信玄にとって、弟の信繁という人物は、決して油断のならぬ存在であったといえよう。

まかりまちがえば、自分を押しのけて武田の家をつぐ筈《はず》だった信繁なのである。

けれども、左馬之助信繁は、

「父上が、兄上に追いのけられたのは、むりもないところじゃ。父上は勇猛無類の大将でおわしたが、国を守り領民をおさめるという大きな力が欠けていたのだからな」

つねづね、そうもらしてもいたし、

「兄上がおらるるかぎり、武田の家も安泰であろう。わしも力をつくして兄上をお助けするつもりである」

心から、そう思いもし、すべての処置をあやまらなかった。

「左馬之助こそは、余の右腕じゃ」

信玄も、つくづくとそう思わずにはいられない。

丸子笹之助も、武田家ではたらくようになってからは、こうした信玄兄弟の間に流れる信頼の情をまざまざと眼にも見てきたし、聞かされてもきている。

同じ弟でも、武田逍遙軒などは、今夜のように重要な密議の席へまねこうとはしない信玄なのである。

「太郎――」

武田信玄の声に、笹之助はふたたび耳をそばだてた。

「そなたも、余が父上を甲斐の国から退けはろうたことは聞き知っておろう」

「は……」

太郎義信が、うめくように答えた。

「あのとき、余は、そなたよりも、もっと若かった。父上が余に武田の家をあたえたくなかったことは、余ばかりではなく、そなたの叔父《おじ》の左馬之助も知っておる。わかるか？　太郎」

義信は答えなかった。

十

「あのころは、余を守りたてようとするものと、左馬之助を後つぎにしようとはかるものと、わが武田の家の重臣家来たちも二派にわかれ、あわや血を見ようとするところまで行ったものじゃ」

信玄は、何故このようなことを太郎義信に語りつづけるのか……。

（なるほど……）

笹之助にも、ようやくのみこめてきた。

「なれども騒ぎはおこらずにすんだ。それもこれも、これなる左馬之助が兄の余を信じ、どこまでも余に従うてくれたからだ。太郎も父である余を――この信玄を信じておれ。人を、物事を、信ずることはむずかしいが、信じてくれなくては困る」

「は……」

「余は、あまり多くは語りたくない。そなたから見れば、父が、諏訪にいる勝頼のみを愛し、そなたには心をかたむけず、いずれは武田の家も弟の勝頼に……と、そのようなうたがいを抱いておるかとも思う」

「そ、それは……」

「ま、聞けい」

「はい……」

「なるほど、余は勝頼を愛しておる。あれもひとかどの大将になれる器とも思うておる。なれども勝頼は、まだ十六になったばかりじゃ。すでに成人し、何度も戦場を往来してきているそなたとは違う。まだ子供じゃ。子供には子供への愛がある。ひとり前の大将となったそなたへはそなたへの愛を、余はかたむけておるつもりじゃ」

「…………」

「このたびの出陣にあたっても、余が、わざと勝頼を諏訪に残し、そなたのみを出陣させたことにつき、今度の戦いで、知らぬまにそなたの命を絶ち、勝頼を武田の後つぎにしようと、ひそかに余が考えているようなことを、いいふらすものが……いや、そなたの耳に入れたものもあるように思う」

「い、いえ――それは……」

「まず聞けい。よいか、太郎――そなたも甲府の館《やかた》では北の曲輪《くるわ》にあって多勢の家来を従えておる身の上じゃ、いわば一城の主《あるじ》というてもよい。一城の主というものは、むずかしいものぞ」

　このとき、沈黙を守っていた左馬之助信繁が口をはさんだ。

「太郎どの。いま兄上が申された通りだ。一城の主、人の主たるものの耳には真実の声が聞えにくい。このことをよう考えておかねばならぬ。家来というものは重宝なものだが、毒にもなる。おのれの主大切と思うあまり、ついつい、あらぬ心配なりうたがいなりを心に燃やし、主の耳へ毒を吹き込むこともあろう。そしてまた主というものは可愛い家来の口走ることを、いやでも信ずるようになってしまうものよ」

　左馬之助信繁は苦笑をもらしたようであった。

「今でこそ申せることだが、昔、この信繁も、兄上がわしを殺そうとしているなどというたわ言《い》を何度聞かされたか知れたものではない」

十二

その左馬之助の声へ押しかぶせるように、武田信玄が厳然といった。

「太郎。いまここに、余はそなたへはっきりと申しておく。よう聞け」

「は……」

「父は、そなたこそ、武田の後とりじゃと思うておる」

　息づまるような沈黙がきた。

　床下の丸子笹之助も、大名として一個の父親としての信玄の行きとどいた配慮と言動に胸をうたれてきた。

こういう場合、忍者として他人の情愛などに心をうごかしてはならない。あくまでも冷たく事態を見、聞き、そして目的をつらぬかねばならない。だが、女の愛情にもろい笹之助は、男の情念のうごきにも弱い。

(信玄というやつ、えらいやつだ……)

信玄を刺すよりも、知らず知らず、信玄の言葉に酔い、武田家の内幕をもっともっと知りつくしたいという欲望がきざしはじめてきたのである。

「なれど、いま少し待て」と、信玄がいった。

「余は、武田の家というよりも、この日本の国の戦乱をうちしずめ、武田の手によって世の平和をもたらす考えじゃ」

まんまんたる自信にみちた声であった。

笹之助は、胸がとどろいてきた。

「いまの世に、このさわがしい天下をうちしずめるものは余をおいて他におらぬのじゃ」

おごりたかぶっているのではない。

天下人として日本全国に号令するものは自分よりほかにはいない、天下平和の理想をつらぬくためには、どうしても自分が起つべきだと、信玄は決意しているのだ。

「一家のことすらもおさめ守るのはむずかしい。まして天下をおさめるとなれば、なみなみならぬことじゃ。織田信長でもよい、上杉謙信でもよい、誰でもよいのじゃ。天下をうまくおさめてくれるものが余のほかに出てくれれば、余は何も、いたずらに血を流し戦いをつづけたくはない」

　そして、信玄は静かにいった。

「なれど、惜しむべし。上杉にも北条にも織田にも、今川にも、天下をおさめる器量はない。どこかが欠けておるのじゃ。余も、むろん……」

　このとき、笹之助の聴覚は信玄の声を遠ざけ、別のものへ、するどく向けられた。

（誰かいる!!　この床下に……）

　はっと、笹之助は身を伏せたまま蛇のように、およそ二間の距離をするすると退り、全身の感覚を集中して床下の闇の中に曲者《くせもの》の気配をかぎとろうとした。

（いた!!）

　十間も向うの闇の中に、じいっと身を伏せているものがある。

（孫どのか？……於万津か……または、上杉方の忍者か……）

　闇をへだてて、対手《あいて》も笹之助の気配をうかがっているらしい。

　信玄の声や左馬之助の声もしているのだろうが、床下の忍者二人は、もうそのことに耳をそばだててはいなかった。

十三

床下の闇にとけこんだ忍者二人の睨《にら》み合いは、かなり永い間つづけられた。

(逃げる気だな)

笹之助は、対手が少しずつ位置をうつし、この本丸の営舎の床下から、物見台の床下へうごきつつあるのを知った。

(孫どのでも於万津でもないらしいぞ)

笹之助の直感であった。

(よし!!　それならば……)

何者か、捕えてくれようという意識があったわけではない。

曲者を捕えようというのは武田方の家来としての意識である。

笹之助は家来であっても家来ではない。いや主人の信玄を刺し殺すという目的をもっていた筈《はず》だ。

それなのに曲者を追って、じりじりと身をうごかしたこのときの笹之助の意識の底には何があったのか……。それは余人の知るところでない。いずれは、笹之助自身にも思い当るときが来るであろう。

丸子笹之助は、曲者と睨み合いつつ、物見台の床下まで移動して行った。

物見台の床下は一間ほどの高さがあり、らくに立って歩ける。

がっしりとした木材と石でかこまれた床下であった。

物見台の床下まで来ると、曲者は、ひらりと立って走り出した。

笹之助の体も鳥のように飛んだ。

跳躍しつつ投げつけた笹之助の『飛苦無《とびくない》』は床下の闇を切りさいたのみであった。

曲者は、するりと戸外の闇へ消えた。

物見台下の土囲《つちがこい》は見事に切り破られていたのだ。

約二尺四方の切穴から、曲者は戸外へのがれた。

笹之助は、外に待伏せているかも知れぬ曲者へ、床下の中から縦横に『飛苦無』を投げておいてから、すぐに後を追って戸外へ飛び出した。

空には星がきらめいていた。

千曲川の流れが真下にきこえる。

草の中に、番兵が二人倒れているのを笹之助は見た。

曲者が床下へ入るときに殺したものであろう。

すでに、曲者の軀《からだ》は堤の上にあった。

忍び装束に身をかためたその曲者の軀つきを見るや、

(女だ!! だが於万津ではない)

とっさに、笹之助は感じた。

曲者が、ふり向いて左右の手を突き出した。

『飛苦無』よりも、もっと量感のある物体が闇を縫って笹之助の面上を襲った。

むろん、これほどのことに倒れる笹之助ではなかった。

十三

笹之助は、とんと地を蹴《け》った。

笹之助の軀は宙に浮き、堤の上に立つ曲者のななめ右へ落ちかかった。

声なき気合と共に、笹之助は地上へ落ちかかりながら抜打ちをかけていた。

その刃風をくるりとかわし、曲者は、あお向けに堤の上から、まっさかさまとなって千曲川の急流へ落ち込んでいった。

足が地につくと同時に、笹之助は崖下《がけした》へ落ちて行く曲者へ二度、三度と刃風を送ったが、とどかなかった。

女にしては相当なはたらきをする曲者であった。

十間に近い崖下を流れる千曲川は、曲者をのみこんだようだが、水音も聞えず、落ちこんだ気配もない。

笹之助は堤の草むらに伏せて、じっと崖下をうかがった。

すぐ近くを見張りの兵が行き来しているのだが、二人の忍者の音も声もない決闘には、まったく気づいてはいない様子であった。

笹之助は、五間ほど下の崖肌にぴたりとはりつき、堤の上をうかがっている曲者を見つけることが出来た。

（いま行くぞ）

ふところの『飛苦無』を投げ打ってやろうと思ったが、あますところ数個しかない。いざというときまで使用するわけにはいかなかった。

笹之助は、腹ばいになったまま崖際へ出るや、両足で堤の草を蹴って飛んだ。

曲者が、はりついたまま崖の壁を逃げにかかる。

笹之助もすぐに同じような姿態をもって追った。

たちまちに、本丸の堤は切れて、ぐっと左に折れまがり、二の丸の石堤につながっているところまで来た。

そこで、曲者は崖土を蹴って大きく跳躍した。

千曲川の岸辺の深い芒《すすき》の群れが、曲者の軀をのんだ。

笹之助もこれを追った。

曲者は、猿のように芒の中を走り出している。

「待てい」

「何者じゃ!!」

外濠《そとぼり》の番所から槍《やり》の穂先をきらめかせた五人ほどの士卒が、曲者の前に立ちふさがった。

十四

曲者《くせもの》は少しもためらうことなく、みずから五本の槍先へ身を投げかけて行った。

「あぁッ!!」

絶叫と悲鳴が闇の中に飛んだ。

「曲者!!」

曲者は両手を縦横にふるった。

右手で忍刀《しのびがたな》をふるい、左手で手裏剣を打ったのである。

五人の士卒は、たちまちに、もんどりうって外濠へ落ちこみ、あたりの草むらに倒れた。

どこかで、するどい呼子《よびこ》の音が起った。

近くの番所で、この異変を知ったらしい。

呼子の音は、たちまちに増え、重なり、闇を裂いて走った。

曲者は外濠の水へ飛びこみ、矢のように幅五間の濠水を泳ぎわたって対岸に駈けのぼる。

太鼓が鳴りはじめた。

松明《たいまつ》が飛んで来る。槍が光る。

士卒の騒然たる声が外濠一帯に走りまわった。

武田方が捕えることの出来なかった曲者だが、丸子笹之助には捕えられてしまった。

あと一息で、上杉軍前衛がつめているという、妻女山のふもとの林の中まで一気に
逃げて来た曲者であったが、

「う、ううッ……」

いきなり頭上の樹の枝から放り投げられた縄が、曲者の首のつけねから肩、わきの下にまで巻きついてきた。曲者はうめきながら身をもがいた。

とっさに短刀を引きぬき、縄を切ろうとしたが、おそかった。

縄と共に樹の枝から殺到した丸子笹之助は、

「面《つら》を見せよ」

縄を巻きつけながら、曲者の両足をはらって押えこみ、あっという間もなく曲者の覆面をはぎとっていった。

「ふ、不覚……」

曲者は歯ぎしりをした。

笹之助は思わず息をのんだ。

(あの女だ!!)

六年前の弘治元年の春のことだ。

関東の北条氏康の依頼があって、甲賀の頭領山中俊房の命をうけた孫兵衛と共に、笹之助が上杉謙信の動向をさぐるため、越後へ潜入したことがある。

そのとき、上杉方の女間者に笹之助はまんまとだまされ、こちらの秘密をかぎとられたことは、すでにのべておいた。

覆面をはぎとられた女忍者は、闇の中に白い顔を浮かせ、

「殺せ」

吐きつけるようにいった。

まだ、笹之助だということを知らないらしい。

（あの女……たしか、名をたよとかいうたが……）

どうしてくれようかと考えつつ、笹之助は自分の『男』をはじめて目ざめさせてくれたこの女忍者の顔を、しばらくは見つめたままであった。

五

六年前のこの女――たよは、富倉峠のふもとの農家で、やもめ暮しをしていた。

もちろん、それは嘘にきまっているが、あのときの、ぼってりとふくらんだ顔だちや軀《からだ》つきは、いま、笹之助が土の上に押しつけている彼女のどこにもなかった。

四肢は細く引きしまっている。

汗くさい年増女の体臭も消えている。

「殺せ。殺すがよい」

と、たよは低く叫んだ。

むやみと大声を出さないのは、まだ逃げる隙を見つけるつもりなのであろう。

大声をあげれば、首に巻きついた笹之助の腕は、たちまちに、この女忍者の首を折ってしまうに違いなかった。

笹之助は、女忍者の不思議な生理を、つくづくと考えないわけにはゆかなかった。

あの甲賀の女忍者於万津にしてもそうである。

笹之助を誘惑したときは、三十をこえているくせに少女のようなか細い躯であった。

けれども、いま、おそらく孫兵衛と共にこの近くへ潜入しているであろう彼女は、まっくろに陽焼けした顔も躯も、ふてぶてしいほどの中年の農婦に肥り化けているではないか。

忍者として、さまざまな姿におのれの身を変える技術は女の方がうまくゆくらしい。

女忍者たちは、秘伝による食物の調整と運動によって、ふとくも細くも自由自在に顔かたちを変えることが出来るといわれている。

笹之助は、いきなり、たよの忍び装束の胸もとに手をかけ、ぴりりと引き裂いた。

夜目にも、ふっくりと白い乳房があらわれた。

笹之助の手が、ぎゅっと、その乳房をつかんだ。

たよの乳房は、汗と濠の水にぬれていて、冷たかった。

もう殺す気はなくなり、笹之助は、にやりと覆面をとって自分の顔を見せてやった。

「あ!!」

たよが、ぽかんと口をあけた。

「生かしてはおけぬところだが、おぬしはおれに、はじめて女というものを教えてくれた人だ。どうも殺せぬ」

どうも、丸子笹之助は、忍者として、あの孫兵衛のような冷然たる性格にはなりきれないらしい。そのあたりがまた、笹之助らしいといえばいえよう。

「今度会うたら許さぬぞ」

女を突き放し、笹之助は海津城に駆け戻って行った。

そして、——笹之助が上杉の女忍者を追っていた短い間に、武田信玄は上杉軍に対する決定的な作戦をうちたててしまっていたのである。

決戦

一

戦機は、まさに熟していた。

海津城の武田軍と、そこからわずか半里をへだてた妻女山の上杉軍とがにらみ合ってから、すでに半月の余を経ているのだ。

武田信玄も上杉謙信も、永年にわたる闘争を、今度こそは決定的に終結させるつもりであった。

このままにらみ合っていれば、いずれはまた例年のように、陣形をといて、それぞれに領国へ引きあげることになる。

両軍の戦闘をさまたげる冬の季節は、すぐ目の前にあるといってよい。

笹之助が、上杉の女忍者たよを捕えた夜に、武田信玄は、

「九月九日をもって、こなたから戦さを仕かけることに決めた」

と、山本勘介はじめ重臣一同に申しわたした。

その作戦については、当日の九日まで誰にも洩《も》らさなかった信玄だが、ひとり山本勘介にのみは相談をかけたようである。

「睨《にら》み合うていては果しがあるまい。そろそろ腰をあげようかと思うが、どうじゃ？勘介」

「こちらから仕かけるのでござりますか？」

「うむ」

「上杉めは、こなたの仕かけるのを待っております」

「こちらから仕かけては不利じゃと申すのか」

「向うから仕かけるのを待った方が……」

「余も、そうは待てぬ。わかるか？」

信玄と勘介は、じっと互いの顔を見つめあった。

「上杉との戦いは、ぜひにも、このたびをもってうちどめにしたいと思う。ぜひにも、余は謙信の首をとらねばならぬ」

「わかりましてござります」

「そこで作戦だが……」

「はい」

「そち、何かふくむところがあるか？」

「こうなっては、小細工をしても利き目はございません」

「いかにもな……」

信玄の前に勘介は、この川中島一帯の地形図をひろげはじめた。

こうして、武田信玄が軍師山本勘介とねりあげた作戦を、世に啄木鳥《きつつき》の戦法だとかいっているが、もちろん当時の信玄が、そのような名称をとなえていたわけではない。すなわち、武田軍約一万八千の軍勢のうち一万をもって妻女山を襲撃せしめ、山上にこもる八千の上杉軍が山を下って川中島の盆地へ出て来るところを、信玄みずからひきいる残りの八千をもって迎え撃とうというのである。

二

啄木鳥という鳥は、くちばしで木をたたき、木の幹に穴をほって住んでいる虫を追い出し、これを穴の口に待ちかまえていて食べてしまうという。

妻女山を襲う武田勢と戦いつつ、その戦いが勝ち負けのどちらになっても、上杉謙信は、かならず山を下って川中島へ出るに違いない。

そこを待ちかまえて、いっきょに敵をほうむろうというわけであった。

九月九日の夜。妻女山にあって、半里の彼方《かなた》にある海津城を見た上杉謙信は、城のまわりのざわめきと、平常にことなる炊煙が、しきりに立ちのぼるのを見て、早くも、武田方の作戦を見破ったとある。

これが通説となっているが、さてどんなものであろうか。

武田信玄という名将が、炊事のけむりによって作戦を敵に見破られるというような失敗をするのは可笑《おか》しい。

九日の夕刻から夜にかけて、城の周囲は水も洩らさぬ警戒がしかれた。

ひそかに城を出た急襲部隊は、わざと遠まわりに、城のすぐ背後の山へのぼり、尾根づたいに妻女山へ向った。

このことは、むろん上杉謙信は知らなかった。

謙信は謙信で、永い睨み合いに、しびれを切らしていたのである。

「もはや、これまでじゃ。信玄め、余を恐れているものと見え、手も足も出さぬわい。軍をまとめ、このたびは越後へ引きあげよう」

上杉謙信が苦笑と共に命を下したのは、偶然に同じ九月九日であった。

九日の亥《い》の刻（午後十一時ごろ）すぎに、上杉軍八千は、ひそかに妻女山を下りはじめた。

士卒は口に枚《ばい》をふくみ、馬のくつわに布を巻き、舌を縛って、そのいななきを止め、あくまでもひそやかに山を下った。

偶然の一致だけに、もちろん武田方は、この上杉軍の動きを知ろう筈《はず》もなかった。

「武田軍も動きはじめております」

山を下る上杉謙信にも、次々に、間者がもたらす報告が入ってきた。

これは、城を出た信玄の本隊の動きを報じたものである。

信玄にしても、半里の近間にある上杉軍に、みずからの動向がまったく知れないというわけにはいかぬと、それは考えの中に入れてあった。

要は、こちらの動きに敵の眼を吸いつけておき、その背後から高坂昌信を主将とする急襲部隊を殺到せしめることにある。

だが、高坂昌信が妻女山の上杉陣営に達したとき、すでに上杉軍は、もぬけのからであった。

それより先、上杉軍は三手に別れ、十二ヶ瀬と狗《いぬ》ヶ瀬附近から千曲川を押しわたって、川中島の盆地にその全容をあらわしたのである。

山も、野も、ふかい霧に包まれていた。

このとき、信玄の本隊と上杉軍との距離は、約一里余ほどであった。

あかつきの刻を迎えつつ、上杉軍は霧をおしわけて前進した。

三

「前面の八幡原《はちまんぱら》のあたりに集結しはじめた武田軍は、まさに、信玄の本営と思われまする」

そういう間者の報告をうけとったとき、

「こなたの動きを、早くもさとったか!! さすがに信玄ではある」

上杉謙信は苦笑をもらし、

「よし!! さいわいに霧もふかい。この霧を利して近間へ寄せて行き、雌雄《しゆう》を決してくれるわ」

もとより、のぞむところなのである。

撤退が攻撃に変ったわけであった。

ときに寅《とら》の刻（午前四時）ごろだ。

上杉軍は、いっそう鳴りをしずめ、霧の中の河原を、林を、低い丘陵を、信玄の本営に向って進みはじめた。

「ゆっくりでよい。霧がはれるまでは敵に気づかれるな」

と、謙信は諸部隊に命じた。

事態は、上杉軍の偶然の撤退から逆転をよんだのである。

武田信玄は、八幡原の本営を中心に諸隊を配置し終えたが、濃い霧の彼方《かなた》に見えぬ妻女山の方角に眼をやり、

「もはや、攻めかけてよい時刻じゃが……」

ちらりと眉《まゆ》をひそめた。

「いかにも……」

山本勘介も、不安そうに眼をまたたき、

「物音ひとつ、きこえませぬ」

この八幡原から妻女山までは、さしわたして一里ほどしか離れてはいない。

昼間ならば、はっきりと妻女山の全容をのぞむことが出来る。

高坂昌信の襲撃がはじまれば、その戦闘のどよめきは必ず聞えてこなくてはならな

い。

「妙じゃ。妙じゃな……」

それでも半刻（一時間）ほどは、信玄も、じっと時の来るのを待っているかのようであった。

この日……。

武田信玄は諏訪法性《ほっしょう》の兜《かぶと》をいただき、黒糸縅《おどし》の鎧《よろい》の上に緋《ひ》の法衣をまとい、軍扇をかるく握って巌《いわお》のように本営の床几《しょうぎ》にかけ、身じろぎもしない。

空が、ややあかるんできたように思われる。

霧の色が白く浮き上ってきた。

夜明けも近い。

信玄のかたわらに山本勘介がひかえ、武田菱《びし》の幔幕《まんまく》を背後に張りめぐらした信玄の周囲には廿人衆・小人《こびと》中間衆などとよばれる屈強の侍臣が、ずらりと居並んでいる。

八千の諸部隊は、この本営を中心に両側へ展開して、戦いの時が近づくのを待っていた。

「静かじゃ」

突然、信玄は床几から立った。

妻女山が、しんかんと静まり返っているのに耐えられなくなったのであろう。

このとき、川中島の諸方に散らしてあった斥候が、三人ほど、馬蹄《ばてい》の音をひびかせ、霧の幕を裂いて本営に駈けこんで来た。

四

「申しあげまする!!」

「戸部・北原のあたりに上杉勢が押してまいりました!!」

「十二ヶ瀬の河原にも上杉勢が……」

口々に、斥候たちは叫んだ。

「何と!!」

本営内に、さっと緊張が走る。

「勘介。謙信め、早くも知って出て来おったわ」

「上様!!」

「敵も、八千。こなたも八千じゃ。一刻《いっとき》ほど持ちこたえれば、妻女山へのぼった一万の軍勢が上杉軍の背後から攻めかかるであろう」

「はッ」

「すぐさま、迎え撃て」

「はッ」

霧の中に、武田の陣営がどよめきはじめた。

馬が走る。

伝令が叫ぶ。

部隊が、あわただしく動きはじめる。

霧が、あかつきの風に吹き流されはじめた。

土が、草が、芒《すすき》の群れが、丘陵の線が、そして松林が、次第にそのかたちを霧の中からあらわしはじめた。

わあーん……。

うすれかかる霧の彼方——千曲川の河原に前衛としてかまえている筈の山県昌景・穴山伊豆守の陣構えのあたりで、早くも戦いが開始されたらしい。

そのどよめきが、わあーん……と聞くものの耳が鳴るようにつたわって来るのだ。

このとき、やや小高い丘陵の上にある信玄の本営は、早くも部隊の戦闘展開を終え、不思議な静けさの中にあった。

信玄は、床几にかけたまま、霧の向うにあるものを見すえていた。

らんらんと、その双眸《そうぼう》は光り、唇にはかすかな笑いがただよっている。

「上様!! それがしも、これにて——」

山本勘介が、兜もつけぬ坊主頭をさげて、信玄の前にひざまずいた。

信玄は、ちらりと見て、

「たのむぞ」

「はい」

淡々として、山本勘介は黒い鎧の上につけた白の法衣をひるがえし、馬に飛び乗って本営を出て行った。

西寺尾附近に自分を待っている山本部隊へ引返して行ったのである。

冷たい風が、やや強くなった。

霧が、見る見るうちに吹きはらわれていった。

「わあーっ……」

上杉軍の鬨《とき》の声が、いっせいに上ったのはこのときである。

五

その鬨の声は、八幡原の武田本営をおし包むかのような圧迫感をもっていた。

銃声が諸方におこった。

川中島一帯にこめていた霧の幕が、一度に、ふわりと中天へ巻きあげられたかと見えたのである。

声なきどよめきが、本営の武士たちの間を電光のように流れた。

「来た!!」

まさに、これであった。

霧によって敵軍の接近が見きわめられなかったためもある。

それだけに、忽然《こつぜん》と霧の幕の中からあらわれた上杉軍が、それまでのゆるい速度をかなぐり捨てて、喊声《かんせい》をあげつつ、本営の丘へ向って殺到して来るさまを見ると、さすがに剛勇をうたわれた甲斐の軍勢も、一瞬は気をのまれて、闘志がほとばしるわけにはいかなかったようだ。

「使番《つかいばん》を、使番を!!」

信玄も思わず叫んだ。

百足《むかで》の指物を背につけた七名の使番が駈け寄ると、信玄は、

「一刻たてば、こなたの勝利じゃ。妻女山の軍勢が敵の背後に出て来るまでのこと。それまでのことゆえ、辛抱して闘えと諸士に申しつたえよ!!」

「ははッ」

使番たちは馬に飛び乗って丘を走り下って行く。

川中島の盆地を東から南と西へ展開して攻めかけて来た上杉軍であった。

いきおい、武田軍は千曲川を背後に（ということは海津城を背後に）したかたちとなって、敵軍を迎え撃つことになった。

このころになると、上杉謙信にも、武田軍が二手に分れての『啄木鳥《きつつき》の戦法』が、はっきりのみこめてきた。

「しめた！」

謙信は馬上にあって会心の笑みをうかべ、

「妻女山へのぼった敵が山を下りぬうちに片をつけてしまうのじゃ。一同、ここを先《せん》

途《ど》と思え!!」

軍扇のかわりに愛用している太い青竹をふるって指揮にかかる。

上杉謙信は、紺糸縅の鎧に萌黄《もえぎ》どんすの胴肩衣《どうかたぎぬ》をつけ、金の星兜の上から白の練絹《ねりぎぬ》をもって行人包《ぎょうにんづつ》みにするという武装であった。ときに謙信は三十二歳だ。

放生月毛《ほうしょうつきげ》とよばれる愛馬を縦横に乗りまわし、

「かかれ、かかれ!!」

大声に疾呼《しっこ》しつつ、その間に、

「忍びの者、忍びの者!!」と呼び叫んだ。

すぐに馬を寄せて来た八人ほどの軽武装の者を見るや、

「信玄の本陣のありかを探れ!!」と命じた。

手まわりの忍者たちが、馬を駆って左手の松林へ消えていった。

ひとしきり、両軍の間に鳴りひびいた銃声も、このときはすでに絶えている。

接近した両軍の主力は、まず上杉軍の柿崎和泉守《かきざきいずみのかみ》ひきいる千余の一隊が武田軍先鋒《せんぽう》の諸角《もろずみ》隊へ突きかかった。

六

丸子笹之助が、このとき、武田太郎義信の部隊に加わっていたことはいうまでもない。

太郎義信の隊は約八百で、信玄本営の右側半町のあたりに陣構えしていたが、義信も、さすがに父の身を気づかって、部隊を本営のある丘のすぐ下まで移動させ、「わしは本陣へ行ってまいる。後をたのむぞ」と、侍臣の長坂源五郎にいいおき、丸子笹之助ほか十名ほどの家来を従えて、徒歩のまま丘を駈けのぼった。

霧はまったくはれあがっていた。

青い朝空が頭上にひろがり、海津城の背後につらなる東面の山なみの上へ、陽がのぼってきた。

川中島の盆地一帯に、さっと陽の光が落ちかかり、刀槍《とうそう》のひらめきが、まるで風にそよぐ草の葉にも見えて、きらきらと平原にみちあふれている。

上杉軍は三本の帯のような体形をとって、まっすぐに、この本営を目がけて突き進んでくる。

この帯の両側から、前方から、武田の諸部隊は猛然と突き込んだが、その帯の一つ一つは、前後左右に分れて武田軍と闘いつつ、しかも尚、三本の帯のまん中にある上杉謙信を両側から守るという形をくずさず、じりじりとこなたへ距離をせばめてくるのであった。

その全貌《ぜんぼう》の何から何までが信玄の眼に入ったわけではない。

盆地といっても、そのころの川中島は、うっそうたる林もあれば低い段丘のつらなりもあって、現在のように平坦《へいたん》な地形ではなかった。

だが、絶えず出入りをする物見によって、情況は手にとるようにあきらかであった。太郎義信が本営へ駈け込んで来たのは、このときだ。

「父上!!」

「太郎か」

「私めを……」

義信は、出撃をせがんだ。

「待て!!」

信玄は、落ちついていった。

三十人ほどの侍臣も、静かに控えているのは、さすがであった。

これらの侍臣たちの身分はあまり高くないが、戦闘のとき、君側にあって信玄を守るという重要な任務をおびているだけに、いずれも手だれの強者ばかりである。

「では――」と、太郎義信は一礼し、

「笹之助は、ここに残れ!!」と命じた。

信玄の危急にそなえ、自分との連絡をたもつための考えからであろう。

七

太郎義信が、自分の隊へ引返して行って間もなく、上杉軍の激しい攻撃も中だるみとなった。

「信繁様おんみずから、敵中に割って入られました!!」

使番が駈け込んで来た。

「うむ……」

信玄の両眼が、きらりと複雑な光りをやどしたのを、丸子笹之助は見のがさなかった。

少年のころから一点の隙も見せず、兄の信玄に仕えて来た左馬之助信繁は、こんどの戦いにも率先して先鋒をうけたまわった。それを裏書きするかのように、身をもって乱軍の中へ突入して行ったのである。

つまり、それほどに事態は切迫していたのだ。

それほどに、上杉軍の攻撃は凄烈《せいれつ》をきわめていたのだ。

「山本勘介様、敵中へ――」

またも使番が駈け上って来る。

「うむ――」

武田信繁・山本勘介のひきいる二部隊は、隊長みずから槍《やり》をふるって上杉軍の中へ駈け入ったので、いずれも必死となり、

「押し返せ!!」

「ここが死ぬるところぞ!!」

甲州勢が持ち前のねばり強さを取戻し、三本の帯のななめ横から割って入った。

ここで、信玄の言葉通り、上杉軍も悪戦を余儀なくされたわけだ。

信玄本営の前方十町ほどのところで、両軍とも、ぎしぎしに詰め合い、凄惨《せいさん》な闘いをやりはじめたのである。

馬がいななく。

喚声と悲鳴と、槍・太刀の打ち合うひびきは、くまなく晴れわたった朝空の下に飽くことなくひろがりつづけた。

もう辰《たつ》の刻（午前八時）ごろであろうか……。

丸子笹之助は、信玄から五間ほど後ろにたれた幔幕《まんまく》の裾《すそ》にひざまずき、

（今なら刺せるぞ!!）

そう思っていた。

信玄は、笹之助にまるまる背中を見せているのだ。

信玄のまわりにいる武士たちも、まったく笹之助に注意をはらってはいない。

じりじりと、笹之助は信玄のうしろに位置をうつしつつ、太刀に手をかけた。

（火薬玉があればなあ）

と、笹之助は思った。

何しろ、孫兵衛と別れてからは忍者としての武器の補給が絶えてしまったので、例の『飛苦無《とびくない》』だけを、いくらか持ち残してあるのみなのだ。

しかし、もうためらってはいられまい。

（殺すのには、惜しい大将だが……）

笹之助は片ひざをたて、右手を刀の柄にかけた。

八

「笹之助はおるか――」

信玄が突然にふり向いたのは、このときであった。

ぎくりとして、笹之助は刀からすばやく手を放した。

「まいれ」

信玄の両眼が、近づいて行く笹之助を、ひたと見すえている。

やや青みをおびたその二つの瞳《ひとみ》は異様な輝きを発して、笹之助の五体の力という力を、みな吸いとってしまうかのようであった。

笹之助は、うなだれつつ歩を運んだ。運びながら、

（いかん。もう斬れぬわ）

二年前に、はじめて信玄と向い合ったときから、笹之助は信玄の威風にのまれてしまっている。

しかも、四日前の夜に、海津城営舎の床下で、信玄が子と弟へ自分の感懐をもらすのを盗み聞いてからは、

（偉いやつだ、信玄というやつは――）

笹之助はそう思ってしまっていた。

信玄を殺そうというところへ来ると、いつも笹之助は信玄にのまれ、機先を制される羽目におちいってしまうのであった。

「笹之助。もっと寄れい」

「はい」

ついに、床几《しょうぎ》へかけている信玄の膝《ひざ》もとまで摩《す》り寄せられてしまった。

信玄は鼻と鼻がすれ合うほどに顔を近づけてきた。

信玄の体にぬりこめた香油の匂いが、笹之助の鼻腔《びこう》を、むしろ息苦しくさせた。

信玄が微笑をした。いつもの、からかうような笑いではない。静かな平明な、まるで我が子の我儘《わがまま》に眼を細めている慈父の微笑であった。

「笹之助よ」

「はい」

「まだ、余を斬れぬのか」

あッと、笹之助は蒼白《そうはく》になった。

本能的に身を退《すさ》ろうとしたが、おどろくべき速さと力で、信玄は笹之助の腕をぐいとつかんだ。

「そのままでおれ」

低い、落ちつきはらった声なのである。

うしろに控える武士たちも、何となく笹之助の様子が異常なのを知ったが、信玄自身がいつもと変るところがないので、近寄っても来なかった。

「笹之助は、甲賀のものじゃな？――どうも、そのように思われるが……誰に頼まれたぞ？　誰が甲賀へ、余の命を絶てとたのみに行ったのか？」

笹之助は、うなだれたまま、もう気力も体力も、すべて信玄によってもぎとられてしまったかのように体をふるわせていた。このとき、

「信繁様御討死!!　水沢のあたりにて敵将宇佐美《うさみ》駿河守《するがのかみ》と刺違えられ、信繁様、御討死なされました!!」

伝令の声が、本営に飛びこんで来た。

九

本営内の武士たちも、武田信繁戦死と聞き、さすがに色めきわたった。

武田信玄は、そのことを聞いた瞬間に、ちょっと瞑目《めいもく》したが、すぐに両眼をひらき、

「よい。行けい」

ふだんと変りのない声で伝令を去らせ、

「またも、押しこまれたと見える……」

誰にともなく、つぶやき、やや首をのばして戦場の方角を見やった。

丘の下の草原は、その向うの低い丘陵の裾をまわって、彼方《かなた》の平原に通じている。

その丘の裾から、人も馬も、鉛色のかたまりになってゆれ動きつつ、飽くことなき血戦をつづけているありさまが展望された。

あとでわかったことだが、上杉軍の中心部へ突入した武田信繁の部隊は、部将の信繁と共に、ほとんど戦死をとげた。

この頑強な抵抗を、ようやくにはねのけた上杉軍は丘の裾に、丘の上に、むくむくとあらわれはじめた。

時をうつさず、左手の林の中に待機していた浅利式部のひきいる三百五十余の部隊が、こらえにこらえていた闘志を一度に爆発させ、
うわーっ……。

凄《すさ》まじい鬨《とき》の声をあげ、前面の丘陵へ突進して行った。

目の前、半町ほどのところに、いよいよ戦場が迫ってきたわけであった。

本営内の武士たちもどす黒い緊張に面を引きつらせ、どっと信玄のまわりへ馳《は》せよって、槍《やり》をかまえた。

「まだ、早い」

信玄は軍扇をふって、武士たちをしりぞけると、

「笹之助」

「は」

「甲賀の忍法、余はしかと見とどけたぞ」

「…………」

「余の館《やかた》には、そちと孫兵衛を四年がかりで潜み入らせ、同時に、館を出たときの余へは、入れかわり立ちかわり、捨身の忍者を襲いかからせたわ」

「…………？」

笹之助は、思わず眼をみはった。

（そうか……知らなんだわ、おれは……）

まさに至れりつくせりの甲賀頭領・山中俊房の暗殺作戦だといってよい。

孫兵衛は知っていたかも知れぬが、笹之助は、信玄を殺せと命ぜられたものは自分たち二人きりだとしか思っていなかったのだ。

「笹之助。この四年の間に、余は、余の影武者を三人も失うておる」

まるで、弟の信繁の戦死が心の中のどこにもないような、淡々とした声であるし、言葉であった。

上杉軍は浅利部隊の迎撃をうけ、前方の丘や草原から後退したようだ。

陽射しは、いよいよ明るかったが、風はかなり強く、西の空から黒い雲の流れがしきりに動きはじめていた。

「笹之助、太郎に出よとつたえい」

否も応もなかった。

「ははッ!!」

得体の知れぬ力に全身を擲《なぐ》りつけられたようになり、笹之助は丘の下へ駈け出していった。

＋

笹之助から父・信玄の命を聞くと、

「よし!!　馬ひけ」

太郎義信は、ただちに待ちかまえていた八百余の部隊を二段に分け、愛馬に飛び乗るや、

「つづけ!!」

丘のふもとの松林の中から雪崩のようにくり出していった。

笹之助も騎馬で後につづきかけたが、そのとき、

「あ!!」

「山本様が駈け戻られたぞ!!」

「まさに勘介殿じゃ!!」

前面の丘に向って駈けつつ、部隊の士卒が、口ぐちに叫ぶ。

見ると、丘の裾《すそ》をまわって草原へ走り出て来た一騎がある。戦場を離脱して来たとしか思われぬ山本勘介……と、笹之助も瞬時はそう思ったが……。

（いや、違う!!）

本営から丘の下まで降り、三段がまえに膝《ひざ》をたてて本営を守っている原大隅《おおすみ》麾下《きか》の武士たちも、その騎馬の武士に礼を送っているのが見てとれる。

黒の鎧《よろい》、白の法衣、坊主頭に鉢巻。そしてつぶれた右眼……。

（あ——孫どのだ!!）

頭も同じ坊主頭なのだし、右眼も同じく失った孫兵衛が、山本勘介に似た武装をつけ、たくみに勘介の体つきをまねて、只《ただ》一人、本営に肉薄している。

余人は知らず、笹之助の眼はくらませなかった。

（いかぬ!!）

衝動的に、丸子笹之助は部隊から横に離れざま馬腹を蹴《け》って、こちら側から、まっしぐらに、丘のふもとへ近づいた勘介に——いや孫兵衛へ向って馬を走らせていたのである。

見る見るうちに、騎乗の孫兵衛が笹之助の両眼に拡大されてきた。

孫兵衛がこちらを見た。

その距離は約二十間ほどだったが、孫兵衛がハッとしたらしく、馬上にのびあがった。

（火薬玉を投げるつもりだな）

とっさに感じつつ、どどっと二十間の距離を詰めて行きながら、

「えい!!」

笹之助は、右手の槍を力いっぱいに投げつけた。

その槍が、孫兵衛の馬の小肩へ突き立つのと同時に、孫兵衛の手も火薬玉を投げつけてきた。

だが、一瞬、孫兵衛はおくれた。

悲鳴をあげて竿立《さおだ》ちになった馬の上から投げたそれは、かなり見当も狂って、笹之助の左手のななめ向うに落ちて火箭《かせん》を散らした。

そのあたりにたむろしていた足軽が三人ほど、もろに叩《たた》きつけられた。

「曲者《くせもの》!!　曲者でござる!!」

一気に、孫兵衛に迫って斬りつけようとする笹之助へ、

「小僧め!!」

あばれ狂う馬の上から、ぎらりと白い左眼を向けた孫兵衛は、まわりに駈け寄る武田方の士卒へ、もう一度、火薬玉を投げつけた。

ぶつかり合うように馬をよせてふりおろした笹之助の太刀は、孫兵衛の馬の鼻面《はなづら》を斬っていた。

十一

孫兵衛の軀《からだ》は馬上から宙にうかび、地につくや、矢のように丘のふもとの柵《さく》につないであった五頭の軍馬のうちの一つへ飛びあがった。

「曲者!!」

「出合え!!」

さすがに、わかったらしい。あたりの士卒がどっと槍ぶすまをつくると、
孫兵衛は『目くらまし』の火薬玉を投げつけ、音響と煙に包まれると、あわてる槍ぶすまのみだれをぬって一散に脱出していた。

(もう無駄だ!!)

たちまちに向うの丘の裾へかくれた孫兵衛を見送って、笹之助がそう思ったとき、丘の向うで、豆をいるような銃声がおこった。

笹之助が、丘の上を見やると、何時《いつ》の間にそこへ上って来たものか、軽武装の騎馬武者が二人、長さ二間ほどの竿の上に紫色の布をつけたのをちぎれるようにうち振ったかと思うと、すぐに身を返して丘の向うへ駈け消えて行った。

あまり瞬間のことだったので、これに気がついたものは何人いたろう。

しかし、本営の信玄のするどい眼は、これを見逃していない筈《はず》である。

「あ……」

丸子笹之助の脳裡《のうり》をさっとよぎったものがある。

(あれは、上杉方の物見――または忍びの者が、上様の本営のありかを謙信に知らせたものか……)

まさに、その通りであった。

笹之助が、丘を駈け上り、本営の幔幕《まんまく》内へ飛びこむのと、ほとんど同時に、異様などよめきがあたりにおこった。

丘の北端から、二十騎ほどの上杉勢が味方の騎馬武者と闘いつつ丘の上へあらわれた。

「謙信じゃ!!」

信玄の声が、はっきりと笹之助にも聞えた。

大胆きわまる奇襲である。

向うの丘の上の激闘の渦の中から飛びぬけた一騎が、あっという間もなく丘を駈け下りて草原を突切りはじめた。上杉謙信である。

本営の下にいる士卒がこれを迎え撃つかと見えたが、新たな十騎ほどが丘を下って来て、大将謙信の両側へ並び、どっと草原を駈けぬける。

「それ!!」

本営内に残っていた五名ほどの武士が、信玄の前に立ちふさがった。

白絹で面を包んだ上杉謙信は電光のように闘いの流れを裂き割り、太刀を振りかざして一気に、なだらかな丘の斜面を突き進んで来た。

信玄は床几《しょうぎ》から動かなかった。

笹之助は、馬から降り、太刀を投げ捨てて、そのあたりに立てかけてあった槍《やり》をつ

かみつつ、

「上様!! 動かれてはなりませぬ」と、叫んだ。

馬上からの攻撃には、やたらに体を動かすと、かえって討たれやすいものなのである。

十二

笹之助の声を聞いたのか聞かぬのか、緋《ひ》の法衣に包まれた武田信玄のふとやかな背中は、ぴくりともしなかった。

おめき声をあげ、信玄を守っていた五人の武士たちが、眼前に肉薄した上杉謙信へ突きかかる。

謙信の、かん高い気合がほとばしった。

魔神のように馬をあやつり、謙信が太刀をふるった。

槍が飛び、血がしぶいた。

太刀と馬とで五人の武士を蹂躙《じゅうりん》した謙信は、丘の土を一気に蹴って、

「晴信!! 覚悟!!」

ななめ横から、信玄に太刀を打ちおろした。

「推参!!」

信玄が叫び、軍配団扇《ぐんばいうちわ》をかまえた。

立ち上れば斬りやすいのだが、あくまで腰をあげぬ信玄には、謙信の打ち込みも今ひとつ届かなかった。

信玄の軍配団扇の上部が、するどい謙信の刃風に斬り飛ばされた。

右に左に、馬を乗りまわしつつ、上杉謙信が閃々《せんせん》たる斬撃《ざんげき》を行なっている、その機をねらい、

「む!!」

丸子笹之助は、信玄の肩ごしに槍をくり出した。

「下郎!!」と、謙信が怒号した。

謙信の胸元をねらったのだが見事にかわされ、笹之助の槍は、謙信の馬のたてがみの下のあたりをななめに突き刺した。

馬が、信玄へおおいかぶさるばかりに竿立《さおだ》ちとなり、けたたましく、いないた。

そして横ざまに走りかけた。

その馬の手綱を引きしぼった上杉謙信の眼が、おもてを包んだ白絹の中から、屹《きっ》と自分を睨《にら》んだのを笹之助はおぼえている。

このとき、丘の下で、信玄の旗本と共に闘っていた原大隅が駈け上ってきて、

「やあ!!」

馬上にある謙信に槍を突きかけた。

これも外れた。原の槍は、馬の尻《しり》を突き刺したらしい。

馬は、もう一度竿立ちとなり、謙信を背にしたまま、狂奔しつつ丘を駈け上って行った。

夢魔のような一瞬であった。

騎乗の謙信を、十数騎が守り、草原の、まばらな木立を縫って見る見る遠ざかって行くのを、笹之助は見た。

丘のふもとから味方の武士が駈け上って来た。

信玄は額を左手でおさえている。その指の間から血が、したたり落ちてきた。

「上様!!」と原大隅が青くなった。

「大事ない」と、信玄は笑って見せた。

何時の間にか、頭上の空は雨雲におおわれていた。

雲の隙間から、陽はにぶい光りを落している。

そのときである。

彼方《かなた》の平原から、大地がゆり動いたかと思われるどよめきが聞えはじめた。

「妻女山の軍勢が、敵のうしろから突きかかりました!!」

草原を矢のように駈けて来た伝令が、歓喜に涙さえうかべて叫んだ。

十三

「ようやく、来たか……」

武田信玄は、はじめて床几から立ちあがり、平原の彼方を見つめた。

その横顔には、この苦しい数時間にわたる悪戦苦闘が始まったときと少しも変らぬ冷厳な影が、ただよっていた。

眼の色にも、血の色にも、まったく変化がなかった。

妻女山を下った一万の新手が、背後から襲いかかっては、激戦に疲れきった上杉軍だし、その上三分の一の将兵を失ってしまっているので戦う余力はない。

押しよせる新手の大軍に対し、甘粕近江守《あまかすおうみのかみ》に殿軍《しんがり》の指揮をまかせ、上杉謙信は犀川をわたって総退却を開始した。

ときに巳《み》の刻(午前十時)少し前であった。

苦労をして妻女山を襲い、しかも肩すかしをくらわされた武田軍は、その腹いせもあって、退却する上杉軍へ猛然たる追撃をかけた。

このため、上杉軍は犀川の急流と武田軍の追撃にはさまれ、かなりの戦死者を出したようである。

ともあれ、両軍の決戦は終った。

上杉謙信は、犀川の彼方に残余の四千六百の将兵を収容し、善光寺へ向けて撤退して行った。

史書に「この合戦は卯《う》の刻より辰《たつ》の刻まで上杉の勝。辰の刻より巳の刻までは武田方の勝なり」とあるが……。

結局は、信玄にとっても謙信にとっても、何のためにもならぬ決戦となってしまったわけだ。

武田軍は戦死者四千五百。

上杉軍の戦死者三千四百。

戦傷者は数え切れなかった。

それにしても、武田軍の——いや、武田信玄が、この戦闘でうけた傷手《いたで》は深かったようである。

みずから、敵将謙信の斬撃を、額と肩に薄手ながらうけたことをいっているのではない。

この戦いで、信玄は、もっとも心をゆるしていた二人の家来を失った。

一人は、弟の武田左馬之助信繁である。

一人は、軍師山本勘介である。

あの孫兵衛が勘介に化けて本営に殺到したころ、五十九歳の山本勘介はすでに戦死をとげていた。これは戦闘のもっとも激しかった岡村附近の草原で十八か所の傷を負い、倒れたのである。

武田信繁の戦死場処も、その近くの水沢附近の小さな流れの中であった。

いずれも、上杉軍の主力柿崎隊との死闘が行なわれたところだ。

この日の未明に、武田信繁は、紺色の母衣《ほろ》と髪の毛を切って家臣の春日某にわたし、

「これを甲府におる我が子の信豊《のぶとよ》へ形見にわたしてくれよ」と、いったという。兄信玄が上洛《じょうらく》のための禍根《かこん》を絶とうとしたこの決戦に死ぬ覚悟だったのが、この一事でも、よくうかがわれる。

武田菱《びし》の前立《まえだて》うった兜《かぶと》も何処かに飛ばし、武田信繁は、敵の部将宇佐美駿河守と組合ったまま、ともに血みどろとなって、流れに顔を突き込んでいた。

十四

そこは、千曲川が大きく屈曲して、海津城の方向へ流れかかろうとするあたりである。

河原にも、芒《すすき》の原にも、るいるいたる鎧《よろい》武者の死体が重なっていた。臓腑《ぞうふ》がはみ出した軍馬の屍骸《しがい》も多く、血の匂いがむせかえるようにたちのぼっていた。

まだ死にきれず、哀しげにいななく馬もあった。

武田信玄は、八幡原の本営で傷の手当をうけると、すぐに馬を駈って、弟信繁戦死の場処へやって来た。

草の上に白布をしき、その上に、武田信繁は横たわっていた。

黒糸に緋《ひ》糸を打ちまぜて縅《おど》した鎧は、その形をとどめぬまでに切り裂かれ突き破られ、顔も体も傷と血で、見わけがつかぬほどだ。

信繁が愛用した青貝の槍《やり》が、半町も離れたところで発見された。槍は二つに折れてい、穂先には血あぶらが泥のようにこびりついていた。

「信繁……」

信玄は、弟の死体のそばに膝《ひざ》をついた。

その背後にひかえた武田の将兵にまじり、丸子笹之助も信玄の横顔を遠くから見つめていた。

太郎義信は三か所の傷をうけ、近くの村落で手当をうけていて、此処《ここ》にはない。

「信繁!!」

もう一度、信玄はいった。

今度は、叫ぶような声であった。

「そなたは、何よりも、この世に戦さが絶ゆることを願うていた。余も同じこころじゃ。これからも変りはない」

生きているものへぶつけるような信玄の叫びなのである。

「戦さを根絶やしにするために戦うことのあさましさよ。これが、人間の業《ごう》か!!」

雲の密度は、いよいよ濃かった。

太陽は、まったく光を消し、まるで夕闇に包まれたような川中島平《だいら》であった。

「信繁。余は、決して、そなたの心を無にはすまい。そなたののぞむごとく、必ずや世に平和を招来するであろう」

信玄は、身にまとっている緋の法衣を引裂いた。

そして、引裂いた片袖《かたそで》を、しずかに信繁の死顔にうちかけてやった。

将兵の中から嗚咽《おえつ》の声がおこり、その声は波のように武田の軍列につたわって行った。

信繁の人望、思うべしである。

雨がたたいてきた。

信玄は、信繁の死体の処置を命じ、

「この場所へ、余は信繁の墓をたてよう」

つぶやくようにいってから、足軽がひき寄せた愛馬へゆっくりと、いかにも自分の体の重さをひきあげるといった感じで身を乗せた。

信玄は軍列の前をすぎて行きつつ、丸子笹之助の前まで来ると馬をとめていった。

「笹之助。甲府へ戻ったならば、於久仁と夫婦《めおと》になれ。余がゆるす」

笹之助と信玄の視線が、ひたと空間にむすび合った。

雨が、沛然《はいぜん》とけむりはじめた。

家郷

一

夕暮れも近くなって、昨夜半から降り出した雨もあがった。

小さな庭であったが、その庭いちめんを覆っている青葉が雨をふくみ、鮮烈な緑の色を、くっきりと浮きあがらせている。

丸子笹之助は、居間の『いろり』の火にかけた土鍋《どなべ》で薬草を煎《せん》じながら、となりの部屋に臥《ふ》している妻の於久仁《おくに》へ声をかけた。

「見たところ、ごく軽い腹痛らしい。案ずるにはおよばぬだろう」

夫婦になってから、足かけ五年にもなるのだが、久仁は、まだ笹之助に甘えきっているように見える。

子が無いためもあろう。

また、笹之助が一年の半分以上は家を留守にして他国へ出かけて行くためもあり、この夫婦の仲むつまじさは、武田の家中でも評判のものであった。

笹之助は、土鍋の薬湯を布でこして茶碗《ちゃわん》にそそぎ、

「これを飲めば、すぐに癒《なお》る」

枕もとへ来て、腕をさしのべ、久仁の半身を起した。

久仁は、良人《おっと》の肩に頭をもたせかけ、しなやかな喉《のど》をのばして茶碗に唇をつけた。

「苦いか？」

「いいえ……香ばしい匂いがします」

笹之助は、この部屋の窓からもみえる庭の朴《ほお》の花を指し、

「あの朴の木の皮を乾《ほ》してきざみこんである。その匂いが香ばしいのだろう」

「さようでしたか……」

「なれど――あの花の匂いとても、お前の肌の匂いには、とてもかなわぬ」

「ま……また、そのような……」

笹之助は、久仁の寝衣からのぞいている胸もとへそっと唇をつけ、

「久仁の肌の匂いは、死んだ母どのの匂いがする」と、つぶやいた。

庭の中央に一本《ひともと》だけ植えてある朴の木は、いま白い花片《はなびら》をひらき、ほのかな香気をただよわせていた。

この家は、もと山本勘介の庵《いおり》で、勘介が川中島に戦死した後、笹之助が武田信玄に願って拝領したものである。

山本勘介は、信玄居館の西方に邸宅をもっていたが、時たまは、この庵に来て、坐《ざ》禅《ぜん》を組み、瞑想《めいそう》にふけっていたという。

この庵は、居館の南にある円光寺山のふもとの杉林の中にあった。土塀にかこまれ

た四間ほどの小さな家なのである。

ここに久仁と暮しながら、笹之助は四年の間、主君信玄のために命をかけて働いてきたのであった。

二

夕闇が濃くなってきた。

「少し、やすむがよい」

笹之助は、久仁の軀《からだ》をよこたえ、夜具をかけ、夜具の下から手をさし入れ、

「少し、さすってやろう」

「あい……」

笹之助は片ひじをついて、久仁のそばに身を横たえ、しずかに、妻の、ぬめやかな下腹をさすりはじめた。

久仁は、うっとりと眼をとじている。

笹之助の按摩《あんま》は、これも本格的に仕込まれたものである。

忍者たちは、軽い病気・傷などを自らの手によって癒さねばならない。薬草への知識もふかく、腹とり（按摩）の術にも長じている。

やすらかな寝息が久仁からもれているのを知って、笹之助は身をおこした。

夜気が窓や縁先から室内に這《は》い寄ってきている。

笹之助が窓をしめ、居間へ戻ったときであった。

庭先にうずくまっていた黒い影が、縁先へ摩《す》り寄ってきて、

「上様が……」と、声をかけた。

「お——十五郎か」

その黒い影は、武田信玄直属の間者のひとりである。

杉坂《すぎさか》十五郎といって、もう中年の男だが、伊那谷の山奥から出て来て、信玄に仕えるようになってから、十年ほどにもなるらしい。

まるで小人《こびと》のような体軀《たいく》の上に、人一倍大きな、四角張った顔がのっているのが異様であった。

両眼は細く、顔の筋肉の間に埋もれているように見えるが、その針のような光りは尋常でない。十五郎が忍者としての資格を充分にそなえていることは、笹之助も熟知している。

百名をこえる武田の間者たちの中でも、杉坂十五郎は上級にある者だが、現在では、十五郎といえども、笹之助の下にあって働いているのだ。

つまり、それほどに、武田信玄が丸子笹之助へかけている信頼は大きいものといってよい。

「上様が——すぐにと……」

「よし。今まいる」

「では……」

十五郎は、するすると退って庭の闇に溶けた。

笹之助もすぐに身仕度をととのえ、久仁の眠っている部屋の戸をあけ、しばらくは、妻の寝顔に見入っていたが、やがて、

「茂七——茂七はおるか」

居間の外から廊下へ出て声をかけた。

廊下の突き当りの小部屋から五十がらみの男が出てきた。身分は足軽だが、この男は久仁と同じ村から出て武田家へ奉公に上ったもので、力も強く心もしっかりとしている。それを見こんで、笹之助は信玄から自分の家来にもらいうけたのだ。

「茂七。おれは、御館《おやかた》へ行く。このまま、どこぞへ出向くようになるかも知れぬ。後をたのむぞ」と、笹之助は茂七にいった。

三

茂七に後をたくし、笹之助は家を出て、杉林を走りぬけた。

すぐに牢屋地《ろうやち》の一角が目の前に見え、その向うに、くろぐろと武田居館が横たわっている。

まだ夜も更けてはいないので、居館の南面に、びっしりとつらなっている武田の部将たちの屋敷からは灯がもれている。

鼓の音がきこえている屋敷もあった。

笹之助は、番所のある正規の門を通らずに、信玄の居間まで行くことが出来る。

細縄ひとつを投げて南の濠《ほり》を飛びこえ、たちまちに奥庭へ入った。

奥庭の闇の中に、いくつもの眼がひそんでいた。

いずれも、夜の信玄を護る武田忍者の眼であった。

かつて、笹之助も孫兵衛も、この厳重な警戒の眼を察知して、容易に手が下せなかったものだ。

しかし、いまの笹之助は、これらの甲斐忍者の眼の中を悠然と通りぬける。

それればかりか、それらの眼は闇の中から自分たちの頭領である笹之助へ、かすかな目礼を送ってくるのだ。

奥庭から本主殿の横手を、まっすぐに進むと『御くつろげ所』とよばれる信玄の居間の前に出る。

居間の戸は、びっしりと閉めきられてあった。

その戸の下の植込みに、杉坂十五郎がうずくまっている。

「上様は――」

「お待ちかねでござる」

「うむ」

するりと、笹之助は植込みの蔭《かげ》から居間の縁の下にすべり入った。そこにも忍びの者がうずくまっている。

笹之助は、その忍びの者が手をのばして開けた戸口から、音もなく飛びあがった。

笹之助が飛び出たところは、居間の南面にある『隠し廊下』であった。この廊下は、四方を壁にぬりこめられ、外の廊下を通る者にはまったく気づかれぬようになっている。

「上様——」

笹之助は、低く、声をかけた。

「笹之助か。入れ」

笹之助は廊下を囲む壁の仕掛けを外し、くるりとまわる壁に吐き出されつつ、灯影《ほかげ》もあかるい信玄の居間にあらわれた。

壁は笹之助を吐き出すと、すぐに何事もなく床の間の壁そのものになった。

「お召しで?」

「うむ……近う寄れい」

「は——」

十畳敷ほどの居間であった。

板敷きの中央に畳を敷き、その三方を屏風《びょうぶ》で囲い、その中に武田信玄はいた。

経机《きょうづくえ》にひじをもたせ、信玄は読書をしていたらしいが、書物をふせると、

「笹之助。尾張へ発て」といった。

四

武田信玄は、麻の小袖《こそで》を身にまとっていた。その小袖に包まれた巨大な肉体がはちきれんばかりに見える。前と少しも変らぬ信玄の威容なのだが、笹之助は、四年前とくらべて現在の信玄に、何となく違うものを感じていた。

四年という歳月が人間を変えたという意味なのではない。

笹之助が感じていることは、信玄の健康の変化についてであった。

むろん、この四年間に、信玄は病気になったこともなく、領国の治政に、上洛《じようらく》のための準備に、尚も精力をかたむけて倦《う》むことを知らないのだ。

(なれど、上様の両眼は隈眼《くまなこ》になったようだな……)

隈眼というのは甲賀地方のものがつかう言葉で、いろいろな意味にもちいられるが、簡単にいうと、つまり『眼が病んでいる』ということなのである。

信玄のおそるべき気力は、彫りのふかい顔貌《がんぼう》にも光りきらめいている。

血色も肌のつやも悪くはないのだが、笹之助が見ると、信玄の双眸《そうぼう》には何処となく暗い『かげり』が浮びあがってきたように思われるのであった。

その『かげり』は精神的なものから来るのか、肉体的なものが原因なのか……。

(おれには、まだわからぬ……)

あの川中島の決戦以来、武田信玄は、今までにかつてないほどの苦悩の中に生きてきたことは、たしかだと笹之助は考えている。

京へのぼるためにもっとも強大な敵上杉謙信に徹底的な打撃をあたえるべく行なった川中島の戦は、結局、双方へ大きな損害をもたらしただけに終った。

ことに信玄が受けたものは大きいのである。

両腕とたのむ弟の信繁と、軍師山本勘介をあの戦で失った。

川中島の戦から今まで、信玄はすべてに慎重をきわめた。

「これ以上、余は無駄な合戦は、決して行なうまい。あらゆるものに、余は、いささかの消耗をもゆるしてはならぬのじゃ」

と、信玄は笹之助に語ったことがある。今でも上杉方との睨《にら》み合いはつづいているし、北条今川の同盟軍と共に、信玄も諸方へ出陣をしてはいる。

けれども、十年ほど前までの破竹のような荒々しい戦闘の仕方はまったく影をひそめた。

それは、信玄の威風が甲州を中心にした周囲の国々へ、充分に行きわたり、四年の間に蓄積した武田の戦力と国力が目ざましく増大してきたためもある。

(信玄、おそるべし!!)

諸国の大名たちも、なまなかのことでは手が出なくなってしまっているのだ。

近ごろ、尾張《おわり》の織田信長が、しきりに信玄へ使者を送り、意を通じ、信玄の心をとらえようとはたらきかけているのを見てもわかる。

「そちに尾張へ行ってもらいたいというのは、信長の娘を勝頼の嫁に迎えることに決めたからじゃ。わかるかな？　笹之助」

はじめて耳にすることであったが、笹之助は顔色も変えずに、

「では、いよいよ……」といい、あとは眼できいた。

「うむ!!」と、信玄も強くうなずいてみせた。

五

「上様――」と笹之助は、ひざをすすめ、

「これからは、いよいよ、むずかしいことになりまするな」

「いかにも……いま、余にとって、いちばんおそろしい男は織田信長というやつじゃ」

隣国の大勢力であった今川義元を桶狭間に奇襲して、その首を討ち、一挙に今川氏の力を殺《そ》いでしまってからの織田信長は、清洲にあった本城を尾張・小牧山にうつした。

これは、信長が京都に接近し、天下平定の野望をあきらかに見せたものといえる。

同時に――美濃、稲葉山（岐阜）に本城をかまえていて、信長の上洛には最も邪魔な存在である斎藤竜興《たつおき》を討ちほろぼそうという意志があきらかであった。

斎藤氏を滅亡させてしまえば、勇猛な信長の進むところ、上洛を喰いとめる勢力は

関西一円には、ほとんど無いといってよい。

しかし、行手に敵は無くとも、背後にはある。

第一に武田信玄である。信玄が天下平定の野望を抱いていることは、すでに織田信長も承知のことだ。

強敵・斎藤竜興と闘っているうしろから武田の大軍に襲いかかられては、たまったものではないのである。

近年になり、織田信長が、絶えず信玄に贈物をとどけて来たり、手紙をよこして親交をあたためようとはたらきかけてくるのも、そのあらわれであった。

信長が、美濃国苗木《なえぎ》の城主である遠山氏の娘を自分の養女にして、これを信玄の四男勝頼と結婚させ、武田家と親族関係に入ろうと申し入れてきたのは、むしろ（自分は上洛して、天皇の親任を得、天下を治めるつもりである）と、信玄に向っていい放ったわけだともいえよう。

だが、信長も信玄も、そのようなことは気ぶりにも見せてはいない。口先だけの書簡の交換と、贈物のやりとりをつづけ、

「互いに協力いたしましょう」と、心にもない笑いを浮べ合っているのだ。

「では……上様は、斎藤方よりの誘いには……？」

「のらぬつもりじゃ」

斎藤竜興も信長におとらぬ猛将だし、信長も攻めあぐんでいる。

何しろ美濃稲葉山の城は名うての堅城だし、斎藤軍の将兵も手強い。

斎藤方にしても、織田軍の執拗《しつよう》な攻撃には手をやいている。

斎藤竜興は一年ほど前から、しきりに密使を甲州に派遣し、

「われらと力を合せ、織田信長をはさみ討ちに討ってとろうではないか——」と、信玄をさそっていたのである。

けれども、今ここに武田信玄は、織田信長と縁をむすぼうとしている、ということは、斎藤竜興のさそいにはのらぬ決心をしたということになる。

六

「信長と手をむすび、信長によって斎藤竜興を討たせるつもりじゃ。信長なら、やってのけよう。斎藤のみか、上洛の途上にある大名たちを、織田信長は、ことごとく討ち平げるであろうと思う」

信玄は経机の上の白絹をとって、額にうすく浮いた汗をぬぐった。

戸を閉め切った居間の内部は、かなり蒸し暑い。

笹之助は、信玄をひたと見つめ、

「信長に働かせ邪魔物を打ちはらわせ、その後に、上様は……」

信玄は声もなく笑った。その笑いには氷のような冷たさと魔神のような凄烈《せいれつ》さがあった。

「その後に、余は信長をほろぼす。それが最もよい。いくたびも戦いを重ねたくはない。一度の戦いですべてをすましてしまいたい。たとえ斎藤方と呼応して信長を攻めても、今は危い。信長は徳川家康と、すでに手をむすんでおる」

「いかさま――」

今川家の当主氏真《うじざね》は父の義元とは違って凡庸《ぼんよう》な大将であり、三河一帯は徳川家康の勢力によって押えられつつある。うかつに動いては、武田信玄も今度は反対に、背後から徳川軍に襲われかねないのである。

織田信長に骨の折れる戦いをさせ、その力が消耗したところへ、一気に出て、まっしぐらに京都へ入り、天下をつかもうと信玄は考えているらしい。

「そのときは、笹之助――そちに命をかけて貰《もら》わねばならぬ。そちの命、余にくるるか？」

信玄は、にやりとして、

「出来うれば、そちの働きひとつですべてを闇の中にほうむることもよい」

やがては信長を暗殺せよ、といっているのだ。

ひそかに信長を殺してしまえば、親族関係にある武田信玄が織田信長の遺志をついで天下をとる――という名目が立派にたつ。

もしも、笹之助が失敗すれば、信玄は正面きって織田と対決するという二段がまえの考え方なのである。

そうなれば、親族関係などはどうでもよい。

これは信玄ばかりではなく、どこの大名でも同じことであった。おそらく織田信長にしても、こうした信玄の肚《はら》の中は見通しているに違いない。

「そちに尾張へ行ってもらうのも、織田信長の考えようを尚もくわしく知っておきたいからじゃ。尾張ばかりではない、美濃の斎藤へも探りを入れてもらいたい。おそらく織田家との婚礼は、この秋になるであろう。それまでに余は斎藤竜興の力のほども知っておきたい。もしも、斎藤方の力が余の考えよりも強大なものなれば、場合によっては、勝頼の婚儀を捨て、斎藤と共に織田信長をほうむるもよいのじゃ。たのむぞ、笹之助――」

間もなく、丸子笹之助は『躑躅《つつじ》ケ崎』の自邸へ帰るべく、居館を出た。

出発は二日後の夜更けときまったからである。

七

居館の南面に濠《ほり》をへだてて『梅翁曲輪《ばいおうくるわ》』とよばれる一角がある。

笹之助は居館をさがり、今度は御旗屋の建物の横手から本丸を出て『梅翁曲輪』へのはね橋をわたった。

番所から飛び出して来た三人の足軽が頭を下げて出迎えるのへ、

「御苦労――すまぬが、杉坂十五郎を呼んでくれい」と、笹之助はいった。

「はッ」

足軽の一人が曲輪の木立の中へ走り去った。

「帰りに寄るから曲輪で待っておるように——」と、先刻、笹之助は十五郎に命じてある。

間もなく、杉坂十五郎が番所へあらわれた。

「来てくれ」

笹之助は曲輪の木立を抜け、南の端の石垣の際まで十五郎を連れてきて、

「おれは、間もなく旅へ出るが……」

「そのように、うけたまわりました」

「上様にか？」

「はい」

「よし。ならば、くわしくいわずとも、およそ、おぬしには察しもつこうな」

「は……」

「それでだ、十五郎——おれは、後のことが……おれが甲斐の国を出て行ったその後のことが心にかかってならぬのだ。わかるか？——わかるな？」

「いささかながら——」

「たのむ。異変あるときは、すぐに知らせてくれ。こちらからも、連絡の場処は絶えず、おぬしだけには知らせておくつもりだ。いざとなれば、百里二百里の道など、お

れは、またたくまに走り帰って来るからな」

「心得ました」

「このことは、上様には他言無用だぞ」

「承知——」

「おぬしも前には、太郎義信様の馬のくつわをとっていた男だ。武田の家の後つぎは、太郎様のほかにはない。いま此処《ここ》で御家にもめごとが起きてはならぬ」

「いかにも——」

「おれもおぬしも、いまは上様直《じ》き直《じ》きのものとしてはたらいておるので、太郎様にお目通りをする機会もないし、それに……それに太郎様も、近ごろでは、おれを見る眼つきが、何やら変ってきた」

「私へも同じでござる」

「ということはだ、つまり、おれもおぬしも、上様と同様に、太郎様から、けむたく思われているということになる」

八

笹之助が思わず吐息をもらしたとき、杉坂十五郎が小さな体を地にしずめて、

「ごらんなされ」

濠の彼方《かなた》をさした。

濠に向い合った屋敷は、板垣駿河守と内藤修理のもので、その向うに飯富兵部の屋敷がある。

この屋敷は、もと武田信繁のものであったが、信繁戦死の後は、信玄の父・信虎の代から武田家の重臣である飯富兵部が入っているのだ。

その飯富屋敷の裏門のあたりから数名の供廻《ともまわ》りに囲まれた騎馬の武士があらわれ、こちらへ進んで来る。

月はなかったが、供廻りのものは堂々と松明《たいまつ》の光りをつらねている。

「太郎様だな」

「ほとんど、一日おきに、太郎様は飯富屋敷へまいられます。そうでないときは、飯富様が北曲輪の太郎様御館へまいられ、夜ふけまで……」

太郎義信の一行は濠端まで来ると右へ折れ、かつて笹之助が師の塚原卜伝と共に泊っていたこともある穴山伊豆守屋敷の前を通り、さらに左へまがった。東門から帰館するらしい。

幅五間ほどの濠をへだてて、松明の火に浮び上った太郎義信の面が異様な緊張にひきしまっているのを、木立の蔭《かげ》から笹之助は、はっきりと見てとった。

すぐに、一行は濠をまわって見えなくなった。

「丸子様――」と、杉坂十五郎が蟹《かに》の甲羅のような顔をよせてきて、

「上様には内密にて、私、ひそかに探りを入れて見ましょうかな」

笹之助は考えこんでしまった。

川中島の戦は、不和に見えた信玄と義信の父子を一時は親密に近づけたようであったが、このごろはまた不穏になってきているようだ。ことに、父・信玄が織田信長との交際を深めていることについて、太郎義信は、

「父上もどうかなされておるのではないか!! 武田の家は今川と親族の間柄じゃ。先代義元公の娘はわしの妻ではないか。しかるに父上は、義元公を討った信長と手をにぎろうとなされておるらしい。いかに義元公亡き後、今川の家がおとろえようとも、これはあまりにむごいなされ方じゃ!!」

あたりかまわず侍臣たちに放言しているという。

正義感のつよい太郎義信のいい分として、もっともなことだし、義信は今川から嫁いできた夫人と仲むつまじいのであるから無理もない。

（ところが……上様は、もはや今川氏真などは全く心にはかけておられまい。いや、機会あらば今川をほろぼすおつもりやも知れぬな）

と、笹之助は思っている。

しかも、今川家には、信玄の父・信虎が、いまだに客分としてとどまっているのだ。

九

ここで、武田と今川両家のつながりを記しておきたい。

織田信長に討たれた今川義元の夫人は、武田信虎の長女である。つまり信玄の姉に当るわけだ。

だから、故義元は信玄にとって義兄にあたる。

ということは、現今川の当主氏真は、信玄にとって甥《おい》ということになる。

しかも、信玄は、長子太郎義信の妻に義元の娘を迎えている。

この娘は、信玄の姉が生んだものではないが、武田家の次代をになう太郎義信と、今川氏真とは義兄弟ということになるのである。

信玄の父信虎が武田の当主として治政に失敗し、暴慢なふるまいが多かったので、

「これは、ぜひにも英明なる晴信様を、一日も早く武田の当主にし、御家の安全をはからなくてはならぬ!!」

武田の重臣の間では、こういう考え方が強くなった。

すでにのべたように、このとき長男の信玄と次男の信繁をめぐって、権力の争いが重臣たちの間に行なわれた。

「余は、信繁が後をつぐのなら、よろこんで引き退ろう」

信虎も、そういって、この権力争いに加わり、晴信（信玄）をしきりに排撃した。

「武田の家をつぐのは兄上をおいて他にはない!!」

と断言した信繁の良識もあり、晴信を擁立する重臣たちの力もつよく、ついに信虎は可愛い次男の信繁に家を渡せず、きらいな長男晴信の手に家をゆずらなくてはなら

なくなった。

このとき、駿河の今川義元は、

「よろしい。武田の父上を余があずかろう。しばらくは甲斐の国をはなれ、気候もおだやかな駿河へ来て、のんびりと隠居なされた方がよい」

こういってくれて、怒りと絶望に身をふるわせていた義父の信虎を引きとってくれたのである。

このとき、今川と武田の間に入り、信玄のために身をもって活躍したのが飯富兵部であった。

兵部はみずから馬を飛ばして、三度も甲州と駿河を往復し、「晴信、信繁ともにすぐれた御兄弟なれども、この際は、長子晴信様に御家をわたすが人道でございます。また、晴信様こそ、まさに武田の当主としてたのみになる御方——と申すことは、今川家にとっても頼みになる御方となられましょう」

しきりに今川義元を説きつけたものである。

はじめは、養父信虎の味方をしていた今川義元が、兵部のたくみな説得に心を変え、養父を説きつけて駿河へ引きとったのも、飯富兵部の力におうところが多い。

「兵部様のお心も、わからぬではないが……」と、笹之助は十五郎にいった。

「それから二十余年……義元公亡きあとの今川家は、西からは織田に、北からは上杉に、しかも隣国には徳川家康の勢力が日一日と大きくなり、家康は織田とも手をにぎって、今川をおしつぶそうとかかっている。それなのに、上様がまるで今川家には冷たく、その上、今川には仇敵《きゆうてき》である織田信長と、しきりに親交をあたためておられるというのでは、今川家に対し、兵部様も心苦しいのであろうな」

笹之助は、曲輪《くるわ》の闇の中に立ったまま、十五郎に語った。

「いかさま——」と、十五郎もうなずき、

「太郎様にしても、生一本の御方だけに、上様の御心が、はかりきれぬのでありましょう」

「そこで、兵部様と太郎様の心がむすび合い、上様への不満がつみ重なるというわけか……」

「それをよいことに、太郎様に取り入り、何事か、たくらむものも……」

「これ!! めったなことをいうな、十五郎」

笹之助は十五郎と別れた。

濠《ほり》をわたり、夜の闇の中を、たちまちに自邸へ駈け戻って来た。

「お発ちではなかったので——」

家来の茂七が出迎えた。

「久仁は、眠っておるか？」

「はい」

寝間の戸をあけると、久仁はよく眠っていた。

彼女の体の匂いが、室内にこもっている。これは病気が快方に向いつつあるしるしだ。体が病んでいるとき、久仁の体臭は消える。久仁の軀《からだ》から発散する野の花のような匂いは、妻となった今でも、少しも変らなかった。

(乙女のころの匂いを女房となってからもたもちつづける女……母上もそうであったが……)

義母の小里にも実の子は生まれなかった。

久仁とは、もう四年の夫婦暮しなのだが、子は無い。

女の生ぐささが少しもない女……そういう女には子が生まれないものか。

ふっと、笹之助はそう思って苦笑をもらした。

(子は、ほしいと思わぬ。今のおれは、何時《いつ》どうなるか、知れたものではないのだからな)

川中島以来、笹之助は、孫兵衛にも於万津にも出合うことがなかった。

武田信玄も、たびたびの出陣に甲賀忍者の襲撃を受けることがなくなっている。

(手を引いたのかな……)

それにしても、笹之助と孫兵衛が信玄の命を絶つべく甲州へ入ったのは、すべて亡き今川義元の依頼が甲賀にあったからではないか。

義元は、あのとき、義理の弟である信玄を殺そうとしていたのだ。それを思うとき、(上様が、今川へ対する現在の考え方も、無理ではない。兵部様も、太郎様も、このすさまじい戦国の世にありながら、いささか情にもろすぎよう)

前には、孫兵衛からも、塚原卜伝からも(お前の眼のいろは心情にあふれすぎている)と、よくいわれた笹之助なのである。

この年——永禄八年で三十歳となった丸子笹之助の厳しい双眸《そうぼう》の光りを見たら、孫兵衛も卜伝も、何というであろうか。

十一

(おれは、信玄公のために命を投げうとう!!)

こう決意をしたときから、笹之助の心も、そしてまた忍者としての能力も、いちじるしい変化をとげたといえよう。

この四年の歳月は、いやでも笹之助に、武田信玄という人物の裏表を見せつけてくれた。

信玄の威力に圧迫され、その一個の人間としての魅力に負け、ついに甲賀忍者の掟《おきて》をやぶって、これを裏切り、信玄が股肱《ここう》とたのむ家来の一人となった丸子笹之助なのである。

それだけに、愛する息子達の義信や勝頼を政略結婚の道具にして少しもはばからず、ひたすら京都へ上り天下の覇権をつかむべく謀略のかぎりをつくす主君信玄の姿を見ていると、まったく信玄の腹の底は、はかり知れないものがあるように思える。

太郎義信が父信玄の態度に反撥《はんぱつ》して、ほとんどはばかることなく、

「父上はどうあろうとも、わしは、あくまでも今川の味方じゃ」

といい切っていることも、信玄は知らぬ筈《はず》がない。

だが、そのようなことは気ぶりにも見せない。

諏訪の城にいた武田勝頼も、いまは二十歳になり、伊那郡代に任ぜられ、高遠《たかとお》の城主となっている。

「上様は、太郎様よりも、勝頼様に御家をつがせるおつもりらしい」

こういう噂も、しきりに流れていた。

なぜなら、信玄と義信は、同じ武田居館にありながら、近ごろは顔を合せることがない。現に、この正月の賀宴へも、ついに太郎義信はあらわれなかった。

信玄夫人の三条どのもあらわれない。北曲輪の三条どのの館《やかた》で、三条どのは義信と共に正月を祝ったらしい。

もともと内大臣三条公頼の娘に生まれた夫人は、気位も高く性格も冷たかったし、信玄と別居するようになってから二十年近くにもなっていた。

「上様は、まこと冷ややかなるお人柄ゆえ、太郎も気をつけねばなりませぬ」などと、三条どのも口ぐせのように義信へいっているらしい。

「上様は、まことの父親さえも追放なされて平気なお方じゃ。いざともなれば、太郎をおしのけ、あの、諏訪の女に生ませた勝頼にお家をとらせようことなど、わけもなくしてのけるお方じゃ」

こんなことを、飯富兵部にもらしたことがあるという。

だが、信玄に対する笹之助の決意と信頼は、みじんもゆるがなかった。

それは——甲斐の国と、その領民へ向ける信玄の治政が、嘘もいつわりもなく立派なものであったからだ。

十三

笹之助が久仁《くに》と夫婦になった、その新婚の寝物語に、こんなことを語ったことがある。

「上様はな、於久仁——先ごろの、あの川中島の戦いの後に、上杉勢から分捕った武器荷駄のすべてを——ことに兵糧《ひょうろう》を、米一粒も手にとらず、すべて瀬沢の村の入口につませておき、敵の手に返してやれとおっしゃったのだ」

久仁は眼をみはって、

「せっかくに分捕った兵糧を、なぜ、敵に返してやるのでしょうか、上様は——なっとくがまいりませぬけれど……」

笹之助は吐息をついて、

「おれはな、だから、そのことを上様に申しあげたのだ」

そのとき、武田信玄は、

「笹之助。余が兵をおこさんわけは、ひとえにこの世に平和をもたらさんため以外の何ものでもない。なればこそ百姓たちの、耕作をさまたげ、その生み出した食物を奪い、商人《あきゆうど》の金や物をかすめることなど、もっての他じゃ——分捕った兵糧を敵に返す。これは当然である。余が私利私慾のために戦っているのではないことを敵にも知らせ、天下にも知らせる、いや、知ってもらいたいからじゃ」

と言ったものである。

「上様は、天下人となられたときのことを、今からお考えじゃ。これだけの大将は、あまりないだろうな」

だが、今の笹之助は、

(上様が細やかな配慮をおこたらぬのはよいが、なれど、この弱肉強食、権謀術数にみちた乱世には、もっと思いきってやってよいのではあるまいか……)と、そうも考えている。

あくまでも領民に迷惑のかからぬよう、戦備は充分にととのえてから、という信玄の慎重さが、歯がゆいようにも思える。

（よし、甲斐の国を敵にとられても、全軍をひきいて京へのぼり、京の主たるほどの意気込みがなくては、機会を逸してしまうのではないか）

けれども、ひとつには、国と領民への愛を第一にする信玄だからこそ、笹之助の忠誠もゆるがないのだといってもよい。

がむしゃらに強い大将だけの信玄なら、笹之助は魅了されなかったであろう。

翌日の夜。

笹之助は、久仁の裸身を愛撫《あいぶ》しつつ、

「おれも明日は旅に出るが……どうも、近いうちに、いろいろなことがおこるような気がする」と、つぶやいた。

「いろいろなこと……？」

「久仁も、おれの仕事はよう知っていよう。いざというときの覚悟だけはしておいてくれ」

久仁は、良人《おっと》の厚い胸肌に唇をつけながら「あい」と答えた。

十三

単純なようでいて、男女双方の一生に複雑な影響をもつものはその肉体である。

なぜなら、人間の肉体は、その精神のあらわれであるからだ。

笹之助が、いま抱きしめている久仁の汗ばんだ躯《からだ》が放つ香りに魅せられ、ついに甲賀忍者としての自分を捨てるまでに至ったことは、決してみだらなことでもなく、無智なふるまいでもない。

感覚や本能には、知性がひそんでいる。

もっとも、知性のない人間のそれは取るにたるまいが……。

「おれには、久仁ひとりより頼るものがない……久仁あればこそ、この甲斐の地を、おれの第二の故郷ときめたのだ」

子を生まぬ二十一歳の久仁の乳房は、まだ固くふくらんでいる。

その乳房に顔をうめながら、笹之助は、つぶやきつづけた。

「できることなら、おれは、久仁と共に何処かの遠い山国にでもかくれ、命を惜しんで、のびやかに暮したいと思うこともある。常陸の国へ行き、塚原の殿のもとで、あの、おやさしい殿につかえ、一生を送ってもよいのだが……」

「それは……」

久仁は、こんなとき、いつもの少女のような甘え声を出さずに、まるで母親のような大らかな態度になる。

「私は、何事も、あなたさましだいですが……」

こういって、久仁は笹之助の髪をやさしくなでてやり、

「でも……上様を捨てて？」

「うむ……」

「捨てきれましょうか?」

「………」

そういわれると、笹之助も言葉が出なかった。

戦場に、または民政に――政治家として、武将としての信玄の偉大さはみじんの掛値もない。

甲州は急流が多く、水害の絶え間ない国である。

信玄は、植林に築堤に、治山や灌漑《かんがい》に、異常なほどの力を入れた。

「この点、戦国時代にもっともすぐれた治政を行なっていたのは、武田信玄をもって第一とする」と、後年になって徳川時代に農学の権威として知られた佐藤信淵《のぶひろ》が、いくつもの古文書を引用して、明言をしている。

(上様が日本の天下を治めるようになったら……うたがうことなく、日本の国も民も、幸せな日々を送ることが出来よう)

笹之助は確信をしている。

この確信は、信玄の信念とむすびつく。

信玄の信頼が大きいだけに、この主君のために――その深遠な理想を完遂させるために身をささげて働くことも、笹之助には大きな生甲斐《いきがい》なのであった。

「私も、そう思います。そのかわり、こうして二人きりでいるとき、久仁は、他の女の二倍も三倍も、あなたさまと暮していることの幸せを、力いっぱいに……」

久仁は、笹之助の耳朶《みみたぶ》に歯を当て、かすかに軀をふるわせた。

寝間の窓に、何か小石のようなものが投げつけられたのは、このときである。

「あ!!」

笹之助は、ひらりと床の中から躍って燭台の火を吹き消した。

十四

「笹之助さま……」

「叱《し》ッ!!」

久仁の頭の上から夜具をかぶせ、太刀をつかんだ笹之助は窓際に立った。

窓のすぐ下から声があった。女の声だ。

「お忘れか、私じゃ、私じゃ」

まぎれもない、上杉の女忍者たよの声なのである。

「久しいのう、丸子笹之助どの」

「何をしに来た?」

「庭へ出てこられよ、話すことがある」

「そこでいえ」

「於久仁どのには聞かせとうはない。庭へ来たがよい」と、たよは久仁の名まで知っているのだ。

久仁が夜具から首を出すのへ「案ずるな」といっておいて、笹之助は、居間の戸を開け、縁先へ出た。

初夏の草木が放つ鮮烈な匂いが、庭いちめんにたちこめている。

たよの姿は、何処にもなかったが、やがて、庭の奥の楠《くすのき》の大木の上から声がふってきた。

「ここじゃ。この樹《き》の下までこられよ」

「なぜ、姿をかくす?」

「あれから、四年——私も、もう女の年をかくせなくなってしもうた」

たよは、かすかに笑って、

「だから、笹之助どのに、顔も、この軀も、見られとうはない」

「おぬし、まだ、上杉の……」

「あい。はたらいておりまする」

「甲斐の国へ何をしに来た?」

「甲斐の国へ来たのではない。別のところから越後へ戻る途中に立ち寄ったまで」

「おれのところへか?」

「あい」

笹之助は、庭へ下り、楠の二間ほど手前に足をとめた。油断はなかった。

「笹之助どの、何も、そのように用心なされずともよい。私は、四年前、川中島のあのとき、そなたさまにこの命を助けられたこと、忘れてはおらぬ」

「………」

「気をつけられたがよい」

「何――何を？」

「ここしばらくは、信玄公にも、そなたさまにも、甲賀のものは手を出さずにきた。なれど、またも動きはじめたようじゃ」

「甲賀のものがか？」

「あい。私は、そのことを小牧山の織田信長の城の中で耳にした」

「何と」

「これ以上はいうまい。なれど、甲賀の忍者たちは、ふたたび、信玄公と笹之助どのの命をねらい始めよう。嘘ではない。心つけられよ。私には信玄公なぞ、どうでもよい。ただ、笹之助どのを死なせとうない。それのみ」

笹之助が黙っていると、たよは、軽い揶揄《やゆ》と微笑をふくめた声で、

「夫婦仲は、中々に、むつまじいのう。ふ、ふ、ふ……」

たよの声が、ずっと遠くから聞えた。

「笹之助どの、また会うこともあろう。さらば」

丸子笹之助は、凝然と庭の闇の中に立ちつくしたままであった。

駿府の城

一

よく似ている。

この老人の顔かたちは、武田信玄そのままであった。

ふとやかな肉体も、眉《まゆ》の濃い、いかめしい顔貌《がんぼう》も、甲府の信玄を、この駿府《すんぷ》（静岡市）の城内へ持ち運んできたかのように見える。

父子なのだから似てもいよう。

この年——信玄の父武田信虎は、七十二歳になっていた。子の信玄とは二十七も違うのだが、見たところ、それほどの年齢のひらきを感じさせないのは、信虎が信玄と同じに頭をまるめているからでもあろう。だが、よく見ると、信虎と信玄とでは、まったく顔のおもむきが違う。

かたちは似ていても、精神が異なるからだ。

居間の経机に向って、信虎は手紙を書いていた。

眼がするどく光っている。

筆を走らせつつ、ときどきは、にたりと唇をゆがませて、かすかな笑いを浮べるのだが、そのときも、眼だけは笑っていない。

信玄とは違って髭《ひげ》をつけていない信虎の顔は、よく見ると、さすがにあぶら気がなく、青黒くむくんでいるようであった。

丸子笹之助が一目見て圧倒されたほど、武田信玄という大名が発散する威風は大きなものであったが、笹之助が信虎と向い合っても、そのようなことはあるまい。

（このおやじ、狐のような眼をしておる）

笹之助は、きっと、そう思うに違いない。

大きな両眼を無意識のうちに細め、その奥から、するどい光りをたたえているのが信虎の眼であった。

常人が見れば、おだやかに眠っているようにも見えようが、笹之助が見たら、その瞼《まぶた》の奥にひそむこの老人の眼の光りの中に、陰謀をたのしむ老狐の性格を見きわめるに違いない。

空は白みかかっている。

小鳥のさえずりもきこえ始めた。

信虎が、この駿府へ来てから二十五年になっていた。

駿府の城内にある今川の居館内へ、故今川義元が舅《しゅうと》の信虎のために建ててくれた隠居所に、いまも信虎は住んでいるのだ。

奥庭に面した五部屋ほどの隠居所である。

「書けた」

信虎はつぶやき、

「晴信（信玄）め、この、わしの手紙を見て、何と思うか……」

ひとり言である。

近ごろは、信玄が今川家に冷たい態度をとっているので、今川の家来たちも隠居所へ寄りつかなくなってきている。

当主の今川氏真も、前には、この祖父の隠居所へ来て、茶をたてたり、鼓をうったり、蹴鞠《けまり》にさそったりしたものだが、今は、あまり顔を見せない。

そうなってから、信虎の『ひとり言』は癖になってしまったようだ。

独言するものは、胸のうちが、さびしいからだといわれているが、書いた手紙を巻きおさめてから、信虎は尚もブツブツと何かつぶやきつつ、手をうって、侍女を呼んだ。

二

次の間にひかえていた侍女が、居間へ入って来た。

昨夜は、信虎が眠りもせずに居間へ閉じこもっていたので、当番の侍女二人も眠らなかったものらしい。居間へ入って来た侍女の眼は赤くはれ上っていた。

「沼山平十郎を、これへ……」

侍女がさがると、すぐに沼山平十郎があらわれた。

三十四、五歳になろうか……平十郎は、色白の、すらりと背の高い美男子であった。

沼山平十郎は、あるじの信虎が今川の居館へ引きとられたとき、小姓として附き従って来たものである。

そのころの平十郎は十歳になったばかりで、信虎の寵愛《ちょうあい》も深く、なかなかの美童ぶりであったという。

「おう、平十郎。そちに、甲斐へ行ってもらいたい」

「甲斐へ？」

「うむ。晴信のもとへじゃ」

平十郎は立ち上って、次の間の襖《ふすま》をひらいた。

次の間に侍女はいなかった。

平十郎が信虎に呼ばれるときは、侍女たちも姿を見せないことにきめられている。

二人の間には、よく密談がおこなわれるからであった。

襖をひらいたまま、平十郎は、廊下の外の気配をうかがったが、誰もいないのを知ったのか、微《かす》かにうなずき、信虎の前へ戻って来た。

信虎は立って行き、障子を開け放った。

築山《つきやま》と池と、その池に浮ぶ小さな島と……室町風の、よく手入れのゆきとどいた奥庭が彼方《かなた》に展開しているのだが、此処《ここ》から、その一部分しか見えない。

柴垣《しばがき》と数本の松の木が、この隠居所と奥庭とを区切っているのだ。

朝の陽が庭いちめんに落ちかかってきていた。

奥庭の向うに、城の櫓《やぐら》の一部と今川の居館の屋根がのぞまれる。

檜皮《ひわだ》ぶきの堂々たる建築だが、それは、あくまでも京の貴族たちの屋敷そのままをうつしたもので、みやびやかなものであった。武将の邸宅という感じは、みじんもない。

これは、今川家が京にある皇室や公卿《くげ》たちと、昔から深いつながりをもっているということを、はっきりと物語っている。

信虎は、庭へ眼をやったまま、

「このあたりで、余も考えようを変えるつもりじゃ」

「…………?」

「晴信と手をむすぶのよ」

平十郎は、口惜しげな表情になり、唇を噛《か》みしめた。

「ふ、ふ、ふ――そちの心は、余にも、ようわかるが……なれど、仕方あるまいな」

信虎は笑いつつ、「このところ、たびたび機嫌とりの手紙をやってあるので、晴信の心もなごみかかっているやも知れぬ」といった。

三

「余も、むざむざと……今さらに晴信へとり入るのは口惜しい。なれど、今のところは、これが、もっともよいと思う」

「なれど……」

「よいか――余は、晴信と手をむすんでも、そのまま、晴信の意のままに動くつもりはない。先々のことは、充分に考えてあるわ」

平十郎は、ほっとしたような顔つきになった。

二十余年前に、信虎が甲州の太守としての座を、我子信玄にうばいとられたとき、平十郎は、

「いかに晴信公といえども、実の御父君を放逐なさるとは――」

少年ながら激怒して、脇差を抜き放ち、甲府の居館の大廊下を、信玄の部屋へ走りこもうとしたことがある。

それほど、信虎は平十郎を可愛いがっていたわけだ。

甲州を名実ともに武田の支配下におき、隣国からの挑戦と圧迫に対し、力戦奮闘してこれを追いのけたばかりか、次第に隣国の強敵をも討ちほろぼし、武田の地盤をきずきあげたのは、まさに武田信虎であるといってよい。

その猛勇ぶりは、かくれもない事実であった。

信虎以前の武田家は、山国の甲州を守りぬくのに懸命で、四方からの敵の侵入に、しばしば危機におちいったこともあるし、領国の諸方への侵略をもゆるした。

この苦境を切りぬけたばかりか、しかも領土をひろげ、武田の軍団を恐るべきもの

に仕立てあげたのは、信虎だ。

いや、少なくとも、信虎はその自信を今でも捨て去ってはいない。

史書に——信虎、猛勇の大将なれども、資性暴悍《ぼうかん》にして仁慈ならず、ひそかに晴信を廃して、信繁を立てんとす。しかして、ついに信虎、士民の怨望《えんぼう》をまねき、晴信のために駿府に逐《お》わる。信虎、髪を剃《そ》り、我卜斎と号す。時に年四十八——とある。

罪もない妊婦の腹を切り割って、腹の中の赤児をつかみ出し、

「なるほど。腹の中の子とは、こういうものか」と、つくづく見て、さも可笑《おか》しげに大笑したという話も有名である。

まことに残虐きわまる話だが、これが事実だといいきることは出来ない。

つまり、それほど、信虎は戦いに強くとも、領民や家来たちの人望がなく、政治力もなかったのだといえるわけだ、ということになる。

それだけに、父に代って甲斐の国を治めることとなった武田信玄は、民政にも力をつくしたし、戦さぶりも民政を土台とした細かい神経の使い方がよくわかるのである。

ということは、信虎が古い型の武将であり、信玄が天下統一に進みつつある大勢をよく見ぬいていた新しい型の武将だということができよう。

四

猛勇をほこる信虎の眼から見ると、信玄のやり方は、

（まだるうてならぬわ。何をぐずぐずと、無駄に月日の流れを見送っておるのか!!余が甲斐にあれば、上杉ごとき小わっぱを持てあまし、ほぞを噛むような真似はせぬのじゃが……）

このように思えるのであった。

「じゃが……晴信（信玄）も、おそろしいやつよな」

沼山平十郎に、信虎は、ふっといいかけた。

「いかさま――」

平十郎も口惜しげにうなずく。

「あれほど、甲賀の手利きのものが甲府の館《やかた》にひそみ入り、晴信の命を絶とうとして、ついに――ついに、きゃつの命を絶つことが出来なんだわい」

「は……」

「晴信め、余を追いはろうてのちに、甲府の館を造り変えたので、なかなかに外からの潜入がむずかしいらしいの」

「それればかりか、忍び入らせました甲賀忍者のうち、何とやら申す者は、晴信公の家来となったと、左様に聞き及びましたが――」

「うむ」

信虎も、さすがに舌うちをして、

「あの川中島の合戦の前に、晴信めを討ってとることが出来たなら……今ごろは、武田の家の主は左馬之助信繁となっていよう。むろん、余も甲斐へ戻り、信繁の後見ともなって……」

このとき、信虎は口をつぐみ、しきりに舌うちをくりかえしたが、ふっと妙に沈んだ声で、

「じゃが……信繁が川中島に於て戦死したとなれば、もう何も彼も、遅いわ」

語尾が哀しげに、ふるえた。

「信繁は、まことによい倅《せがれ》であった。余は、信繁にこそ、武田の家をゆずりわたしてやりたかった」

七年前に、甲賀の頭領山中俊房にたのみ、莫大《ばくだい》な金銀をあたえ、

(武田晴信を暗殺せよ)

この指令を下したのは、信虎自身なのであった。

むろん、その依頼は、今川義元の名をもってしたことである。

しかし、今川義元自身は、これを知らなかった。

義元自身は、どこまでも武田信玄のすぐれた稟性《ひんせい》を見込み、末ながく、今川と武田両家の友好を存続させて行くつもりであったらしい。

信虎も、それとなく気をひいてみたが、

「ま、舅《しゆうと》どの。何ごとも、この義元におまかせあれ」

と、義元は笑ってとり合おうとはしない。

（よし。それならば——）

信虎は、今川家の重臣、飯尾《いいお》近江守をたくみに引きこみ、

「晴信は、いまに、必ずや今川家に仇《あだ》をなす男じゃ。我子ながら、まことに腹の底の知れぬやつ——」

こういって、飯尾へひそかに計った。飯尾近江守は、みずから甲賀へ密行し、主君今川義元の名をもって、信玄暗殺を山中俊房へ依頼したのである。

五

ところが、間もなく、今川義元は桶狭間の戦いに織田信長の奇襲を受け、首を討たれてしまった。

次いで、飯尾近江守も鷲津《わしづ》の砦《とりで》の攻防戦に戦死した。

しかし尚、武田信虎は、

（信玄暗殺は今川家の強いのぞみであるから、尚もぬかりないように——）

手持ちの金銀を持たせた沼山平十郎を甲賀へやって、山中俊房に、今度は今川氏真の名をもって、これを伝えたのだ。

孫兵衛と笹之助が、今川義元亡きのちも、苦心を重ねて、武田信玄の首をねらったのは、こういうわけであった。

しかし……。

あの川中島の決戦が終ってから、笹之助は、信玄に心服して、その股肱《ここう》の臣となったのだが——甲賀忍者の襲撃も絶えた。

これも、信虎の取消し命令があったからである。

(信繁が戦死してしまった以上、もはや晴信を殺しても無駄じゃ。そのようなことをしては、かえって武田の家が危うくなる)

信虎も、数百年にわたって甲斐の地を領してきた名家である武田の家には、強い執着がある。

(よし、ひとまず晴信に家をゆだね、機を見て……)

機会を見て自分が乗りこみ、自分の思うものに家をつがせたいと、信虎は考えはじめた。

信虎が、ひそかに胸のうちに秘めている武田の後つぎは、三男の武田逍遙軒信綱と、もうひとりは孫の太郎義信なのである。

(どちらにするか——ともあれ、二人の成長を見守ってからじゃ)

今も、信虎は、そう思っている。

それにしても、信虎が、近ごろ、甲府の信玄に、ときたま手紙をやったりするのは、どういうわけなのであろうか。

今日も、信虎は、書き終えたばかりの手紙を沼山平十郎にわたし、

「このたびの使者は、余人ではならぬ。そちが出向いてくれい」

「私めが……」

「いまが汐《しお》どきじゃ。うかうかしておると、この今川家は織田や徳川の手に奪いとられてしまうであろう」

平十郎も、うなずいて見せた。

「それよりも先ず、晴信を助け、晴信に決意させて、この駿府の城を攻めとらせるのじゃ。わが孫ながら今川氏真という男は、まことにふぬけ大名。明けても暮れても、やれ乱舞じゃとか、連歌じゃとか、たまに体を動かすかと思えば、馬に乗るでもなし、弓をひくでもない。鞠《まり》じゃよ。鞠を蹴《け》って遊びたわむれるか、女どもを抱いてうつつをぬかすか……まるで、くされ公卿《くげ》にでもなったつもりでおるのじゃものな――これでは、織田・徳川と戦うても、ひとたまりもあるまい」

「なるほど、私にも上様のお心が……」

「わかったか――ともあれ晴信を働かせておき、その後は、晴信を、また……」

六

あとは眼と眼でうなずき合い、武田信虎と沼山平十郎は、顔をよせて、しばらくの間、密議をこらしていた。
そして――その日の昼下りに、沼山平十郎は供の武士二名ほどを従え、いずれも騎馬で、駿府の城を出発した。

武田信虎は、その前に、今川氏真の居館へ行き、この今川の当主でもあり外孫でもある氏真に、

「氏真どの、本日、沼山平十郎をもって京へつかわします。よろしいかの？」

「御自由に――」

「そこもとにも、何か、京へ御用事はないかの？」

「別に……」

氏真は、もの倦《う》げに首を振り、盃《さかずき》をとりあげた。

氏真をかこむようにしている若い侍女たちが、先を争うように、その盃の中へ酒をみたしにかかった。

女たちの化粧の匂いが、奥主殿にあるこの部屋いっぱいに立ちこめている。

庭には初夏の陽光があふれているというのに、氏真は部屋の四方をしめきって、白昼から酒を飲み、女とたわむれているのであった。

「では――ごめんあれ」

信虎は、孫にちらりと苦笑を投げておいて、奥主殿を退った。

祖父信虎の、老いて尚たくましい背中を見送った今川氏真の双眸《そうぼう》は、妙に冷たい静かな光りをやどしていた。

この永禄八年で、今川氏真は、二十七歳になる。

細いしなやかな体軀《たいく》に直垂《ひたたれ》をまとってはいるが、髪を総髪にし、歯には黒々と鉄漿《かね》

をぬっている。父の義元もそうであったが、氏真も父の好んでした京の公卿たちの風俗をまねているのであった。

もともと今川氏は足利将軍の血すじをひいているし、京都との関係もふかい名門の家柄である。

武田信玄の夫人三条どのは、三条内大臣公頼の娘であり、この婚儀も、故今川義元の斡旋《あっせん》によるものであった。

信虎も、二十余年前に駿府へ来てから、今川家の侍女を側妾《そばめ》とし、その間に生まれた娘を、これも義元の口ききで、菊亭大納言晴季《きくていだいなごんはるすえ》に嫁がせている。

今日戦国の世で、皇室の力も弱く、たのみとする足利将軍さえも戦国大名の力の前には手も足も出ないので、貴族たちは、むしろ好んで、戦国大名たちとむすびついていた。

大名の娘を妻にすれば、莫大な持参金が入る。しかも、いざ京都が戦火につつまれたりすれば、縁をむすんだ大名たちに庇護《ひご》をして貰《もら》えるというわけであった。

大名たちは大名たちで、公卿と縁をむすび、公卿の仲介によって皇室にも取り入り、いざ天下をとろうというときの有利な立場をつくっておこうとする。

(我は天下人なり!!)

と、世の人びとに胸を張って呼びかけるためには、実力のほかに、天皇の信頼と天下を治めよという許しを得なくては名目がたたないからである。

こういうわけで、武田信虎が京へ使者をたてるということも別に怪しいことではない。

菊亭大納言の屋敷にいる娘への手紙を書いたといえば、怪しまれることもないのだ。

七

沼山平十郎ほか二名の武士は、旅仕度で馬に乗り、城の大手門から出て西へ向った。濠《ほり》のこちら側は武家屋敷がたち並んでいるのだが、甲府の城下などとは違い、いかめしい警戒もなく、屋敷と屋敷の間の路には物売りも通るし、旅人も通る。

「於万津。見たかよ」

安倍川の方向へ馬を進めて遠去かって行く平十郎たちを見送りつつ、濠端前の一隅に坐《すわ》り込んでいた猿まわしの老人が、傍の女にささやいた。

女は、うなずいた。

老人は、うすよごれた麻の着物の裾《すそ》をからげ、陽にやけた尻《しり》も足も、むき出しのままであった。

「何と思うな？　於万津よ」

猿まわしの老人は笠《かさ》のふちに指をかけ、やや顔をあげて、女に訊《き》いた。

老人の右眼はつぶれていた。

孫兵衛であった。

「あの男は、たしか、沼山平十郎じゃな、孫どの——」

と、女はいった。甲賀の女忍者於万津なのだ。

於万津は、他人が見ると猿まわしの手伝いか、または娘のようにも見える。孫兵衛のふところに居ねむりをしている猿のひき綱は、於万津の手に握られていた。

「孫どの。平十郎が何処かへ使者に出向いたとなれば……」

「うむ――探って見ねばなるまい。おぬしが行くか？　それとも、わしが……」

「いえ、孫どの。私が行こう」

於万津も、もう四十になっている筈《はず》だ。

だが、ふかく笠をかぶっている彼女の顔をのぞくことはできない。

「では――」

孫兵衛に猿のひき綱をわたし、武家屋敷に沿って走り出した於万津の軀《からだ》には、以前のしなやかさが少しも失われてはいなかった。

空には、燕《つばめ》が飛び交っていた。

青く晴れわたった空に、この駿府城下の繁栄がしのばれるかのような種々雑多な物音がたちのぼっている。

城下の諸方には番所もあるのだが、人の出入りにも何となく、のびやかな空気があふれ、宏大《こうだい》な駿府の城をかこむ濠端の広場にも、時を限って町民たちの出入りがゆるされていた。

これは、亡き今川義元の大らかな性格が、こうした風習を今も残しているのであろう。

貴族階級につよい執着をもっていた義元だが、領民は大切にした。

現在の城主、今川氏真は、このようなことに無関心のように見える。亡父義元の遺風を破りもせず、あらためもしない。

駿府は水利にめぐまれて作物はよく実り、海をひかえて魚介もゆたかだ。平地一帯は三方から山陵にかこまれ、南に駿河の海をのぞみ、気候もあたたかいのである。

しかも、その上に駿河湾の沿岸では多量の塩を産し、安倍川上流の山からは金もとれる。

「さ、猿の芸当を、お目にかけようか」

孫兵衛は人びとを集め、杖《つえ》をつかって眠りからさめた猿を踊らせはじめた。

八

孫兵衛は、ひとしきり猿をあやつって見せていたが、陽もかたむき、見物が散って行くと、濠端の広場から腰をあげた。

城の櫓《やぐら》から太鼓が鳴りはじめた。

騎馬の武士や多勢の足軽が城門からくり出して来た。城を中心に定められた区域内の番所をとじ、警衛につくらしい。

東の夕空に浮んだ富士山が、残照に輝き、その秀麗な山容は、この城下のどこからもながめられた。

やがて、孫兵衛は、灯の入った駿府の町をぬけ、安倍川の岸辺へ出た。

弥勒《みろく》の村外れまでやって来ると、孫兵衛は安倍川の河原へ下って行き、そこの芦《あし》のしげみに坐りこみ、乾飯《ほしいい》を嚙《か》みはじめた。

「ほれよ、おまえも食べよ」

猿にも食べものをあたえる。

夜空に、星がまたたきはじめた。

孫兵衛は、軀を横たえ、空の星をながめた。

この四年の間、孫兵衛も於万津も、織田信長の依頼によって、

「しばらくは中国へ行って働いてくれよ」

甲賀の頭領山中俊房に命ぜられ、中国一帯を制している毛利家の動向をさぐりつづけてきたのであった。

「武田からは手をひくのでござりますか?」と、孫兵衛が訊くと、山中俊房は、

「今川より、信玄暗殺をとりやめよと申してきての」

「なれど、このままに――」

「いうな。われら甲賀のものは、依頼ぬしのいうままに動き、報奨を得ればよい」

「なれど、丸子笹之助が裏切りの罪は、いかが相なりますので?」

「機会あるまで、捨てておけい」

「なれど、笹之助をこのままにしておきましては、甲賀忍者の名折れともなりまする」

「いかにも——」

山中俊房はうなずき、

「わしも、このままにしておくつもりはない。いずれは……」

と言葉をきって、いきなり、するどい口調で、

「孫よ。おぬしはまた、笹之助のこととなると、なぜ、そのようにむきになるのじゃ」

「甲賀忍者の面《つら》よごしでござります、笹之助めは——」

いつになく、孫兵衛も激しく答えたものである。

そしていま、孫兵衛は於万津と共に十数名の甲賀忍者を指揮して、ふたたび武田信玄暗殺と、今川家の動向を探ることと、この二つの使命をにない、甲賀を出発して来たのだ。

二つとも、織田信長の依頼であった。

「間もなく、天下は信長のものとなろう。先ず、そのように見ておいてよい」と、山中俊房はいったものだ。

(ともあれ、信長のために働くということについては、わしも同意じゃ)

孫兵衛も、そう考えていた。

(笹之助よ。近いうちに手合せをするぞ)

孫兵衛の夜空に向けている左眼が闘志にもえてきた。

(今度は負けぬ。覚悟しておれ!!)

忍びの風

一

沼山平十郎は馬の手綱をしめて、安倍川の渓谷に沿った山道に馬をとめ、行手を指して供の二人を振りかえり、

「女らしい」といった。

「女……？」

「む——それ、向うの草むらに倒れふしておるではないか」

「な、なるほど……」

供の二人が、馬から飛びおりた。

「見てまいりましょうか？」

「うむ——」

供の武士が十間ほど離れた山道沿いの草原に向って行った。

平十郎も馬を進めた。

草むらに倒れている女は、このあたりの農婦でもあろうか、苦しげにうめきながら、草をつかみ、身をもだえているのであった。

「どうしたのじゃ」

供の武士が声をかけると、

「蛇に……蝮《まむし》に、嚙まれて……」と、女はあえいだ。

見ると、右足のふくらはぎのあたりが切り裂かれ、血が吹き出しているのを、女は手で押えているのだ。

「なれど、痛うて、痛うて……」

女のそばに、血がついた山刀があった。

毒蛇に嚙まれた女が、みずから山刀をもって傷口を切り裂き、唇をつけて、血と共に蛇の毒を吸いとったらしい。

「手当をしてやれ」

馬上から、平十郎がいった。

家来二人が、女を抱えおこした。

年のころは、まだ三十になってはいまい。

ふっくらと、しかもしなやかな体つきで、顔も美しく、陽にやけてはいるが、肌もぬめやかな女である。

もがいているうちに麻の野良着の胸もとがひらき、もりあがった乳房がのぞいて見える。

家来二人は、顔を見合せ、ねり薬を荷物から出して、いそいそと手当にかかった。

沼山平十郎は馬上にあって苦笑をもらした。

陽は、対岸の山肌にかくれようとしているが、空はまだあかるい。

安倍川をはさむ西岸の山肌は、この渡本のあたりまで来ると見上げるほどに切り立ってせまり、川の音は高まるばかりであった。

山道は、梅ヶ島を経て甲州の睦合村《むつあいむら》に通じている。

この山道を切りひらいたのは武田信玄である。今川家との間に同盟をむすび、駿河の港には数隻の持船をおいて、中国地方との交易もおこなっている武田信玄だから、この睦合路とよばれる道のほかに駿河へ出るための四つの道をもっている。

女の傷の手当が終ったらしい。

「ありがとうございました」

顔をしかめ、ひざまずいて、女は平十郎に頭を下げた。

二

「よし。歩けるか?」

女は顔をしかめた。まだ痛むらしい。

「どこのものじゃ?」

「これより二里ほど奥の、関の沢のものにござりまする」

「よし。わしの馬へ乗れ」

と、平十郎は馬からおり、「女を乗せてやれ」と命じた。

平十郎は鞍《くら》をとらせ、裸の馬の背に敷物をしき、女を乗せると、自分も、そのうしろにまたがった。

家来二人は、うらやましげに、これを見つめている。

昨日は、ひとまず西へ向い、京への道を進むと見せて、夕闇にまぎれ、平十郎たちはふたたび駿府へ引き返し、安倍川の上流に向って進んで来たのである。

平十郎は、女の背から腕をまわし、手綱をとっている。

(いずれは、百姓の女房でもあろうが……それにしても……)

平十郎は、初夏の温気にむされた女の熟しきった軀《からだ》を抱くようにして、(それにしても……見事な——)と思った。

女の体臭にまじり合った汗の匂いが、平十郎の欲情をそそった。

(うむ——押し倒して、少し、弄《いろ》うてやるかな……)

そんなことも思いつくほどに、沼山平十郎は刺激されていた。

昨日からの強行な旅の疲れもある。疲れの中にも緊張した神経のするどさがあり、それが反《かえ》って、男の肉体に敏感な反応をあたえるのであった。

平十郎は、うしろから、そっと右腕を女の胸のふくらみへ近よせた。

女の乳房が、腕にふれた。

山肌の緑が、あたりいちめんを、まっ青にそめている。

馬にゆられつつ、女が、かすかにあえぎはじめた。

少し先の崖《がけ》の下に、こんもりとした林がある。

林の中は男の心をそそるように暗く、それを見た平十郎を魅了した。

「その方たちは、これにて少し待て!!」

いいつけておき、平十郎は、一気に馬を飛ばし、林の中へ駈け込んで行った。

家来二人は、あっけにとられた。

「沼山様も色好みじゃ」と、一人がいうと、別の一人が、

「くそ!!」

いまいましげに叫んで、唾《つば》を草にはきつけた。

そして、平十郎は、いつまでも林の中から戻ってはこなかった。

三

「まだか……」

「遅いな」

家来ふたりは、口々にいい合っては、彼方《かなた》の林の中を見つめながら、いまいましそうに唾を、しきりにはいた。

出て来ない。

いくら待っても、林の中からは、平十郎も、あの農婦もあらわれないのである。

二人は、顔を見合せてから、

すでに、半刻（一時間）にちかい時が流れているように思えた。

「いかにも――」

「遅すぎる」

「沼山様」

「平十郎様――」

呼んで見たが、返事はなかった。

渓流の音のみが、二人の耳にきこえている。

陽は、両側にそびえる山肌の彼方に沈んでしまったが、空はまだ明るい。

もう一度、平十郎の名を呼んでみてから、二人の家来は、林に向って走り出した。

崖と山道の間に細長くのびている林であった。

林の中へ駈け込むと、すぐ向うの樅《もみ》の木の下の草むらに、平十郎の裁着袴《たつつけばかま》が見えた。

平十郎の両足は、きちんとそろって、草の上に投げ出されてい、ぴくりとも動かなかった。

家来たちの眼は、不安にまたたいた。

「油断するな」

二人とも刀を引きぬき、うす暗い林の中を近づいて行った。

沼山平十郎は、両手両足を投げ出し、眼を白くむいて、あお向けに倒れていた。

ふところがはだけていて、肌着の下から、あぶら汗の浮いた胸肌がのぞいている。

抱き起してみると、平十郎は死んではいない。当て落されて気絶をしたものらしい。俊敏をうたわれ、武田信虎の股肱《ここう》の臣だと自他ともにゆるしている沼山平十郎にしては、あまりにも不覚であったといえよう。

「沼山様。しっかりなされ――沼山様……」

竹筒の水をそそがれ、活《かつ》を入れられると、平十郎は息を吹き返した。

「ぬ、沼山様……」

「う、う……おお――」

「お気がつかれましたか？」

ハッと胸を押えた沼山平十郎は、いきなりはね起きて、

「密書をとられた!!」と叫んだ。

四

「女だ!!　あの女だ。さ、探せ!!」

平十郎は青くなって叫び、抜刀した。

そして、ぎょっとしたように体をすくませた。

林の向うの山道で馬がいなないた。

「いかん!!　つづけい」

平十郎と家来たちは、必死で林の中から山道へ飛び出て行ったが、

「ハ、ハ、ハ、ハ……」

山里の童児のように、さわやかな女の笑い声が平十郎の馬の上から聞えた。女は三尺ほどの木の枝をうちふりながら、「おそい、おそい」といった。

「おのれ!!」

「あ、馬が……」

家来が乗ってきた二匹の馬は、まるで気狂いのように、山道を駿府の方向へ駈けていた。これは、女が木の枝で馬の尻《しり》を叩《たた》き、追いはらったものであろう。

平十郎は家来たちに目くばせをし、じりじりと女を囲みにかかりながら、

「よくも、化けたの」

むしろ、唇もとをゆがませて、にやりといいかける。

家来二人は、少しずつ、山道の両側から馬上の女にせまりつつあった。

女は、また笑った。

平十郎の白い眼は怒りにもえ、この女の顔を決して忘れないというように、女の眼へひたと射つけられている。

「女。おのれは何処《いずこ》の忍者か。誰にたのまれた?」

「ふ、ふ、ふ――そのようなことをいうて聞かす忍者があろうかえ」

於万津《おまつ》は、片手に文箱《ふばこ》をかかげて、

「平十郎どの。安心なされ。この密書の中身は、別に私がほしいと思うほどのものではなかったようじゃ——」

ぽーんと、その薄手の文箱を平十郎に放ってよこした。

腹に巻きつけておいたこの文箱には、武田信虎が我子の信玄にあてた手紙が入っている。

その内容は平十郎も知らぬが、重要なことは、平十郎の口から直接に信玄へつたえることになっていた。

「なれど、無駄ではなかった、礼を申しましょう。その手紙を読ませていただき、私も何やらわかってきたような気がする」

馬首をめぐらしつつ、於万津は、

「平十郎どの。女ごには、こののち、くれぐれも、お気をつけられますよう」

平十郎は、猛然と於万津へ殺到しつつ、

「かかれい」と、わめいた。

「おう!!」

山道の両側から、どっと斬りつける家来たちの刃は、於万津の足をねらって襲いかかった。

於万津の軀《からだ》は、馬の背から宙に躍った。

五

平十郎たちの刃は、いずれも、於万津の軀へふれることが出来なかった。

馬上から跳躍した於万津は、三間ほど先の地上へ、くるりとまわって落ちて行き、ぽんと山道の土を蹴《け》ると、矢のように走り出していた。

「待て!!」

追おうとしたが、家来二人の刃に腹を傷つけられた馬が竿立《さおだ》ちとなって、三人の追撃を阻止したのである。

荒れ狂いつつ、平十郎の乗馬は、於万津の後から山道を走り出した。

曲りくねった山道だけに、於万津の姿は、もう見えなくなっている。

「逃がすな!!」

追いかけようとする家来二人に、

「無駄じゃ、やめい!!」

沼山平十郎はこれをとめた。

「とうてい、追いつける相手ではないわ」

夕闇が、あたりにただよいはじめてきた。

「もうよい。殿の御手紙も手に戻ったからには……何とでもなる」

「なれど——」

「この密書には、あの女のいうごとく、大事のことはしたためてない筈《はず》じゃ」

平十郎は、刀を鞘《さや》におさめてから文箱を開け、中の手紙をひろげつつ、

「一応あらためてみる。おぬしたちも立会うておれ」

文面は、簡略なものであった。


いよいよ健勝のようすにて、よろこばしい。父も元気でおる。さて——このたび、武田の家にとって、まことに大事なることが出来《しゅったい》いたしたので、沼山平十郎をさしむけた。すべては平十郎にいいつたえてあるゆえ、よくよく心をきめて聞きとってもらいたい。そして、父の心をも汲《く》みとってもらいたい。そなたの返事を待っておる。

信虎

晴信殿

およそ、このような文面であった。

平十郎は、うなずいてから手紙を文箱におさめ、これを懐中ふかくしまいこんだ。

「馬を追うて見ましょうか。途中に止まっておるやも知れませぬ」

と、家来の一人がいう。

「よいわ。ここまで来れば、明日中には安倍峠を越え、甲斐に入れよう」

沼山平十郎はそう答えてから、

「二人とも、まず、これへ来い」

何気なく二人の家来が近寄った、その瞬間である。

「ええい!!」

平十郎の抜討ちに右手の一人が斬られ、驚愕《きょうがく》して飛退《とびすさ》った別の一人も、

「死ね!!」

平十郎のわめき声と共に首のあたりを斬られ、悲鳴をあげて転倒した。

家来二人の息が絶えるのを見おろし、

「わしの醜体《しゅうたい》を見られたからには、生かしてはおけぬ」

と、平十郎はつぶやいた。

六

そのころ、於万津は夕闇が濃い山道をいっさんに走っていた。

明日の未明には駿府の城下へもどれる筈であった。

駿府では、孫兵衛が今川家の軍備と財政のもようなどを探りとっている。

これに於万津も協力し、数日後に駿府へやって来る四人の甲賀忍者のうち二人を駿府に残し、別の二人を連れ、孫兵衛と共に甲州へ潜入する手筈になっていた。

三匹の馬のうちの二匹に、於万津は追いついた。

傷を負った平十郎の乗馬だけが、何処へ行ってしまったか、見えないのである。

「おどろいたであろうな……」

やさしく鼻面《はなづら》をなでてやり、首をたたいてやり、

「駿府まで、戻ってもらおうか」

馬の鐙《あぶみ》に足をかけた、そのときである。

「於万津どの――」

左側の杉の山林の中から、声が落ちて来た。

切り立った山肌の杉林を、屹《きっ》と見上げ、身がまえた於万津に、

「四年ぶりだ。なれど、おぬしは少しも変っておらぬな」

「笹之助――笹どのか……」

於万津は鐙から足をおろし、

「なつかしいのう」

「なつかしいな」

「裏切り者の笹どの」

「いかにもな」

「あの女は、どうしたぞえ？」

「於久仁のことか？」

「あい」

「夫婦《めおと》になった」

於万津は黙った。

「孫どのは、お達者か？」

杉林の中から、丸子笹之助の声が、いかにもなつかしげに問いかけてくるのである。

「達者じゃ」

「では、油断がならぬ」

於万津が不審そうな表情になった。

武田信玄と笹之助へ、ふたたび甲賀忍者の襲撃が行なわれることになったのを、どうして笹之助が知っているのだろうか……？

それとも、知らずに何気なく四年前のことを思い出していったものか……。

「何を考えておるのだ、於万津どの」

笹之助の声が笑いをふくんでいる。

於万津は心をひきしめ、これも微笑をたたえ、

「笹どのよ。まあ、此処《ここ》へ下りて来やらぬかえ。二人だけじゃ。何を語り合うてもよいのじゃもの」

於万津の声は、色めいて、うるんでいた。

七

丸子笹之助は、杉林の中から山道へ下りてはこなかった。

そのかわりに、笹之助の、くっくっと笑う声が聞え、

「下りて行き、久しぶりに、於万津どのの顔を拝みたいところだが……危い、危い」

「何が危い？」

「先ほどの、駿府から来た男のように鼻毛をぬかれたくはないものな」

「ま……見ていたのかえ」

「それにしても見事じゃ」

「何が？」

「沼山平十郎といえば、信虎公の右腕ともたのむ利《き》け者。それがまんまと、於万津どのの色香に迷うてしもうたものな」

「ふ、ふ、ふ……」

「何が可笑《おか》しい」

「八年前の笹どののことを思い出したからじゃ」

「それをいうてくれるな」

「あのとき、笹どのは私を……」

「もう、よいではないか」

「あのころの笹どのは、まだ女子《おなご》の軀《からだ》の抱きようも知らぬお人であったなあ。ただもう、荒々しく、私を……」

「於万津どの」

「聞くのが厭《いや》かえ?」

「いかにも」

「甲賀の女にも、火のような心はある。のう笹どの。いまひとときは何事も忘れて、なつかしく語り合おうではないか」

闇は濃くなるばかりであった。

けれども、山道に立ち、杉林の中へ呼びかける於万津の声には、魔女のなまめきがこもり、その、うるみきった声を聞くだけでも、夕闇にとけこんでいる彼女の肢体から発散する肉の香りにむせてしまいそうなのである。

しばらくは、二人とも沈黙の中に、互いの所在と八年の歳月の流れをたしかめ合っているようであった。

「於万津どの——」

ややあって、笹之助が口をきった。

「あい、笹どの……」

すがりつくような於万津の声だ。

「これから駿府へか?」

「そのようなことは、いまの私たちにとって、どうでもよいことだというているのに……」

「そうかな……」

「そうじゃとも——」

「そこへ下りて行くかな」

「あい、早う、笹どの」

「どうしようかな」

「では、こちらから上って行くぞえ」

「上って来て何をする？」

「こたびは、私が、笹どのを可愛いがってあげようぞえ」

八

於万津は、むささびのように杉林の中へ駈け上って行った。

はるか上の山肌で、笹之助の声がした。

「待て」

「なぜ逃ぐるのじゃ。私の心がわからぬのかえ？」

「なれど……」

「甲賀の女にも、男が可愛ゆく思うときがあるのじゃ」

「………」

「私も、孫どのや甲賀のことは忘れる。笹どのも、於久仁どののことを、今は忘れたがよい」

「今のところは、これで別れよう」

「いくじなし!!」

「は、は、は――まず聞いてくれ」

「何をじゃ？」

「孫どのも於万津どのも、四年ぶりに中国からもどり新たな使命をおびて、甲斐の国へ、ふたたび忍び入ろうとしておるのではないか」

「笹どの……くどくはいうまい。すでに承知なのかえ」

「いかにも――」

「誰から聞きやった？――というても、答えてくれる筈《はず》はないが……」

「答えてもよい。或る女からだ」

「或る女……？」

「今のところは、これだけで許しておいてくれ。孫どのに会うたら、よろしくな。丸子笹之助は何時《いつ》にても腕を撫《ぶ》して孫どのをお待ちしていると、そうつたえてくれ」

「笹どのは、なぜ甲賀を裏切ったのじゃ？」

「武田信玄公にひきつけられてしもうてな。於万津どのの色香よりも、もっと大きな力に、おれはひきつけられてしまったのだ」

「信玄が天下をとるとでも思うてか？」

「いかにも」

「ふ、ふ、ふ——笹どのは、まだ若い」

「甲賀では、織田信長に味方をしておるらしいな。信玄公のおん首を、またも狙おうというのは、織田信長のたのみからか？」

「そのようなことに、いちいち答えよう筈はないと、わかっておるくせに……笹どのは、私をなぶるつもりかえ」

「ま、どちらでもよい。ともあれ、甲賀と笹之助は、敵同士となったのだ。おれも闘う。闘わねばならぬ」

「信玄のためにか？」

「いかにも——信玄公こそは、まことに天下をおさめ得る器量をおもちだ」

「それは、みとめる。なれど、甲斐の山国から京の都までの道は遠すぎる」

「近くするのだ」

於万津の声が、このとき、がらりと変って、

「笹どの。では別れよう。ようも私に、恥をかかせてくれたなあ」

「八年前には、おれもひどい目におうているぞ」

九

夜気が、あたりにたちこめてきていた。

樹林の匂いが強くただよっている。

安倍川の瀬音のみが、この渓谷一帯を支配しているのみであった。

笹之助も、於万津も、ともに黙り相手の所在をたしかめようとしていた。

於万津の手は腰につるした革袋の中の『飛苦無《とびくない》』をさぐっている。

(笹どのは、五間ほど上の杉の木の蔭《かげ》じゃ)

於万津は闇の中に、はっきりと笹之助がひそんでいる位置を見きわめていた。

(二度も、この私に恥をかかせた笹どの。この上は、甲賀の掟《おきて》によって……)

於万津の憎悪は、笹之助へも、そして笹之助の愛を一身にうけているらしい於久仁へも向けられていたといってよい。

(いまに、あの女も……)

このままには捨てておかぬと、於万津は思った。

八年前のあのときの、笹之助の荒々しい、そして無我夢中の愛撫《あいぶ》と、若々しい、けもののような張り切った皮膚の感触とを、於万津は忘れきれない。

若いころから、甲賀の忍者として諸国へ潜行し、使命のために、何人もの男へ肌をゆるしてきた於万津の軀に、丸子笹之助という男だけは、強烈な『くさび』をうちこんでくれたといえよう。

それだけに、任務をこえて、笹之助に迫った自分の燃えたぎるこころを、川中島の尼飾《あまかざり》城でと、いまここでと、二度も踏みにじられたことは於万津の愛を憎しみに変えてしまったといえる。

「笹どの……まだ、そこにいるな」

「うむ……」

「早う去れ」

「於万津どのは、おれを殺そうとしているらしい……が無駄じゃ」

「何!!」

於万津は凄《すさ》まじい笑いをうかべた。

「笹どの。覚悟せよ」

於万津の手から『飛苦無』が飛んだ。

闇を切り裂き、二寸余の鉄製の『飛苦無』のするどい尖端《せんたん》が笹之助へ向って投射された。

手ごたえはなかった。

於万津は全身の感応を四方の闇へ向け、自分も素早く杉林の山肌に位置をうつしつつ笹之助の位置をとらえようとした。

「於万津どの、さらば――」

下の山道に、丸子笹之助の声があった。

「おのれ、待て!!」

「馬を借りておこう。於万津どの。お達者で――」

山道を駿府の方向へ駈け去る馬蹄《ばてい》の音に、於万津は唇を嚙《か》んだ。

乱雲

一

その日、雨雲が重くたれこめていたが、

「久しぶりで、山へ出むいてみようか――」

こういって、武田信玄は、早朝からの重臣会議をうちきり、

「弾正も、一緒に来ぬか？」

近ごろは、信州の海津城から甲府に戻って来ている高坂弾正昌信をさそった。

山というのは要害山《ようがいさん》とよばれる武田の砦《とりで》である。

要害山の砦は、躑躅《つつじ》ヶ崎の信玄武田居館の北方を、およそ半里あまり入ったところにある椀《わん》をふせたような小さな山だが、峰つづきに太良ヶ峠をこえて信州へ通ずる間道がもうけられてあった。

いざ、甲斐の国に敵が攻めこみ、甲府の居館が危いというときには、ただちに、この要害山の砦にこもり、敵をささえることになるわけであった。

この砦にも、狼煙《のろし》台がもうけてあるし、城番の士卒は常に警衛をおこたらない。

武器庫もあり、堅固な石塁《せきるい》が三つの曲輪《くるわ》をかこんでいる。

「やがて、雨がまいりましょう。このような日に、わざわざお出かけになりませぬでも……」

高坂昌信は眉《まゆ》をひそめ、信玄を見上げた。

信玄は、かすかに苦い笑いを唇《くち》もとにうかべたようだ。

「このような重苦しい日であればこそ、余は行ってみようというのだ」

「は……」

「供をせぬか？」

「いえ。私なれば、よろこんで――」

馬場・甘利《あまり》・小山田などの重臣たちは、会議を終え、すでに退出していた。

信玄は、主殿から大廊下をわたり、居間へ入った。

侍女たちが、ただちに仕度にかかる。

信玄は着ていた直垂《ひたたれ》をぬぎ、軽やかな麻の小袖《こそで》と馬乗袴《うまのりばかま》に着かえることにした。

「以乃《いの》――そち、たまさかには於久仁と語り合うこともあるのか？」

まめまめしく信玄の軀《からだ》に小袖を着せかけている侍女の以乃に訊《き》いた。

「はい。このごろでは、三日に一度、かならず、於久仁さまをおたずねいたしております る」

「今度会うたら、久仁にいうておけい。笹之助の妻となったからというて、ちかごろ、余に対して、無沙汰《ぶさた》にすぎはせぬかとな」

「ま……」

「は、は、は……」

信玄の笑い声に、以乃は何となく不安をおぼえた。

つまり、笑い声が大きかったのにかかわらず、以乃にはその笑い声が、妙に弱々しく感じられ、いつもの御屋形様の力がこもっていないように思えたのである。

二

以乃は、十六のころから館へ上り、かつては久仁と共に信玄の日常にはべりつかえ、夜は信玄に寄りそって眠った女である。

気に入りの侍女を抱いて眠りはするが、決してこれを犯さず、処女の精気につつまれ、この精気のみを吸いこんでおのれの心身に活力をあたえようとした武田信玄であった。

人間としての、あらゆる愉楽に別れをつげ、ひとすじに苦難を乗りこえて天下の権をつかみとるべく、決意したからだ。

その信玄の決意は、武田家につかえるものがだれ一人、知らぬものはないであろう。

(なれど、このごろの御屋形さまは……?)

つい二日ほど前に、丸子笹之助の留守宅をたずねたとき、以乃は、久仁にいった。

「このごろの御屋形さまは、おひとりにておやすみ遊ばします」

久仁も眼をみはって、

「いつごろから？」

「半年ほど前からなのです。わたくしたちと眠るのが、もうめんどうじゃと、おおせられて……」

久仁も、顔をくもらせた。

久仁や以乃たちは、信玄を父親のようにも感じ、またほのかに恋人のような想いをも抱いていた。

裸身をやさしく抱き、しかも男の力をふるうことなく、信玄は彼女たちがおどろくほどの素朴さをみせて、

「むかし、余が少年のころに、要害山の館《やかた》に、これほどの大蛇が住みついていての。おそらく百年あまりも住みついておるのだろうが……その大蛇と、余は仲良しになっての……」

そんな話をいくつもいくつも聞かされたものだ。

信玄の、香油をぬりこめたふとやかな軀の匂いや、その皮膚の感触までも、久仁は、はっきりとおぼえている。

信玄にしても、久仁が笹之助によって『男』を知ったとき、早くもそれを感知したように、侍女たちもまた、信玄の肉体にあらわれる微妙な変化を見のがさなかった。

「御屋形さまが、以乃さまたちを御寝所から遠ざけられた……」

「はい」

「めんどうじゃ、とおおせられて……」

「はい」

久仁は、そのとき、しばらく沈黙していたが、

「御屋形さまのお体が、どこか悪うなったのではないでしょうか……」

不安そうに、眼をまたたいたものだ。

そのときの久仁と同じ不安をもって、以乃は、着替えを終えた信玄の横顔を、じっと見つめた。

それに気づき、信玄が以乃を見て、

「何を見ておるのじゃ？」

「いえ……別に……」

信玄は、やさしく以乃の肩に手をかけ、「案ずるな」といった。

三

間もなく、信玄は居館の東門のはね橋をわたり、要害山へ向った。

高坂昌信が二十騎を従えて、これを護《まも》っている。

そのほかに、杉坂十五郎が指揮する忍者の一隊が、先になり後になり、信玄の一行を包んで進む。

忍者たちは、いずれも農民か木樵《きこり》か、または商家の者の服装をしていて、どこにい

るのか見ただけではわからない。

これは、路を進む信玄一行を、谷や山や川から見まもりつつ、たくみに位置をうつして行くのであった。

孫兵衛たち甲賀忍者の襲撃があってからは、信玄護衛のかたちは、いよいよきびしくなった。

これも、丸子笹之助が武田の忍者を訓練し、水も洩《も》らさぬ警戒網をととのえたからである。

それでなくとも、かつては孫兵衛ですら四年の年月をかけて信玄を襲うことができなかったほど、武田忍者は優秀であった。

その上にまた笹之助の眼が光るようになったのであるから、信玄も、まず甲府にあるかぎり、安全だといってよい。

「昌信、見よ」

信玄は馬を進めつつ、路の両側に、しげる木立を指した。

「卯《う》の花じゃ」

「いかにも――」

雨雲は、いよいよ密度を加えるばかりであった。

木立の緑も暗く、その中に白色の小さな花が枝もたわわに咲いている卯の花が、このあたりにはいちめんに匂いたっていた。

「枕草子《まくらのそうし》にも、卯の花が出てまいるの、昌信――」

「は――」

答えたが、高坂昌信は枕草子を読んではいない。しかし、平安朝のころ、宮中に仕え、才女とうたわれた清少納言の書いたこの著名な随筆集については、耳にはさんだこともある。

信玄は、尚もつづけた。

「枕草子に……卯の花は品劣りて何んとなけれど、咲くころのおかしゅう、ほととぎすの蔭《かげ》にかくるらんと思うに、いとおかし……とある」

すらすらと暗誦《あんしょう》して、

「ちかごろは、書物も読まぬわ」

低く笑った。

昌信は、おそれいるばかりだ。

このころの武将たちは、よほどの根気と精力がないと書物をひもとく暇もなかったといってよい。

信玄は少年時代に学問に目ざめ、万巻の書を読破したといわれるが、そのころと現在とでは、まったく戦乱の様相が違ってきてしまっている。

目の前に、背を見せて進む信玄を、うしろからながめて、

（あ……？）

昌信も、異様なものを感じた。

たくましく、ひろやかな信玄の背中から首すじのあたりに、そして、頭巾《ずきん》をのせた御屋形の頭のあたりに、昌信は、何やら、ものさびしげな影がただよっているのをおぼえたのである。

「昌信」

このとき信玄がふり向いて、

「使を走らせ、そちの館におる沼山平十郎を呼び寄せよ。今日は会うてつかわそう」

といった。

四

高坂昌信は、傍に馬を寄せてきた家来に、信玄の命をつたえた。

その家来が、すぐさま馬をめぐらせ、一散に甲府の方向へ駈け戻って行くのを見送りつつ、

「平十郎は、駿河の父上からの使者じゃ。会わぬわけにもゆくまい」

信玄は、こういってから、ふくみ笑いをした。

「癇癪《かんしゃく》のつよい平十郎じゃ。二日も待たされ、さだめし今頃は、腹をたてて、そちの屋敷のものに当り散らしておるであろう」

「二日前に、沼山平十郎が、供のものも連れず、一人にてまいりましたのは……」

「父上も、平十郎を寄こしたからには、よほどのことなのであろうが……余には、およそ、わかるような気もする、父上の考えておらるることがの」

幅一間ほどの道は、ゆるい上りにかかっていた。

路の右手は谷川をへだてて低い山脈がつらなり、その川の帯が屈折しつつ北へさかのぼるところ、杉林の彼方《かなた》に、要害山の砦《とりで》が見えてきた。

山頂の物見櫓《ものみやぐら》に、朱色の吹流しがたてられているが、風がないためか、だらりとたれ下って見える。

「ここへ来ると、余は、すべてのものが、なつかしく思える。生まれて四十余年……まるで夢のように速い年月の流れであった……」

信玄は、つぶやくように、高坂昌信をかえり見ていった。

武田信玄は、大永元年の十一月三日に、この石水寺《せきすいじ》、要害山の城に生まれた。

その二年前から、信玄の父信虎は、この要害山の城から甲府の躑躅ヶ崎へ居館を造営して引きうつることにし、工事をつづけ、ほとんど完成を見るまでになっていたのだが、懐妊中の信虎夫人、大井御前は、要害山の館にとどまり、信玄を生みおとしたのである。

こういうわけで、山麓《さんろく》には、まだ武家屋敷の跡もあり、今でこそ『山の砦』とよばれてはいるが、城としての規模もととのえられ、山頂の本丸には、信玄の生まれた館も残っている。

要害山のふもとの番所に、信玄の一行が近づくと、早くもそれと知った城番の永沢主水《もんど》が士卒をひきいてあらわれ、出迎えた。

谷川をひき入れた濠《ほり》が、要害山のふもとをめぐっている。

はね橋の向うの、石と土をもってかきあげた土塁の上に馬出の柵《さく》が設けられ、士卒が膝《ひざ》まずいて、信玄を迎えるのが見えた。

城門へ入ると、輿《こし》が用意されてあった。

山城の上り下りのために、特別なつくり方がしてある信玄のための輿であった。

五

腰曲輪《ぐるわ》をぬけ、信玄を乗せた輿は、やがて山頂の本丸曲輪へ入った。

甲府の館《やかた》とくらべれば、いいようのないほどの粗末な館があり、現在では城番の永沢主水が、妻子と共に居住している。

雨雲がたれこめている今は、展望もきかぬが、晴れている日には、はるかに富士の山ものぞむことができるのだ。

信玄は、館の南端にある一室へ入り、永沢の妻女が点ずる一碗《わん》の茶を喫した。

信玄は、しばらく黙ったまま、庭の笹が生い茂っているあたりに視線を投げていたが、やがて、

「平十郎は、まだかの……」

「間もなく、あらわれましょう」

沼山平十郎は、二日前に甲府へ到着していたが、

「ひとまず、弾正が館にとめおけい」

信玄は、こういって、すぐには会おうとはしなかったのである。

「や――雨が……」

永沢主水がいった。

「五月雨《さみだれ》は、まことに、くどいものじゃな」

信玄が、うんざりしたように溜息《ためいき》をついた。

永沢の家来が縁をまわって、部屋の戸口に膝まずいたのは、このときである。

「御館よりの御使者にござりまする」

家来のうしろから、あわただしく部屋へ入って来たのは、杉坂十五郎であった。

「只今《ただいま》。御館より……」

十五郎は、するすると信玄に近寄り、

「これを……」

革を縫った長さ六寸、幅三寸ほどの小さな袋を差し出した。

「うむ……笹之助からじゃな?」

「はい」

十五郎は革袋をわたすと、家来をうながして、すぐに去った。

信玄は、革袋の中から、薄紙にしたためられた丸子笹之助からの密書を取り出し、読みはじめた。

雨が、音をたてて落ちてきた。

手紙を読む武田信玄の双眸《そうぼう》が、きらりと光った。

また、家来があらわれ「沼山平十郎殿、到着なされました」というのへ、信玄は、密書から眼もはなさず、「待たせておけ」と命じた。

六

丸子笹之助からの密書は、京都からとどいたものであった。

笹之助は、こういってきている。

尾張の織田信長と、岐阜の斎藤竜興《たつおき》の動向をさぐる前に、先ず、京の模様を肚《はら》に入れておきたく考え、尾張と岐阜へは、それぞれ手だれのものをひそませておき、私は、まっすぐに京へ入りましたるところ、その夜に、異変出来《しゅったい》いたし……。

異変とは、足利将軍・義輝が、京において殺害されたというのである。

(公方《くぼう》が殺害されたのか……)

手紙に眼を走らせつつ、武田信玄の頭脳は、目まぐるしく動きはじめていた。

この年——永禄八年五月十九日の夜更けのことである。

京都二条にある将軍足利義輝の居館が、松永久秀《ひさひで》の軍勢によって、襲撃された。

前にものべてきたように、今は戦国動乱の世となり、将軍や天皇の力はまったくおとろえてしまっている。

身分や地位のない者でも、実力さえあれば、過去の秩序を破って、上の者を打ち倒し、その勢力を奪いとってしまうという時代なのだ。

こうした世相は『下剋上《げこくじょう》』とよばれた。

「今に見よ。余は、必ずや、足利将軍の勢いを、昔のごとく威風堂々たるものにしてみせる!!」

足利十三代の将軍、義輝は、豪毅《ごうき》な性格であった。

かつては、将軍の前に目通りもゆるされなかった地方の豪族などが、豊富な戦力と財力をたくわえ、どしどし勝手に土地を、金銀を、つかみとり、戦国大名と成り上って諸国に勢力を競っているのを、手をつかねてながめているのは、義輝にとって耐えられぬことだ。

義輝が名のみの将軍職についたのは天文十五年——十二歳のときである。

義輝は、まだ幼いころから苦労をなめつくしてきていた。

父の将軍・義晴でさえ、若いときから流寓《るぐう》の生活を送りつづけ、義輝の母との婚礼をしたのは、江州《ごうしゅう》の山寺にひそみかくれていたときのことであったという。

将軍が、なぜ、幕府のある京都にいなくて、山寺なぞへかくれているのか……。

応仁《おうにん》の乱このかた、京の都は、戦乱の絶えることがなかったからだ。

将軍を助けて政治の中心になるべき筈《はず》の守護大名たちが、勢力争いに熱中し、血なまぐさい謀略と戦闘を、あきることなくくり返しつづけていたからだ。

守護大名は、戦国大名の上にあった大名たちである。

武田家なぞは、源氏の名門から出て、三百年も前に甲斐の国を天皇からたまわったのだから、守護大名とよぶべきであろう。

だが、この重大な転換期に、武田家は甲斐の国をおさめつづけ、戦国大名にのし上ろうとする下級武士や土豪たちの勢力を、見事に押えつけてきた。

そしてみずから守護大名から、戦国大名へ、あざやかに転換したといってよい。

(義輝公も、思えばあわれな……)

武田信玄は、かなりの関心を将軍・義輝に抱いていた。

これは、塚原卜伝が、義輝に剣法を教えたということがあったからかも知れない。

七

塚原卜伝は、六年前に丸子笹之助を連れて甲府の信玄を訪れ、笹之助を武田家に仕官させてから甲府を出発し、京へのぼった。

十年ぶりに、将軍義輝と会うがためであった。

そのころ、義輝は、京の北小路にある三好長慶《ちょうけい》（阿波《あわ》の国の領主）の屋敷にひきとられて暮していた。

この三好長慶は以前に、堀川の将軍邸に焼うちをかけた大名である。

つまり、その当時は、管領《かんれい》の細川氏が将軍を守り、三好は細川と争っていたからだ。

それなのに、今度は、三好が畠山氏と争いはじめ、

「われは、将軍を助けまいらせ、京の都を守り、害敵を討つ!!」

勝手なことをぬけぬけといいだし、むりやりに、まだ二十歳にもならぬ将軍義輝を自邸に連れこんでしまったのである。

将軍などは、そのときどきの情勢によって、彼方《かなた》へやられ此方《こなた》へ連れ戻され、逃げ出したり、殺されかけたりするのである。

「いつになったら、余は将軍としての将軍になれるのか。余は、もう、大名どもの道具にはなりとうない!!」

義輝は、十年ぶりに訪れた卜伝を三好長慶の屋敷に迎えると、すぐさま、そう嘆いた。

「公方さま」

塚原卜伝は、十六歳のころの義輝に、親しく手をとって剣法を教えたときのことを思いうかべつつ、

「あなたさまは、そのように激しく、御自分をおせめ遊ばしてはなりませぬ」

「卜伝。そなたも、もはや足利将軍とは名のみのもの、いずれは、消えほろびる運命にあると申すのか」

「いかにも」と、卜伝は静かに答えた。

「公方さま、いかがでございましょうな。このような恐ろしい世の中をぬけ出し、この卜伝がもとにおいでなさいませぬか。塚原の里は、まことにのびやかなるところにて……」

「いうな!! 余は、将軍じゃ。父上や御祖父様が苦しみぬかれ、ついに将軍の威風をとりもどすことができなんだことが……その口惜しいお心が余にはたまらぬ。いかにしても、余は将軍としての力を得て、天下をおさめ、室町幕府の世を迎えるのじゃ!!」

義輝は、断固としてゆずらなかった。

卜伝は、およそ三か月余も京の三好邸へとどまり、義輝に『鹿島の秘太刀』の極意をさずけ、塚原の里へ帰って行った。

このときのことを、塚原卜伝は武田信玄に書き送っている。

——まことに、義輝将軍は哀れにござる。上様が天下をおさむる日、来りなば……義輝公のことを、よろしゅうおはからい下されたし。妻もなく子もない卜伝にとって、義輝公は、まことの孫のような心地がいたしまして……。

こう、卜伝はいってきていたのである。

——そなたの心のうちは、ようわかった。余も、とくと考えておくことにしよう……

……と、信玄も返事を送り、以来、何かにつけて足利義輝にも使者をやって、贈物などもとどけ、不遇の将軍をなぐさめてきたつもりであった。

八

義輝も、信玄のあたたかい心をくみとり、頼りにしていたようである。

(義輝公が、もしも、すぐれたる御方なれば、足利将軍を押したて、余がこれを守り、天下に平和をよみがえらせてもよいのだ)

信玄は、そう思ってみることさえもあったのだ。

去年の夏ごろに、信玄は、義輝が居館を建てたいというのぞみがあることを聞き、莫大《ばくだい》な金銀を送りとどけてやった。

義輝は大いによろこび、

「余は、生まれて初めて自分の家を持つことができる」

感激の書簡をよせてきたものである。

しかし、その屋敷が建てられたと思う間もなく、この悲報なのであった。

義輝を殺害した松永久秀は、三好長慶の代官として、京都の市政を一手に牛耳っていた利け者である。

松永は三好氏と謀略をめぐらし、自分の思うままになってくれない現将軍の義輝を殺し、義輝のいとこに当る義栄《よしひで》を傀儡《かいらい》の将軍として自由にあやつり、京における勢力をすべて、わがものにしようとしたのだ。

五月十九日は、雨がふりしきっていた。

押しよせた松永軍に二条の館《やかた》を取りまかれた義輝は、覚悟をきめ、最後の酒宴をおこない、次のような辞世をよんだ。

五月雨《さみだれ》は、つゆか、涙かほととぎす
　わが名をあげよ、雲の上まで

辞世をよむや、義輝は十にあまる太刀の鞘《さや》をはらって並べて置き、

「義輝が最期を見よ!!」

わずかな家来たちと共に、館へなだれこむ松永の軍勢を迎え撃った。

雨の闇夜に、館は燃え上った。

その炎の中に、すさまじい争闘が展開された。

弓鳴りの音は絶えることなく、悲鳴と血しぶきが渦を巻いた。

「義輝がはたらきを後の世の語り草とせよ!!」

塚原卜伝が丹精こめて教えつくした義輝の剣法である。

居間に並べた太刀を次々に取り替え、義輝は、近づくものを縦横無尽に斬りすてた。

――公方の御手にかけて切り伏せ給うもの数を知らねば、敵おそれて近づくものもなく……と『応仁記《おうにんき》』はしるしている。

だが鬼神のような義輝の奮戦も、いつまで続くわけはない。

力つき、太刀も折れつくし、ついに義輝は、松永の家来・池田某に首を討たれたという。

丸子笹之助は、この日の夕暮れに京へ到着したばかりであった。

義輝最期のありさまは、その夜討ちの状況をあますところなく見とどけた笹之助の手紙が、こくめいに知らせてきたのだ。

——義輝公をお救い申さんと、私も駈けつけましたなれど、いかんにもせよ松永の軍勢と炎にはばまれ、私めも将軍邸に入り込む隙がなく……と、笹之助は書いてきている。

信玄は、ゆっくりと密書を革袋におさめ、ふところに入れてから、

「沼山平十郎をよべ」とのみいった。

高坂昌信も、永沢主水も、密書の内容がどんなものか、まだ知ってはいない。

九

永沢主水が、平十郎を呼ぶために、部屋を出て行った。

高坂昌信も、信玄に一礼すると、永沢の後から席をはずした。

しかし、この部屋の右側にある控えの間には、杉坂十五郎がつめている。

それに、庭の木立の其処此処《そこここ》には、武田忍者がひそみ、ひそかに信玄を護《まも》っているのであった。

何といっても、かつては、信虎追放と聞き、脇差を抜き放ち、信玄の居間へ躍りこ

もうとしたことがある沼山平十郎なのである。

　このごろでは、信虎も子の信玄へ、しきりに書簡を送ってきては機嫌をとりむすぼうとしてはいるが、沼山平十郎のような寵臣《ちょうしん》をさし向けてきたのは、今度がはじめてであった。

　沼山平十郎が、縁をまわってあらわれた。

「平十郎か……久しいの」

　平十郎は平伏し「上様も、おすこやかにて、平十郎……」といいかけるのへ、信玄は押しかぶせるように、「父上は、お変りないか」と訊《き》く。

「それが……そのことにつきまして……」

　信玄は、うなずき「近う寄れ」といった。

「ごめん下されましょう」

　平十郎は信玄と二間ほどの間隔をたもち、座をしめた。

「平十郎。父上の御身に何かあったのか？」

「大殿は、近く駿府の城を出られ、掛川《かけがわ》の円福寺へお移りあそばしまする」

　掛川は駿府から十二里ほど西へのぼったところにあり、そこには今川の砦《とりで》もある。

「父上と、氏真殿との間に、何かもめごとでも起きたのか」

「当然のことではございますまいか」

「さようかな……」

「これは——上様ともあろう御方が、それを御存知ない筈《はず》は……」

「余の知らぬことは、いくらもあるわ」

「義元公亡きのち、上様が今川家を、どういう御眼をもってごらんあそばしておられるか。これは、誰の眼にもあきらかなことではございませぬか」

「ふむ……」

「近年は、三河の徳川家康がしきりに動きはじめ、遠江にかまえある今川の砦も、それぞれに徳川勢の圧迫をうけ、いまや今川家は累卵《るいらん》の危うきにあると申せましょう。しかも、徳川のうしろには織田信長が楯《たて》となり、ことごとに力を貸しあたえておりまする」

「ふむ……」

「信長は、駿河から関東を徳川家康に押えさせ、みずからは心おきなく京へのぼらんとするためであること、もはや、何人《なんぴと》もうたがうところではございませぬ」

「なるほど……」

信玄は、庭の土をたたいている雨足から眼を離そうとしなかったが、それでも気のなさそうな返事を、平十郎にあたえていた。

十

沼山平十郎は膝《ひざ》をすすめてきた。

「しかるに上様は、近年いよいよ、織田信長と親交をむすばれ、信長に対し心やすく思召《おぼしめ》すよし、うけたまわりおりまするが……」

白い上眼づかいで、平十郎は信玄の横顔をさぐりとるように見た。

「今川をほろぼそうと狙う徳川家康の後押しをしている織田信長——その織田と上様とが手をむすばれたとありましては、亡き義元公以来、連綿たる今川と武田が親族としてのゆかりも、えにしも、もはやこれまで……と、さように申すものも出てまいります。これは当然のことにて、今川家では、近ごろ、まことに不穏なる情勢とも相成りました」

信玄は、ちらりと平十郎を見て、

「そちに天下の動きを教えてもらおうとは思わぬ。それよりも、父上からの御伝言は……？　または書状でも持参いたしたのか？」

「されば……」

ふところから出した信虎の手紙を、平十郎は信玄に差し出した。

甲賀の女忍者・於万津に、一度は奪いとられた密書である。

文箱の封は於万津が切ったが、そんなものは、すぐに平十郎が細工をして封を仕直してしまった。手紙には、もともと封はない。

父・信虎からの手紙をひらきつつ、信玄は、

「そち、供のものも連れずに来たのか？」

「いえ——家来二人、途中の山道にて、曲者《くせもの》に襲われ、命を落しました」

「曲者？」

「はい。およそ十名ほどにて、いずれも手だれの者にございました。私も、血路をひらき、梅ヶ島の武田御番所へ逃げこむのが、ようようのことにて……」

信玄は、一気に手紙を読み下し、

「その曲者を、そちは、何と見た？」

「忍者にござりましょう」

信玄の眼が、平十郎の眼をのぞきこみ、

「何やら、駿府の父上は、甲賀の忍法者たちとも心やすいように聞いておったが……」

「まさか、そのような——おたわむれ遊ばしては、平十郎、困りまする」

さり気なく返事をしたものの、平十郎は胸のうちで、かなり動揺していた。

丸子笹之助や孫兵衛が、今川義元の依頼によって、自分の命を狙ったということは、信玄も笹之助の口から聞き知っている。

もちろん、笹之助も、孫兵衛も、いや甲賀の頭領・山中俊房もそう思っていたわけである。

しかし、武田信玄は、四年前に笹之助から、そのことを聞いたとき、

「ふむ。そうであったか」

笹之助にはうなずいて見せ、そのほかには何もいわなかったが、

（亡き義元は、そのような小細工をする大名ではない）と感知していた。

今川義元の名をもって、これは、何者かが、ひそかに甲賀へ、自分の暗殺を頼んだのであろうと、信玄は思った。

(父上かも知れぬ。やりかねぬお人じゃ)

十一

信玄の推定はまさに的中していたわけだ。

ことに、川中島において、武田信繁が戦死をとげて以来、甲賀忍者の襲撃は、ぶっりと止んだ。

(父上は、余のかわりに家をつがせようと考えておられた弟・信繁に死なれ、大いに落胆されたことであろう。同時に、いま余の命を奪ってしもうては、武田の家も危うくなると考え、余の暗殺を中断したものであろう)

父信虎の肚《はら》のうちは、見透《みとお》しであった。

平十郎が、信虎と甲賀の関係を知っていることはいうまでもない。

(どこから、もれたものか……それとも、上様が推定なされておるというだけで、証拠をつかまれているわけではないのか……そこが、わからぬ)

不安であった。

次々に、信玄が自分を問い詰めてくると、平十郎は思った。

しかし、信玄は、すぐに話をそらし、

「平十郎。肝要のところは、そちの口から聞くよう、この父上の手紙は申されておるようじゃ。話を聞こう」

平十郎は、ほっとした。

雨が、小やみになった。

いくらか風も出て、草木の匂いが部屋の中へ流れこんできた。

「上様と織田とのことにつきましては、もはや申しあげませぬ。なれど、ちかごろでは、大殿と今川家とは、ことごとに不和の度合いを増すばかりにて、氏真公も、大殿をきらわれ、めったにお顔を合すこともございませぬ。しかも……しかも、今川家の重臣たちの中には、大殿を害したてまつり、この際、ひと思いに武田家とは縁を断ちきり、関東の北条と手をむすび……」

信玄は手をあげて、平十郎を制し、

「平十郎。余は、北条とも縁をむすんでおるのじゃぞ」

「は――」

「父上に伝えよ。余は、何時《いつ》にても父上を甲府へお迎えするとな」

平十郎も、さすがにおどろいた。

「まことにございますか？」

「それほどに今川におるのがおもしろうないとあれば、子の信玄がお迎えするのは当然であろう――それとも父上は甲府へ戻るのもお厭《いや》かの？」

「いえ……」

「甲府へお戻りになられても、信玄は決して、父上を害さんつもりはないと、そう申しあげよ。は、は、は——」

「なれど……」

「聞かいでもわかった。父上は、余にこう申されたいのであろう——今のうちに駿河へ攻めこみ、今川をほろぼし、漁夫の利を織田や徳川にしめられては元も子も無うなる。早う攻めよ。そのためには、わしもお前のために蔭《かげ》ながらはたらいて見しょう……と、かように申されたのであろう。どうじゃ?」

十三

沼山平十郎は、蒼白《そうはく》となった。

信玄の洞察のするどさに圧倒されつくしてしまったらしい。

声も出ず、伏せたままの眼も上げられぬ平十郎であった。

「駿府に戻り、父上につたえよ。甲府へお戻りになるも、駿府を出られ掛川の円福寺へお移りになるも、どちらでも、それは父上の思うままにいたされたがよいとな」

「御言葉を返し、おそれいりまするが……」

平十郎は必死の思いで膝《ひざ》をすすめ、声を低めて、

「大殿のおおせには、いまが好機ゆえ、今川攻めをぜひにもと……」

信玄は答えなかった。

「そのためには、大殿が、はかりごとをもって今川を……」

平十郎が、信虎からのくわしい伝言をいいかけようとするのへ、

「もうよい」

信玄は手を叩《たた》き、

「平十郎が帰るぞ」と、声をかけた。

すぐに永沢主水があらわれた。

平十郎は、思わず白い眼を信玄に向けた。

「二十五年前に、少年であったそちは、脇差を抜き放ち、余を刺そうとかかったことがあったの」

「…………」

「その折の父上への忠誠、見上げたものであった。その燃ゆるがごとき純白なそちの心を買って、余は、そちをとがめなんだ。どうじゃ、平十郎。今も、そちは、父上のためならば命もいらぬ男か？」

平十郎は、その信玄の問いには答えず、一礼して立ち上り、縁に出てふり向き、ふたたび一礼をするや、

「平十郎の使いも上様におうては何の御役にもたたぬようでございましたな。駿府へ戻り、大殿に上様の御言葉を、そのままおつたえ申しまする」

じろりと信玄をにらみ、縁から廊下へ、つとめて静かに歩みつつ、出て行った。

永沢主水と共に沼山平十郎が去ると、すぐに、信玄は、

「十五郎、おるか」と呼んだ。

するりと次の間への襖《ふすま》が開き、杉坂十五郎があらわれた。

「十五郎。聞いたか?」

「は――」

「父上にも、困ったものじゃ」

「………」

「すぐに使いをやり、笹之助に伝えよ」

「は――」

「あまり永びかぬうち、いちおうの探りを入れたなら、すぐに甲府へ戻るようにとな」

「心得ました」

十五郎は襖をしめかけ、ふと何か思いたった様子で、

「上様。十五郎、申しあげたき儀が……」

「何じゃ。遠慮なく申せ」

十五郎は、一通の手紙を信玄に差し出した。

十三

武田信玄は、丸子笹之助が杉坂十五郎にあてた手紙を一読し、
「ふむ」と、うなった。
笹之助の手紙には、こう書いてある。

十五郎よ。ふたたび、甲賀忍者が動きはじめた。くれぐれも、上様の御身に気をつけてもらいたい。このことは、わしが、もっとくわしく探りを入れてから上様に申しあげるつもりゆえ、しばらくは上様のお耳には入れぬ方がよいと思う。ただ、上様の御身まわりの警戒は、一層のきびしさをもってのぞまれたい。甲賀のものは、ふたたび、上様とわしの命を狙いはじめたようだ。

信玄は、十五郎に、
「きょうは、二十三日であったな」
「はい」
「早いものじゃ」
十九日に将軍義輝が京で殺害され、すぐに笹之助は、その知らせを京で使っている武田の間者につたえ、その間者は笹之助の密書を、おそらく昼夜兼行の速度をもって、

駿府までとどけたに違いない。

駿府には、武田の船もあるし、港の近くには武田家の役所もあり、甲斐の国から出張している商家もある。

駿河の今川家が、その財源の一つとして世にほこる製塩業——その塩は、山国の武田家にも送られ、これは武田にとって欠くことのできないものであった。

このように、今も表面では、武田と今川の交易もおこなわれているのである。

したがって、駿府は諸方に散っている間者たちの中継所にもなっているのだ。

京から来た密使は、笹之助の密書を駿府にいる武田忍者にわたし、すぐに京へ引返したに違いない。

彼等は、一日に四十里は走る。

おそらく二十日の未明に京を出たであろう密書が、三日後には甲府へとどいたというわけであった。

この速度は、笹之助が名実ともに信玄へ仕えるようになってから、見違えるほど早くなってきている。

水も洩《も》らさぬ間諜網《かんちょうもう》を、笹之助はつくりあげようとしていたのであった。

信玄は、笹之助の手紙を杉坂十五郎に返し、

「於久仁を、余の館《やかた》へ連れてまいれ」

「…………?」

「女ひとり、留守をさせておいては危い」

十五郎も、すぐに呑《の》みこんだようである。

それはわからないが、――甲賀忍者が、裏切者の笹之助の妻になっている於久仁へ、どんなことを仕出かすか、それははかり知れないものがある。

「心得ました」

腰を浮かせる十五郎へ、信玄がいった。

「まだじゃ。こちらへ寄れい」

十五郎が身近く摩《す》り寄ってみると、信玄の呼吸が少し荒かった。

信玄の顔のいろは、青黒く、肌のつやが全くなかった。脂汗が、かすかに顔をぬらしている。

杉坂十五郎は、このとき強い不安をおぼえた。

それから、信玄と十五郎は、かなり永い間、要害山上の館の一間で、密談をかわしたのである。

清洲の雨

一

来る日も来る日も、雨であった。

その日も、尾張・清洲《きよす》の城下町は、梅雨にけむっていたが、その雨にもかかわらず、城下の連雀《れんじやく》町では、市《いち》がひらかれている。

織田信長が、この清洲に本城をかまえたのは、弘治元年であった。

弘治元年といえば、二十歳の笹之助が孫兵衛と共に、はじめて、ひとり前の甲賀忍者として越後の上杉へ潜行した年である。

それから、まる十年の歳月がたっているわけであった。

「さあ、寄ってくれい、寄ってくれい」

「相物はどうじゃ」

「魚もある、干物もあるぞ」

きめられた区域に荷をひろげ、商人たちは声をからしている。

「この麻布はどうじゃ。絹もあるぞ」

笹之助も、霧のような雨のなかを行きかう人びとに声をかけていた。

銭で取引きするものもあるが、このころは物々交換も多くおこなわれていた。

これからの商人たちは、行く先々の城下町で一種の営業税のようなものをおさめ、営業を行なうのである。

清洲の城下では、城主の織田信長が、大いに商業を奨励し、城下町の繁栄を積極的におしすすめている。

梅雨期などは、どこの城下の市の日にも、商人たちはなかなか集まらぬものだが、清洲では、市の日に、信長のはからいによって、丸太を組み、むしろなどをかぶせた仮小屋のようなものも設けられた。

(なるほど、信長という大名は聞きしにまさる男だな)

笹之助も行商人に化けて清洲に入りこんだのであるが、清洲城下の活気にみちたありさまを見て感じ入ったものだ。

(これからの戦さは、武器や人ではなく、大きな金銀の力になってくるということを、信長は、ようもわきまえているようだ)

清洲の城下町は、名古屋の北西一里足らずのところにあった。

岐阜街道に沿った城下町は、五条川の堤防の上にひろがっている。

織田信長は名古屋(当時は那古屋といった)に生まれたが、もと、清洲の城主だった一族の織田信友《のぶとも》の反乱をうけたときに、これを攻めほろぼし、みずから清洲へ入り、これを本城とさだめたのである。

名古屋の城には、いま城代をおいてあるが、信長の生まれたころの戦略上の重要な使命はすでに失われているといってもよい。

そして信長は、清洲を本拠とし、小牧山へ砦《とりで》をきずき、岐阜の斎藤竜興と対峙《たいじ》しているわけであった。

（今川義元を討ちとってからの信長は、それまでの尾張一国を制するというのぞみをひろげ、いまや天下を狙おうとしている）

清洲城下の活気あふれる様相を見ても、織田信長という大名の性格が何となく笹之助にもつかめるような気がした。

政治的にも、戦略的にも、また経済上の有利さからいっても、尾張と甲斐とでは、くらべものにならない。

「どれ、荷の中のものも見せてもらおうか」

こういって、人ごみをわけ、笹之助の前へ来た男がある。

二

その男も連尺《れんじやく》商人らしい。

膝《ひざ》をむき出しにした丈の短い麻の筒袖《つつそで》を着て、笠《かさ》をかぶっている笹之助と同じような風体であった。

男が、笹之助の前にある千駄櫃《せんだびつ》の前へかがみこむと、

「急の用事か？」

笹之助の方から、ささやいた。

男は、うなずき、

「甲府の御屋形様からの申しつたえにござる」

「何と？」

「なるべく早う、甲府へお戻りあるようにとのことで――」

「それだけか？」

「はい、それのみにござる。駿府の者へ、杉坂十五郎殿よりの使いがまいりましてな」

密談をかわしているが、傍にざわめいている商人たちの耳にも届かぬほどの、低い低い声なのだ。

しかも、二人とも顔に笑顔を絶やさないので、誰が見ても商取引きをしているものとしか映らなかった。

「わかった……なるべく早う戻ることにするが、おぬしも、ここ二日か三日ほどは、このあたりを離れぬように――」

「心得ましてござる」

男は、高笑いをわざと残して、笹之助の前から離れて行った。

男が去ると、笹之助はすぐに荷をしまいはじめた。

「もう帰るのかや？」

となりに、鋳物の荷をひろげていた越前の商人が声をかけるのへ、

「うん。今朝から腹が痛み出してな。この雨で冷えたらしいわい」

笹之助は、そう答え、千駄櫃を背負って、市のざわめきからぬけ出した。

足利将軍・義輝が殺害されてからの京の都のありさまにも一通り探りを入れたし、あとは、何よりも肝心な、織田信長について、何とか笹之助自身が、なっとくの行くようなものをつかみとらねばならないのである。

あの上杉の女忍者たよが、わざわざ笹之助の家に忍んできて、

「甲賀のものが、またも笹どのと信玄公の命を狙いはじめたようじゃ。それを、私は、小牧山の織田信長の城の中で耳にした」

そう知らせてくれたことの実態を、何としても、つかみとらねばならない。

もし、信長が甲賀にたのみ、信玄を暗殺させようとしているのなら、同じ信長が自分の養女を信玄の息・勝頼に嫁がせ、親族の縁をむすぼうと、しきりにさそいかけていることが重大な意味をもつことになる。

（当然かも知れぬな。何しろ、今川義元でさえも、甲賀にたのみ、義兄弟であられる信玄公を暗殺させようとしたのだものな）

自分が孫兵衛と共に信玄の命を狙ったのは、あくまでも今川義元の依頼があったからだと、今でも笹之助は思っている。

まさか、信玄の父・信虎が今川の名を借りて甲賀へ依頼してきたものとは、考えて

も見なかった。

やがて笹之助は、清洲の城の城門の屋根がはるかにのぞまれる三の丸番所の近くまでやって来た。

三

清洲の城は、笹之助が思ったよりも無造作な構築に見えた。

だが、油断はならない。

一見して、城の体裁すらそなえてはいない武田の居館にも、孫兵衛や笹之助が舌をまいたほどの秘密が隠されていたのだ。

濠《ほり》もあり、土塁もめぐらし、規模もかなり大きいのだが、駿府の城のように、三の丸の外郭までは、誰でも通行が出来る。

しかも、昼夜とも随意に城下の人びとも旅びとも、城のまわりを通行しているのだ。

武家屋敷の多くは、三の丸の中にふくまれているから、いくつもの番所を通りぬけなくては入りこめない。

番所の警衛は、さすがに厳重であった。

(今夜、決行するか!!)

信玄も早く帰れといってきている。おそらく何か急な事態が発生したかと思われるのだが、ここまできて、

(何のみやげも上様に持って行かぬわけにはまいらぬ)

笹之助は、そう考えていた。

雨が、強くなってきた。

番所から外濠前の広場をへだてたこちら側の町家の軒下にしゃがみ込み、弁当をつかいながら、笹之助は、清洲城を、じっと笠の下から見つめていた。

番所の向うから、弓足軽を七名ほど従えた騎馬武者があらわれ、濠に沿った道を西の方へ去った。

そのすぐ後から、これは、かなり富裕な商人と見える、でっぷりとした体つきの老人が、すこやかな足どりで番所へ近づき、番所に詰めている武士に一礼し、曲輪《くるわ》の外へ出て来た。

その老商人を見て、笹之助は息をのんだ。

老商人の後から、馬をひいた下僕が三人ほどあらわれ、道へ出て来ると、馬を主人とも見える老商人の前へ引きよせ、一礼をした。

老商人は、うなずいて馬に乗った。

(甲賀の頭領様だ!!)

笠のうちに顔は見えぬが、笹之助の眼に狂いがあろう筈《はず》はない。

子供のころから見馴《みな》れた甲賀の頭領・山中俊房なのである。

その山中俊房が、清洲の城内からあらわれたということは、甲賀と織田信長とのむすびつきは、もはや確定的なものといってよい。

おそらく、上杉の女忍者たよは、上杉謙信の命をうけ、これも織田方の様子を探るために小牧山の城へ潜入し、信長と甲賀との関係を嗅《か》ぎとったに違いない。

四

今や、信長は甲賀の忍者たちを徹底的に利用し、間諜網《かんちょうもう》を諸方に張りめぐらしているに違いなかった。甲賀の忍者が頭《かしら》と仰ぐ山中俊房がみずから、打ち合せに依頼主のところへやって来ることなど、笹之助が甲賀にいたころは聞いたこともない。

信長とむすんだことによって、甲賀が受ける報酬は、かなり大きなものとみてよいであろう。

甲賀にしろ、伊賀にしろ、忍者たちは戦国大名のために『忍びの術』という技術を売っているわけであった。

伊賀の忍者たちのように、報酬さえもらえば、どの大名についてもよいというのではなく、甲賀には山中俊房のような頭領が数人あって、行先、なるべくは天下をつかみとる見込みのある大名のために働くという一貫した行き方がある。

それが今川義元から織田信長に変ったわけだ。

もっとも、今川の名をもって武田信玄暗殺を依頼してきたのが、信玄の父・信虎だとは、今も山中俊房は気づいてはいまい。

老商人に姿を変えた山中俊房が、下僕三人を従え（そのうちの一人は馬のくつわをとっていた）笹之助の目の前十間ほどのところまで進んで来た。

笹之助は笠の中の顔を深くうつ向け、握り飯をほおばっている。

雨にぬかるんだ道の土を鳴らして近づいて来た馬のひづめの音がぴたりと止った。

笹之助の全身が固く引きしまった。

まさか気づかれる筈はない。

変装には自信もあったし、七年の歳月は笹之助の体つきを、まったく変えてしまっている筈だ。

しかし、山中俊房の乗った馬は、笹之助の眼前三間のところで止まったまま、動こうともしない。

雨が、土の上に白いしぶきをあげはじめた。

城の前の広場には人ひとり通ってはいない。

彼方《かなた》の番所につめている織田の士卒が三人ほど、番所の外へ出て来て、こちらを見ているようであった。

笹之助は動かなかった。

そして、握り飯を食べつづけた。

笠《かさ》のうちから眼もあげず、飯をほおばりながら、笹之助は神経を全身に行きわたらせ、体中で、山中俊房の気配をうかがった。

「笹じゃな」

馬上から、山中俊房の声がかかった。

笹之助は答えなかった。顔もあげなかった。

しかし、じりじりと迫る殺気を厭《いや》でも感ぜずにはいられなかった。

五

「すべては、孫兵衛から聞いた。裏切者が甲賀から受ける仕置きは、存じおろうな」

このとき笹之助は、はじめて顔をあげた。

馬上にある山中俊房の顔は、笠の下にあったし、よく見定めることは出来なかったが、そのするどい双眸《そうぼう》の光りは、まっしぐらに笹之助の眼へ襲いかかってきていた。

「笹よ。気の毒じゃが……死んで貰《もら》わねばならぬ」

「死なれませぬ」

「黙れ。女にうつつをぬかし、しかも尚、敵方の大将にろうらくされて味方を売った奴め」

「敵も味方も……甲賀忍者は金銀をもろうて働くだけのことではありませぬか」

「その働きが、そなたのようなものを生かしておいては、にぶるのじゃ」

がらりと、笹之助の口調が変った。

「では、頭領の思うままに、いたされるがよろしかろう」

山中俊房は、にやりと笑い、

「笹之助よ、そなたも大分に修業をつんだとみゆるな」

笹之助は、じろりとこちらをにらんでいる下僕の三人を見た。

(嘉十《かじゅう》に清松か……もう一人の顔は、見おぼえがないが……)

嘉十も清松も、かねて見知っている。いずれも甲賀の忍者だが、身分は低い。しかし腕利きのものであった。

嘉十も清松も、少しずつ位置を移し、町家の軒下にいる笹之助を、まったく包囲してしまった。

空が暗いので時刻はよくわからぬが、夕暮れも迫っていることは、たしかであった。

城の番所から数人の士卒が出てきて、そのうちの二人ほどが濠にかけられた橋をわたり、こちらへ近づいて来る。

彼等は、山中俊房を見送っていて、この様子に気づいたものらしい。

「ごめん!!」

笹之助の軀《からだ》が、矢のように、ほとんど垂直になって飛び上った。

同時に、無言のまま脇差をふるって斬りつけて来た嘉十が、

「ぎゃっ……」

苦悶《くもん》の叫びをあげ、いま笹之助がしゃがみ込んでいた軒下に転げこみ、笹之助が背負ってきた千駄櫃《せんだびつ》に頭を打ちつけ、

「う、う……」

血みどろの顔から首のあたりを、がくりとゆがませて唸《うな》った。

懐中の忍び刀で嘉十を刺した笹之助は、町家の板ぶきの屋根の上にあった。

間髪をいれず、山中俊房の右手が、さっと上った。

笹之助は、山中俊房が投げつけた『飛苦無《とびくない》』の尖端《せんたん》に肩のあたりを刺されつつも、矢のように屋根から屋根へ走り出していた。

六

清洲の城門からも、騎馬武者が十数名の士卒を従えて駈け出して来た。

町家の屋根から、ふたたび地上へ飛びおりた丸子笹之助へ、山中俊房の馬のくつわをとっていた忍者が、疾風のように道を駈けて来て、

「死ねい!!」

脇差をふるって飛びかかった。

雨がしぶくぬかるみの道の上に、その忍者と笹之助の躯が、互いにきって放した矢のごとく飛び違ったかと見えたそのとき、

「うわ……」

その甲賀忍者は、泥をはね上げ、ぬかるみに顔を突込み、倒れ伏した。

倒れた忍者の首のつけねから吹き出した血は、たちまち雨にたたかれ、傷口にもり

上って濃くなったかと思うとすぐに、雨と共に泥の中へ流れた。

笹之助は、その忍者の脇差をうばいとっていた。

道の向うから、山中俊房が馬を煽《あお》って駈けて来るのが見える。

それよりも早く、甲賀忍者の清松が、白い雨の幕を縫って殺到して来た。

「笹どの。覚悟!!」

清松は躍り上るようにし、両手を交互に突き出した。

十方手裏剣であった。

『飛苦無』なぞよりも、もっと重量のある、十文字型に刃がついた手裏剣がうなりをたてて笹之助を襲った。

片膝《かたひざ》をつき、数個の十方手裏剣をかわした瞬間には、

「えい!!」

清松が二間の距離を一気に飛びこみ、脇差の抜打ちを笹之助へあびせた。

くるりと、笹之助の軀が仰向けに反り、清松の一撃をかわすと同時に、その反動を足にこめて地を蹴《け》った。

清松は、笹之助と同じ年ごろの忍者である。

頭領の山中俊房の供をするだけあって、腕もすぐれていた。

両側にたちならぶ町家にはさまれた道幅は約三間ほどであった。

雨が、すさまじい音をあげて、斬りむすぶ二人へ叩《たた》きつけてきている。

山中俊房が馬を飛びおりた。

笹之助は清松の刃風をかわしつつ、絶望を感じた。

山中俊房が何か叫んだ。

俊房の手には太刀が光っている。

両側の町家から女子供の悲鳴もきこえた。

清洲城内からくり出した一隊も山中俊房の背後から押して来て、

「逃がすな!!」

騎馬武者が槍《やり》をひらめかせて怒号した。

「清松、退けい!!」

ぱっと清松に入れかわって、山中俊房が笹之助の前へ躍り出た。

「笹よ。これまでじゃ!!」

「何の……」

七

じりりと睨《にら》み合った山中俊房と丸子笹之助である。

笹之助は脇差をかまえ、両眼を細め、全身を雨に叩かせながら、しずかに立っていた。

「それ!! 引っ捕えろ」

「向うへまわれ!!」

「逃がすな!!」

口々に叫びながら、清洲の城兵が山中俊房の背後から押し出して来るのへ、

「おひかえ下され!!」

山中俊房は、するどくこれを制した。

「それがし一人にて、充分でござる」

だらりと太刀をさげたまま、かぶった笠もとらぬ山中俊房であった。

城兵たちも、忍者の清松も、山中俊房の背後にあって、眼を、槍を、刀を笹之助に向け、白い雨の中に、くろぐろと殺気をふくんでかたまり合い、息をのんで二人の対決を見つめた。

山中俊房の太刀が、ゆるやかに上りはじめた。

笹之助は、脇差をふりかぶった。

俊房の太刀は三尺に近いが、笹之助の脇差は二尺に足らなかった。

まともに打ち合っては、俊房に勝てようとは思っていない。

こうなれば、塚原卜伝から伝授をうけ、かつては信玄居館の庭で下総の剣士・藤田将八を一撃のもとに打倒した剣法をもって立ち向うより仕方がないと、笹之助は決意していた。

山中俊房が、あの谷川の水の一粒一粒に見え、その水の粒が自分を押し包もうとし

たときに、おれは全身の力を脇差にこめ、一歩踏み出して打ちおろせばよい……それだけを、笹之助は考えていた。

藤田将八と立合ったときは、一歩も踏み出さずに刀を打ちおろしたのだが、今は、こちらの刀が対手《あいて》のものよりも一尺ほど短い。

その短さだけを踏みこめばよいと、笹之助は、とっさに決意し、もう迷わなかった。

勝てるとも思わず、負けるとも思わなかった。

雨の音もきこえなかった。

ただ、眼前二間の向うにいる山中俊房の体だけが次第に白い雨足の中から浮び上り、黒い奔流となって、自分へ殺到してくるのを笹之助は待った。

どれほどの刻《とき》がたったろう。

山中俊房が、かすかに唸った。

「われは、おそるべき男になったものじゃ」

「…………」

「わしの手には負えぬわ」

と、これは低く誰にも聞えぬような声でつぶやくと、さっと太刀をひき、山中俊房は一気に三間ほどの距離を飛び退った。

このとき、それまで息をつめて待ちかまえていた清洲の城兵たちが、

「わあっ!!」

おめき声をあげて、笹之助へ突きかかっていった。

それは、まさに黒い奔流と見えた。

八

槍と刀を振りかざした城兵の一隊が、幅三間の道いっぱいに丸子笹之助を押し包んだと見えた瞬間である。

町家の屋根の上から手裏剣が雨の幕を切り裂き、飛び落ちてきた。

三名ほどの城兵が、もんどりうって転倒する。手裏剣は畳針のように長く、それだけに威力が大きい。

喉《のど》や眼を突き刺された城兵が悲鳴をあげるや、笹之助は燕《つばめ》のように身を躍らせ、右に左に脇差をふるった。

「げえッ!!」

「わ、わ、……」

またも城兵たちが血しぶきをあげて笹之助の刃に倒れる。

槍が折れ飛んだ。

城兵の手から放れた刀が町家の戸板に突き刺さった。

「丸子様!!　早う」

屋根の上から手裏剣を打ちつつ叫んだのは、先刻、市にいた笹之助へ連絡に来た武田忍者の角介であった。

「おお!!」

笹之助は身を反らして一人の城兵が突き込んだ槍をかわし、

「や!!」

一撃をあたえると、ようやく脱出の機をとらえ、脱出にかかった。

「それ!! 逃がすな」

数を増した城兵たちが笹之助を追いにかかるのと、山中俊房が傍に倒れ伏している城兵の槍をつかみとり、屋根の上の角介へ投げつけるのと同時であった。

角介は、ふとももに槍の穂先を深々と突き通され、一時はこらえたが、ついに道へ落ちた。

落ちながらも、槍を引き抜き、必死の気力をこめて山中俊房へ投げ返したが、これは、むろん効果がない。

「清松。捕えよ!!」

清松が飛びかかったとき、武田忍者の角介は、舌を嚙《か》みきって死んでいた。

「死んだか?」

「はい」

「引っ捕えて糾明してくれようと思うたが……なるほど。武田の忍者は思いのほかに……」

山中俊房は、つかつかと歩み寄り、角介の無惨な死顔を見つめたが、ふっと視線を空間に投げて、

「あのとき、笹めを生かしておくのではなかった……」

と、つぶやいた。

「可愛い奴じゃが、これからは、われらの仕事のさまたげになってしもうた」

頭領にこういわれて、清松も唇を噛んでいる。

追跡して行った城兵たちも、笹之助も、すでにもう見えなかった。

数騎の馬蹄《ばてい》の音が城門の方から近寄ってきた。

「山中殿!!　何事でござる」

部将の一人が問いかけてくるのへ、

「いや……曲者《くせもの》ひとり取逃しましてな」

山中俊房は苦笑して、しずかに太刀を鞘《さや》におさめた。

謀略

一

宏大《こうだい》な庭園の木立に、蟬が鳴きこめていた。

今川氏真は、その日も、まだ夕暮れを待たぬうちから酒盃《しゅはい》を手にしている。

駿府城内本丸の奥主殿の一室には、老臣の三浦成常《しげつね》や、名越与七、浜田小太夫、菅野光茂などの寵臣《ちょうしん》が、氏真をとりまいていた。

氏真は、あおりたてるように盃《さかずき》をほしつづけた。

「まだかの？　甲府からの返事は……？」

氏真は、傍に寄りそっている侍女の千鶴《ちづる》の前へ盃を出しつつ、三浦成常にいった。

「おそいではないか？　成常――」

「は――」

三浦成常は六十にちかい年齢なのだが、鼻下と顎《あご》にたくわえた髭《ひげ》も黒々としているし、六尺もあろうかと思われるがっしりとした体軀《たいく》を見ていると主君の氏真でさえ威圧を感じるのである。

その威圧は、三浦の権力が彼自身の風貌《ふうぼう》にあたえたものであった。

三浦家は、今川家譜代の家柄である上に、成常の代となってからは、他の重臣たちの誰もが手も口も出せぬほど、その権力は大きいものとなった。

それというのも、三浦成常は、今川義元の寵愛を一身にあつめてきていたし、義元が死に、氏真の代となってから、この若い主君などは、まるで子供あつかいにしている。

「上様では今川の大屋根をささえきれぬわ。この成常あってこその今川家じゃ」

名越与七や菅野光茂などにも、三浦成常は、平然と放言をしているほどだ。

今川義元の愛妾《あいしょう》であった侍女を、義元亡きのちに、はばかることもなく自分の妾《めかけ》にしてしまった三浦成常でもある。

このことは、今川家中のものが誰ひとり知らぬものがないのだが、三浦への畏怖《いふ》から、それを口に出すものもいない。

知らぬのは今川氏真ひとりであった。

三浦は氏真の前へ出ると、あくまでも今川家の忠臣と化し、

「成常あるかぎり、お心安うおぼしめすよう。今にこそごらんあれ。成常は必ずや、御父君のおわしたころの今川の威風を、ふたたび上様の御手に――」

凛然《りんぜん》として、たのもしげにいってのける。

氏真も、すべて三浦成常をたのみとし、朝比奈・向井などの老臣たちの誠実な助言は一方的に、しりぞけてしまうのだ。

「暑い。雨があがれば、またこの暑さじゃ。蹴鞠《けまり》する気もおこらぬわ」

侍臣の一人が、広縁をまわってあらわれた。

「掛川の円福寺におわす御隠居様が、京へ向って発足なされました」

三浦成常が、少し膝《ひざ》を乗り出し、

「それは、何時《いつ》のことか？」

「今朝ひそかに——沼山平十郎殿はじめ、わずかなる御供を従えられまして——」

二

今川氏真が盃をすてて、

「そちたちは去れ!!」

傍にいる千鶴や、四人の侍女に向って命じた。

侍女たちが出て行くと、名越与七が広縁に行き、そこに坐《ざ》して、見張りについた。

蟬の声がやんでいた。

夕陽が庭園に落ちかかっている。

「上様」と、三浦成常が摩《す》り寄ってきた。

「さすがに信虎公でござる。こなたの肚《はら》のうちを感じとったのやも知れませぬ」

「む……」

「円福寺へ移り去るときに、思いきって信虎公を押しこめたてまつるべきでございましたな」

「そうもならぬわ。あの狸《たぬき》めは、余の外祖父じゃ」

「お心の弱いことを……」と、成常は苦笑をもらした。

氏真は厭《いや》な顔をして、盃をとりあげた。

すぐに、浜田小太夫が酒をみたした。

「たとえ、信虎公が上様の外祖父にあたられましょうとも、この駿府の城から出すべきではありませんでした」

「あの折、取押えよと、そちは申したたな」

「いかにも――いざ、武田と事をかまえる折には、信虎公は絶好の人質になりましたものを――」

今度は、氏真が笑って、

「甲府の信玄はの、おのが父を人質にとられたとて、びくともするような男ではないぞ。よいか、信玄はの――、武田の家をおのれの手につかみとるため、父親の信虎を亡き父上（義元）のもとへ追い払うた男ではないか」

三浦成常は少しも動ぜず、

「もちろん、信玄公には何の利目《ききめ》もございますまい。なれど……」

「なれど……何じゃ？」

「まだ武田家には、信虎公を慕うものもござります」

「ふむ……」

「ともあれ、信玄公に先をとられてはなりませぬ。こうなる上からは、どこまでも、こなたより先に仕かけねばなりませぬ」

「うむ」

三浦成常は、するどく浜田小太夫に声をかけた。

「ぬけ目のない信虎公ゆえ、間にあうまいが、ともかく追って見よ。もしも追いついたなら引っ捕えてまいれ。かまわぬ!!」

「はっ」

浜田小太夫は広縁から走り去った。

三

浜田小太夫が一隊をひきいて駿府城を出たころには、ようやく陽も落ちかかり、富士の山頂は残照の光りに赤く染まっていた。

小太夫は馬に鞭《むち》をくれて、二十数名の武装の騎馬武者を従え、駿府の城下を、まっしぐらに西へ駈け去った。

それと、ほとんど入れ違いに城門へ駈けこんで来た一騎がある。

「井口半蔵。いま戻った!!」

こう名乗り、城門の番所を駈け通った馬上の武士は、汗と埃《ほこり》にまみれていた。

その旅の埃をも落さぬままに、井口半蔵は、今川氏真がいる奥主殿の庭に入った。

「半蔵。戻ったか」

待ちかねたように三浦成常が広縁に飛び出してきた。

「ははっ」

半蔵は庭にひれ伏した。三十がらみのこの男は三浦成常の手足となって諸方を飛びまわっている男である。

「半蔵。で、義信公の返事は……？」

半蔵は広縁まで進みより、

「これにござります」

密書を差しわたした。

三浦成常は先ず自分が一読してから、今川氏真に、その密書を差し出した。

密書は、まぎれもなく武田義信の手跡であった。

氏真は、この妹婿の親書を、一気に読みくだした。

義信は、こう書いてきている。

義兄上《あに》よりの密使、井口半蔵より、たしかに御親書を受けとりました。

御言葉のごとく、近ごろの父（信玄）のすることは、私から見ても、解しかねることが多いようであります。今川と武田とは、祖父・信虎の代より、もっとも親密な間柄にあり、この戦乱の世にあって、どこまでも手をむすび合うてゆかねばならぬこと、明白であります。

申すまでもなく、わが妻は亡き義元公の娘であり、義兄上《あに》の実妹であります。

しかるに……。

父信玄は、織田信長と親交をふかめ、織田の養女を弟勝頼の妻に迎えようとはかっております。

いや、すでにその心を決めたようであります。

甲府からも、また清洲の織田からも、しきりに使者が往来し、婚礼の日どりも、どうやら、この秋に決まったようであります。

私も、これには、まことに心をいためております。

私ばかりではなく、母（三条夫人）も同じ心であります。織田信長は徳川家康とむすび、駿河侵略をねらい、今川家をおびやかすこと、今や隠れもなきこと。しかるに父信玄は……。


太郎義信の手紙は、尚もつづいている。

純心一途な義信にとっては、父・信玄の言動の一つ一つが、苦しみと哀しみと怒りの種になっているようであった。

四

武田太郎義信の夫人は、『今川どの』とよばれている。

今川どのは、故義元の娘であるが、正夫人（信虎の娘）が生んだものではない。側室の菊鶴という女と義元の間に生まれたのである。

太郎義信とは、十三年前の天文二十一年に結婚した。

一度、流産があってからは、義信との間に、子供が生まれなかったところ、あの川中島の決戦があった永禄四年の春に女子を生んだ。

「男の子がほしゅうございましたのに……」

今川どのは嘆いたが、

「案ずるな。これから、きっと生まれよう」

太郎義信は、それでも大よろこびで、娘に『おもう』という名をつけ、溺愛《できあい》している。

おもうも、いま五歳になっていて、可愛らしいさかりなのである。

義信夫婦の間は、この『おもう』誕生によって、前よりも尚、こまやかになってきているのだ。

それだけに、太郎義信は、

（なぜ、父上は今川と手をむすんで行かれぬのだ。今まで通りでよいではないか。共に力を合せ、京へ上り、天下に号令をするべく道を切りひらいて行くことが、なぜ出来ないのじゃ!!）と思わざるを得ない。

若くて、正義感のつよい太郎義信から見ると、父の信玄が、今川の強敵と目《もく》されている織田信長と手をにぎり、しかも信長の養女を弟勝頼の妻に迎えるなどということは、いくら考えても、なっとくがゆかない。

（なるほど、今川氏真殿は、わしの義兄ながら、稟性《ひんせい》が劣っていることはたしかじゃ。だが、それならば父上が、氏真殿を教えみちびいてやればよいのではないか）

太郎義信の思いは、無理もないところであったといえよう。

武田信玄ほどの人物でいてさえ、我が子のことは思うままにならない。

いつのことであったか、信玄は、こんなことを、丸子笹之助にもらしたことがある。

「太郎の心や体が固まるその前に、余は、もっともっと、この戦乱の世のおそろしさを知らしめたかった。じゃが、その機会《おり》を見出せぬまま、今日に至った。余も、今までは武田の家の地固《じがた》めに忙しく、余の後をつぐべき太郎には、ただもう、合戦の仕方を教えあたえるのが精いっぱいのところであった。これからは、太郎の、あの強く健《すこ》やかな体と心に、世と人を見る深い眼の力をあたえねばなるまいと思う」

しかし、皮肉にも、そのときが来たというのに、太郎義信は信玄とも、つとめて顔を合せることをさけようとしている現状となってしまったのだ。

いま、今川氏真へあてた返書にも、こうした太郎義信の苦悩が行間ににじみ出ているようであった。

「氏真殿の御申越しに従い、すぐさま、こなたより長坂源五郎を駿府に差し向けることにいたしました。源五郎は、御承知のごとく、我家の老臣長坂釣閑斎《ちょうかんさい》の息にて、義信が手足ともたのむものゆえ、何なりと御申しきかせ下されたく……。

五

太郎義信からの返書を巻きおさめつつ、今川氏真は、井口半蔵に、
「半蔵。長坂源五郎は何時、駿府へ到着するのじゃ？」
「は――明後日の夕刻までには――」
「ふむ。途中ぬかりはあるまいな」
「はっ。右左口《うばぐち》の道中には、こなたの間者を隙間なく放ち、武田のものの眼には、いささかもふれぬようにいたしおりまする」

右左口の路は、甲府から南下し、柏尾坂《かしおざか》を越え、富士山麓《さんろく》の精進《しょうじ》と本栖《もとす》の湖畔をまわり、大宮に達するものである。

これは駿府への最短距離でもあるし、その路のまわりには間道がいくつもあって、秘密の道中には、もっとも適当な路であった。

三浦成常が、今川氏真に、

「上様。義信殿は、こなたの胸のうちを、何と思うておられましょうかな？」

にやりとして、訊《き》いた。

「義信の心は、おそらく、父の信玄にそむくまでの決意をもってはおるまい」

「なるほど……」

「義信は、何といたしても、今川と武田の間を昔のままに取りもどしたいという心のみであろう」

氏真でも、さすがに、そのあたりまでは推察ができているようであった。

「なれど、前々から申しあげましたるごとく、信玄公に対しては、そのような道理が通る筈《はず》もありませぬ」

と、三浦がいう。

「それはそうじゃな」

「信玄公は、父君の信虎公を、この駿府へ放逐して家を乗りとった御方でござる」

「いかにも——」

「なれば、義信公が、信玄公を追い払い、武田の当主となることも可笑《おか》しくはございませぬ」

「むろん、それの方が、余にとっても嬉《うれ》しいことじゃ。義信とならば、余もうまくやってゆけよう」

氏真は、太郎義信の人柄に好意をもっているらしい。

侍女たちが灯をかかげて広縁にあらわれた。

そして、夜更けまで、氏真をかこむ密議がつづけられた。

六

密議が終ったのは、亥《い》の刻（午後十時ごろ）をまわったころであった。

今川氏真は、すでに側妾《そばめ》・千鶴の待つ寝所へ入った。

三浦成常も三の丸の屋敷へ帰り、浜田小太夫や名越与七などの寵臣《ちようしん》も、それぞれに自邸へ引きあげて行った。

菅野光茂も彼等と共に居館を出て、二の丸・三の丸をぬけ、城門の番所へ、

「菅野光茂、退出いたす」

門をひらかせ、足軽二名を従え、騎馬で城外に出た。

菅野の邸は、城門から広場をへだてた向う側にある。

闇に包まれた広場を横切り、菅野光茂は、まっすぐに自邸へ戻った。

家来たちや侍女が出迎える。

「湯をあびる。仕度せい」

菅野光茂は、そう命じて、居間へ入った。

侍女が着替えを手伝う。

菅野には妻がいない。

もう五十に近い菅野光茂なのだが、十年前に今川家へ仕えたときから独身であった。

今川氏真の寵臣の中でも、おそらく菅野ほど力にすぐれた武士はあるまい。

上州沼田の浪人だったというが、駿府へ流れてきて今川家に仕えたころは、一介の長柄《ながえ》足軽にすぎなかった。

ところが、合戦のたびに菅野光茂の武勇は光彩を放ち、故今川義元も、

「まさに逸物《いつぶつ》を掘り出したものじゃ」

大いによろこび、たちまちに取りたてられ、義元が桶狭間に討死したころは、弓大将をつとめ、弓足軽の指揮に当るほどのものとなっていたのである。

義元が死んでからも、菅野光茂の活躍は、家中のものが厭《いや》でもみとめざるを得ないほどのものであった。

小柄な体軀《たいく》のどこに、あれだけの武勇がひそんでいるのかと、人びとは驚歎《きょうたん》をしている。

色も、どちらかといえば白い方だし、ふっくらとしたやさしい顔だちなのである。

現在では、菅野光茂は先手大将をつとめ、合戦あるときは先鋒《せんぽう》部隊の総指揮に当るわけであった。

それでいて、光茂は、三浦成常にもうまく取入り、ぬけ目なく出世の道を踏みのぼって行くだけの才覚もあるし、愛嬌《あいきょう》もないではない。

三浦成常を憎む反対派の老臣たちも、

「あやつは、利け者《きけもの》じゃ」

嘆声を発しているのであった。

やがて、菅野光茂は、裏庭に面した浴舎へ入った。

菅野ほどのものならば、家来か侍女が垢《あか》とりをするのは当然なのだが、もう何年にも、菅野は、

「湯をあびるは一人きりがよい」

こういって、湯浴みは習慣となっている。

湯浴みがすむまで、家来たちも浴室には近づかぬことになっていた。

菅野は黙念と、竹のへらをもって垢をこすりつづけた。

垢をこすっている菅野光茂の眼のいろは、何ものかを待ちうけているかのようであった。

七

どれほどの時が流れたろう。

板窓を、外から指で軽く打つ音がした。

菅野が立ち上り、窓に近づいた。

「風」

菅野は、つぶやくようにいう。

間髪を入れずに、窓の外から、

「火」

と、答える声がした。

「おお——めずらしいな。丸子笹之助殿か」

菅野が開く窓の外から、するりと丸子笹之助が浴舎の中へすべり入った。

「これは、たまらぬ。蒸されてしまうわ」

「ま、がまんしてくれい」

薄暗い灯火の中に立った笹之助は、土民風の姿を、例の『墨流し』一枚をもって覆っていた。

「清洲から、何時《いつ》帰られた？」

「二日ほど前でござる」

「織田方の動向は？」

「先ず、つかめました」

「それは、何より」

「菅野殿。きょうは、夕刻より何やら城中に密議があった様子なので、ともあれ、やってまいったのだが……」

「うむ。誰か来てくれると思うていたが」

「何か？」

「明後日の夜までには、義信様の密命をうけて、長坂源五郎が駿府へやってまいる」

「ふむ」

「何のためか、もはや笹之助殿にも、おわかりであろうな」

「太郎様をそそのかし、武田家に内紛をひきおこさせようためか？」

「今川では、関東の北条をも抱き込み、いっきょに信玄公を追い退け、義信様を武田の当主に――というもくろみであろうよ」

「馬鹿な――そのようなことが、うまくゆくと思うておるのか」

「氏真公はじめ、三浦成常も自信満々といったところじゃ」

「甲府の御屋形様が、彼等の甘い謀略に乗せられると思うているのか」

「甘くとも、謀略は謀略じゃよ」

笹之助は、舌うちをくり返した。

「菅野殿。私が痛心するのは、太郎様のことだ」

「いかにもな」

「お心はわかるのだが、どうも、血気にはやりすぎる。いま少し、御父君の胸の底を、じっくり考えてみらるるとよいのだが……」

菅野光茂は、体をぬぐいつつ、

「こちらへ――」と、笹之助をまねいた。

湯気のこもる流し場の次の部屋は二坪ほどの板敷になっていて、菅野光茂の衣類がぬぎおかれてあったが、菅野は裸体のまま板の上へ、あぐらをかいた。

八

菅野光茂は、早くから武田信玄の命をうけ、今川家へ潜入していた間者であった。

このことに、今川家のものは誰一人、気づいてはいない。

菅野によって、今川の動向は、手にとるように甲府の信玄の耳へ入るのである。

ことに、一応は密議の席へもつらなることを許されるほど、菅野光茂は、今川氏真や三浦成常の信頼をうけているのだ。

十年という歳月の間に、この男が、いかに苦心をして一介の弓足軽から現在の位置へのぼりついたか……。

それだけを考えても、菅野光茂という人物が只《ただ》ものではないことが、よくわかるのだ。

丸子笹之助も菅野の後から板の間へ入った。

菅野が仕切りの戸をしめた。流れこむ湯気も、灯火も、その戸に断ちきられた。

板の間は、濃い闇にみたされた。

「笹之助殿。明後日、長坂源五郎は、臨済寺《りんざいじ》に於て、氏真公はじめ三浦成常などと面談をするらしい」

「うむ」

「わしは、おそらく列席を許されまいと思う。と申すことはだな、つまり、いよいよ、最後の、強い指図を今川が太郎様へあたえるつもりらしいということじゃ」

「太郎様に謀叛《むほん》のすすめをやるつもりだといわれるか？」

「それに近いことじゃと、わしは思う」

「太郎様は、いかに御屋形様と争われようとも謀叛なさる心は毛頭ないと、私は見ている」

「じゃが、この謀叛の匂いが、信玄公にもれたとなれば、どうなる？」

「…………」

「信玄公は、天下人とならるるためには、いかなる苦難をも、あえて乗りこえて行かるる御決意じゃ」

「そのためには、太郎様とても容赦はなさるまいな」

「天下に平和をもたらすという大きなのぞみの前には、我が子の死とて怖れはせぬ御方じゃ。よいかな。今川方から、この謀叛のもくろみを信玄公に、わざともらしたらどうなる？　いや、そういって、太郎様をおびやかしてみたら、どうなる？」

「…………」

「太郎様も御父君の御気性はよう御存知じゃ。そうなれば、手をつかねて、おのれの死を待つよりも、ここは思い切ってと、みずから起つに違いあるまい。また、そこが今川方のねらいというものじゃ」

笹之助は声もなく考え沈んだ。

（ここまで来て、上様も、つまらぬことに邪魔をされるとは……）

九

笹之助は、今や、名実ともに天下人の名乗りをあげ得る実力者は、武田信玄と織田信長の二人だと見ている。

織田の実力は、清洲の城下で笹之助が、はっきりと感得したものであった。

そして、織田信長が甲賀忍者を手中におさめたことも事実である。

しかも、甲賀忍者たちが、ふたたび武田信玄暗殺に動きはじめたことも、もはや確定的なものだといってよい。

武田家と婚姻関係をむすびつつ、その一方では信玄の命を狙うという信長のやり方なぞも、この戦国の世には当然のことなのであろう。

武田信玄も、このような織田の出方を表向きのままに受けとっている筈《はず》はない。それでいて、我子の勝頼に織田の養女を迎えようとしているからには、おそらく信玄にも深い考えがあってのことだと、笹之助は思っている。

（ともかく、武田家の内紛内乱だけは何としても防がねばならぬ!!）

一時を争うほどの切迫したものを、笹之助は感じた。

「菅野殿。私が、明後日は臨済寺へ忍んで見ましょう」

「たのむ」

臨済寺は、今川家の菩提寺《ぼだい》である。

駿府城の西北約九丁のところにある賤機山《しずはたやま》のふもとにあるこの寺は、賤機山頂にかまえられた今川の主戦用の城砦《じょうさい》の表門ともいえよう。

賤機山の城は、そのふもとに臨済寺と浅間《せんげん》神社の神仏をおき、城を護持せしめている。敵軍が攻め寄せたときは、全軍をまとめてこの山城にこもるというわけであった。

こうした場合、神社と仏閣は、敵の攻撃を喰いとめる役目を果す。

戦乱の最中であっても、これらの聖域をみだりに犯すことは敵軍といえど、ゆるされぬことであった。

そのような無謀は、人心の憎悪を買うばかりでなく、後世の指弾を受けることにもなる。

だから、この山城の二方を、寺と神社によってふさいでしまっているというわけであった。

これは今川家のみではなく、どこの大名の城砦にも見られることであり、あの武田の山城、要害山のふもとにも石水寺という寺院がかまえられている。

「では、これにて――」

やがて、丸子笹之助は腰をあげた。

「戻らるるか」

「菅野殿も、いっそうの働きを――」

「うむ。心得た」

「駿府城下には、おそらく甲賀忍者も潜んでおりましょう。くれぐれもお気をつけられたい」

「よろし。笹之助殿は？」

「臨済寺を探ったのちに、すぐさま甲府へ――」

「信玄公によろしゅうな」

「心得ました」

湯気のこもる浴室の窓から、笹之助の体は奥庭の闇へ消えた。

十

それから三日目の朝になって、今川氏真は、臨済寺へ出向いた。

三浦成常ほか、気に入りの侍臣を従え、氏真は辰《たつ》の刻に臨済寺へつき、すぐさま、大書院へ通った。

氏真と共に書院へ入ったのは、三浦のみであった。

菅野光茂も他の侍臣たちと共に控えの間につめ、大書院のまわりには、目だたぬように、それでいて水も洩《も》らさぬ警戒網がしかれている。

前夜から、この寺に到着していた長坂源五郎が、今川氏真の前へよび出された。

密議が始まり、夕刻におよんだ。

この内容は、ここにのべるまでもあるまい。

なぜならば、すべて、氏真と三浦の計画や、そして菅野光茂の予測が実現されつつあったからである。

丸子笹之助は、この密議のすべてを、大書院の天井裏にひそんで聞きとってしまった。

忍びの術というものは、神のように万能なものではない。

これだけの警戒網を突破して、天井にひそむことは、笹之助といえども不可能なことであった。

夜の闇にまぎれてなら可能ともなろうが、くまなく晴れわたった夏の陽光のもとでは、危険というよりも無謀に近い。

（おそらく、密談は、朝か白昼におこなわれよう）

この笹之助の考えは、まさに的中した。

だから笹之助は、三日前のあの夜に、菅野光茂と別れるや、ただちにその足で臨済寺へ潜入したのだ。

宏大《こうだい》な寺院ではあるが、苦もなく忍びこめた。

次の日の夕刻から、少しずつ今川家の士卒が寺へやって来て、警戒がきびしくなりはじめたのである。

二日目は朝から、ひどい警戒ぶりで、寺域内には厳重な巡回がくり返された。

(まず、よかったな……)

笹之助は、ほっとした。

同時に、今川家の謀略に乗りかかろうとしている太郎義信のことが、急に心配になりはじめてきた。

ともかく、笹之助は太郎義信の近習として、武田家のものとなったのだ。

そのころは、甲賀忍者として信玄暗殺の秘命をおびていたのであるが、太郎義信は笹之助にとって、まことに愛すべき若君であったといえよう。

狩りにもよく従ったし、川中島の戦までは、影のように義信につきそっていたものだ。

その後、武田信玄に魅了され心服し、ついに甲賀を裏切り、信玄の忠臣となった笹之助が、信玄直属の家来となってからは、がらりと太郎義信の態度が変った。

たまさかに、甲府の居館内で顔を合せることがあっても、義信は、笹之助への答礼もせず、言葉もかけてこない。

それほどに、父・信玄への疑惑が深くなってきているのであろう。

(だが、おれは、武田の後嗣ぎは、太郎様以外にはないと考える。伊那におられる勝頼様では駄目だ)

笹之助の、これが信念であった。

武田勝頼は、この永禄八年で二十歳になっていた。

十一

四郎勝頼は、父信玄が、もっとも寵愛《ちょうあい》したといわれる諏訪御前が生んだ男子である。

信玄は、正夫人の三条どのとの間に長男太郎義信のほか、男子二人をもうけている。

次男は不具の身に生まれたので、竜宝《りゅうほう》と号し、僧門に入っているし、三男の西保三郎は永禄七年に病没している。

したがって、いまのように、信玄と太郎義信との間が不穏なものとなってくると、

「上様は、勝頼様を後にすえらるるおつもりであろう」という声も高い。

そのうわさが、ひろまるにつれ、太郎義信としても、何となく不快な、不安なものが胸にこみあげてくるのを押えきれないということになるのだ。

(たしかに、上様は、四郎様をいつくしんでおられる)

それは、笹之助も確信している。

仲の冷たい正夫人三条どのとの間にもうけた子よりも、愛人の諏訪御前に生ませた勝頼が可愛いのは当然だという世評が、うなずけぬことはない。

(だが、愛におぼれる上様ではない筈だ)

笹之助は、何となく勝頼に信頼がおけなかった。

ときおり、伊那から甲府へやって来る勝頼は、まるで信玄の愛を独占しているかの

ように、わざとふるまうのだ。

信玄のところへやって来ても、腹ちがいの兄・義信の居館へは足ぶみもしない。

信玄には、甘え放題に甘えているし、信玄もまた、それが嬉《うれ》しいらしい。

けれども、勝頼は決して柔弱な青年ではない。

二年前の上州箕輪《みのわ》城攻略に、勝頼は十八歳の初陣をして、大いに猛勇ぶりを発揮したものである。

これで、勝頼のしめる位置は非常に大きなものとなった。

「末おそろしい猛将となられるであろう」と、ほめたたえる重臣もあるし、

「ようやった!!」

信玄もよろこんでいる。

そして、ただちに勝頼は、伊那の郡代《ぐんだい》として、信玄から高遠城をあずかることになったのだ。

(猛将ではあろうが、一国の主として、いや、今に天下人となられる上様のお世つぎとしては不安に思えてならぬ。太郎様にも、まだ不足はあるが、人としての、いや君主としての人柄が勝頼様よりも、まさっているようだ)

信玄の愛を一人じめにしたつもりで、有頂天になっている四郎勝頼のことを思うにつけ、

(何としても上様と太郎様の間を……)

紙一枚をさしはさむことが出来ないものにしなくてはと、天井裏にひそみつつ、丸子笹之助は決意をしていたのである。

十三

笹之助の、その決意を実現させるためには、

(急がねばならぬ!!)

臨済寺大書院の天井裏にひそみながら、笹之助は焦りはじめてきた。

密議が終り、未《ひつじ》の刻（午後二時ごろ）に、今川氏真も駿府城へ帰って行き、その後から長坂源五郎は、今川の騎馬隊にまもられ、臨済寺を出て行った。

ただちに甲府へ引き返して行くのであろう。

その長坂源五郎より先に、笹之助は甲府へ入りたいと思っている。

長坂が、いくら馬を飛ばしても、今夜だけは途中に泊ることは必定であった。

笹之助は眠らずに走りつづけることが出来る。

だが、日の暮れるまでは天井裏から出ないつもりの笹之助なのだ。

忍びの術というものには二通りある。

こちらの行動を発見されてもよいという前提のもとに、力一杯の活躍をした上で、見つかれば逃げるということがゆるされる場合が、その一つだ。

だが万一にも、いや絶対に、こちらの影すらも匂いすらも相手方に気づかれてはな

らぬという場合がある。

笹之助が、かつては孫兵衛と共に四年がかりで武田信玄の命をねらったのも、後者の場合であったからだ。

しかも、それが一たん失敗したとなるや、あの孫兵衛は猛烈果敢な襲撃を、連続的におこない、信玄をおびやかしたものである。

いまの笹之助の場合は、臨済寺に怪しいものがいたという匂いを、少しでも今川方に嗅《か》がせてはならない。

あくまでも相手方にさとられることなく、駿河をぬけ出し、甲府へ戻らねばならぬ。

(上様(信玄)にも、さとられぬうちに、おれは、太郎様へお目にかかるつもりだ)

と、笹之助は決意をしていた。

長坂源五郎は、今川氏真と三浦成常の謀略に乗りかかっていたようである。

「いざともなれば、太郎殿陰謀のことを、こなたより信玄公の耳へとどかせることも出来るのじゃ。いや、陰謀ではない。かつて信玄公が、父君を、わしの家へ追い払ったごとく、太郎殿もするだけのことじゃ。これは正道である。よいか、源五郎。いまの信玄公のなされようとしていることは、まことに、これこそ陰謀というべきであろうが……」

こういう今川氏真の後から、三浦成常も、

「今こそ、武田と今川の両家は手を握り合い、力を合せて動乱の世に立ち向って行くべき大切なときでござろうがな。両家の間柄には、解きがたい血の流れが通い合うておる筈《はず》。しかも、山国の武田家へは、わが今川の塩、魚介など、そちら方には無くてはならぬものを送りとどけている上に、駿河の港には武田の舟をおき、交易の役にも立っておる。これらのことを全く無視なされ、織田方と結ぼうとなさる信玄公のお心は、まことにもって恐ろしい」

力をこめて説いた。

長坂源五郎も、やや興奮し、

「太郎様には、私から、きっと御同意を得ましょう」

反乱のことを受け合ってしまったのだ。

十三

「事は急を要しまする。なれども、信玄公は、まことに油断ならぬ御方ゆえ、くれぐれも疎漏《そろう》のないように、こなたとの連絡を密にして下さるよう……」と、源五郎はいった。

三浦成常も緊張し、

「間者をもって、いちいち甲府へ、お指図を申そう」といった。

彼等の謀略の実体が、どんなものか……。

笹之助は、天井裏で聞いていて苦笑を浮べずにはいられなかった。

信玄が行なう謀略や、笹之助を主軸とする武田忍者の、すぐれた活動力とくらべたら、今川方のすることは、まことに他愛ないものに思われる。

失敗するにきまっている陰謀なのだ。

それだけに、太郎義信があわれにも思えるのだし、

(このことを上様が知ったら……)

その結果は、どうなるか——それは、笹之助にも、わかるような気がする。

日が落ちて、丸子笹之助は、臨済寺の天井裏から脱出にかかった。

警戒の士卒も、そのころには、ほとんど駿府城へ引き上げて行った。

濃い夕闇の中へ、笹之助は、しずかにとけこみ、ひっそりと臨済寺をぬけ出した。

土民の姿をしている笹之助は、奥庭へ出ると、木立にまぎれこみ、塀をいくつもこえて、境内を横切り、山門につらなる外塀を、はねこえた。

闇の中に、山門前の路が白く浮んでいる。

門前には小さな濠《ほり》がまわっており、民家の屋根も見える。

風は絶えていたが、山門前の路に立った笹之助は、どこからか百合《ゆり》の花の匂いが、ただよってくるのを知った。

(…………?)

このとき、笹之助は異様な気配が、この闇の底の何処かから、自分に向って動くのを感じた。

(見つけられたのかな？)

そうではないらしい。

しんかんと静まり返った山門の内部には、何の気配もないのだ。

路がまっすぐにのび、駿府城下へ入る街道へ合するあたりの闇の中から、こちらへ放射して来る何ものかがある。

(甲賀か……)

まさに、それであった。

少なくとも十名の忍者たちが、山門前の闇にひそみ、笹之助を待ちうけていたのだ。

笹之助は、身に寸鉄もおびてはいなかった。

わずかに数個の『飛苦無《とびくない》』を、ふところにおさめているだけであった。

十四

笹之助は、にやりとした。

(孫どのは、おらぬらしいな)

孫兵衛なら、事前に、これだけの余裕を、笹之助に持たせてはくれまい。

それに、孫兵衛は一騎打ちの勝負を笹之助にいどむ筈である。

十名余の忍者たちの助けなどを借りることはしまい。

少しずつ、笹之助は路の左側へ身をよせ、松の並木にそって歩みはじめた。

路の向う側の闇に、黒くうごめくものを、笹之助の眼はたしかにとらえた。

闇の中は殺気で充満している。

動く笹之助を、じりじりと囲みつめつつある甲賀忍者たちも、容易に手が下せないらしい。

臨済寺の鐘楼から、鐘が鳴りはじめた。

「笹どの……」

どこからか女の声がした。

甲賀の女忍者・於万津の声であった。

「於万津どのか——」

「いかにも……」

笹之助は、ゆっくりと歩き出した。

その笹之助に沿って、於万津の声も何処かで流れながら、

「笹どのも、手に負えぬ男になったな」

「………」

「ここにいるわれらでは、とても仕止めることができそうにもない」

「そうでもあるまい」

「ふ、ふ、ふ……」

「可笑《おか》しいかな」

「可笑しくもあり、哀しくもある」

「何……」

「どちらにせよ、笹どのの命も、もはや永いことはあるまい」

「そうかな」

「そうとも——」

「ためしてみたらどうだ？」

「今は、ひかえておこう」

すぐそこに迫って来ていた殺気が、じわりとゆるんだ。

「何故、ひかえる？」

「無用の勝負はしたくない。それよりも……」

「それよりも……？」

「ふ、ふ、ふ……」

「よく笑うな、於万津どのは——」

「笑うているように聞えるか？」

「そうではないのか」

「…………」

「於万津どの」

「これだけはいうておく。笹どのは、とても甲府までは、たどりつけまい」

「しかと聞いた」

「あわれな笹どのよ」

「孫兵衛殿は、おたっしゃか？」

「いうまでもないこと」

「どうやら、間もなく、孫殿に会えそうだな」

答えは、なかった。

臨済寺門前の闇に、ふたたび百合の花の香が、ただよいはじめた。

浮島ヶ原

一

夜は明けかかっていた。

露をいっぱいにふくんだ夏草の原野であった。

丸子笹之助は、足をとめて、草の中に立ったまま、腰から竹の水筒をぬきとり、油断なく、あたりの気配に全身の緊張をゆるめず、水をのんだ。

あかつきの冷たい風が、笹之助の体に浮いた汗を一瞬のうちに吹きはらってくれた。

このあたりを浮島ヶ原とよぶ。

貞応海道記《じょうおうかいどうき》に——。

うきしまが原をすぎれば、名はうきしまと聞ゆれど、まことは海中とは見えず。野《の》径《みち》とは見つべし。草むらあり、木の林あり、はるかにすぎれば人煙片々《へんぺん》と絶えて、又たつ。新樹ほどをへだてて隣りたがいに疎《うと》し。東行西行の客は皆知音《ちいん》にあらず。村南村北のみちに、ただ、山海を見る……とある。

貞応海道記は、永禄のいまから数えて三百数十年前の旅行記だが、あたりの風色は、あまり変ってはいない。

浮島ヶ原は、愛鷹山《あしたかやま》東面の山麓《さんろく》、須津《すど》沼附近の五里にわたる原野だ。

愛鷹山は、富士山の南に接した古火山である。

そして、笹之助が立っている原野の南、一里のところには、駿河湾の海鳴りが聞えている。

駿府からは十二里ほどであるが、笹之助は、昨夜、駿河の臨済寺から、一気に此処《ここ》まで駈けて来たのではない。

臨済寺山門前の闇の中に、於万津が指揮する甲賀忍者の一隊を闘わずして追い払った笹之助は、先ず、安倍川沿いの道を一気に北上した。

この道は、あの沼山平十郎が甲府へおもむく途中で、於万津に翻弄《ほんろう》され、信虎が信玄にあてた密書を一度は奪われた『梅ヶ島路』である。

笹之助が、もっとも早く甲府へ入るには、この路をえらぶのが当然であった。

わざと、約三里ほど道を北上してから、笹之助は突然、右手の文珠岳《もんじゆだけ》山麓の森林へ駈け入った。

森林の中を南下すること一里余——、駿府城外一里あまりのところにある浅畑《あさはた》沼という大きな沼のほとりまで、笹之助は駈け戻った。

甲賀忍者の追跡をくらますためであることはいうまでもない。

(だが、まだ安心はならぬ。於万津のいう通り、彼等も今度こそは、おれを殺すつもりだ)

夜更けの沼のほとりで、しずかに笹之助は時をすごし、危険の度合いをはかってみたが、別に異常の気配はない。

(よし!!)

思い切って東海道に出ると、富士川をこえ、富士の裾野《すその》の南西、鷹ケ岡から『右左口路《うばぐち》』をとって甲府へ入ると見せかけ、笹之助はまたも身を転じ、この浮島ヶ原へ姿をあらわしたのだ。

(だが甲府へ着くまでは、気をゆるめてはならぬ)

自分に強くいいきかせ、笹之助は竹の水筒を腰につけた。

二

長坂源五郎よりも早く甲府へ到着するためには、大変な、まわり道をしていることになる。

笹之助は、少しも休まず浮島ヶ原を突切り、箱根山と愛鷹山の山間の道を須走口《すばしり》へ抜け、御坂《みさか》峠を越え、甲府の手前にある石和《いさわ》へ出るつもりであった。

(甲賀の邪魔さえ入らねば……)

舌うちをしたが、仕方のないことだ。

甲賀忍者の動きを知り、危険をさとった以上、この方法が一番よいのだと決めた笹之助なのである。

（おれに万一のことがあれば、大変なことになる）

何よりも太郎義信に、自分が探りとったすべてを率直に語り、長坂源五郎のような家来たちのいうことから義信を遠ざけ、信玄と義信父子の間を、あの川中島決戦前後の水も洩《も》らさぬ親密さに戻さなくてはならない。

ふたたび、原野を走り出した笹之助の体は、風を巻いて朝の大気を切り裂きはじめた。

陽は海上からのぼっていないが、あたりは明るさを少しずつ加えてきて、靄《もや》の切目から、愛鷹の山肌が、走る笹之助の左手に見え隠れしている。

笹之助の呼吸は、昨夜からの激しい活動にも全く乱れていなかった。

忍者は、一日に三十里は軽く走るといわれているが、それにしても、これから休むことも眠ることもなく、今日中には甲府へ入ろうと決意している笹之助であった。

「笹……笹よ……」

朝靄が風に吹き流れている原野の一角に、声があった。

ぴたりと立止った丸子笹之助は、唇を噛《か》みしめた。

こちらの考えることは、手にとるように孫兵衛も知っていたと見える。

（もうひとつ、裏をかくべきであったか……いや、どちらにしても無駄であったろうな）

昨夜のことから見ても、おそらく、予想以上の忍者たちが、笹之助をほうむるべく動員されているに違いなかった。

こう思い知ったとき、笹之助は生まれてはじめて、戦慄《せんりつ》が背すじを冷たく走るのをおぼえた。

だが、その戦慄は、すぐに闘志と変った。

この一瞬に負けてしまえば、闘わずして笹之助は甲賀忍者の餌食《えじき》となってしまう。

恐怖を闘魂に変える精神力こそ、何よりも忍者が誇るべきものであった。

笹之助は草の中へ、ゆっくりと身をすくませつつ、声を放った。

「孫どの、しばらくだな」

三

「いかにもな」

孫兵衛の答えが、草原の何処からか聞えた。

少しずつ位置をうつしながら、孫兵衛は、草の中にうずくまっている笹之助を注視しているに違いなかった。

「笹よ。おぬしは、清洲の城下にて、だいぶに手強く働いたそうじゃな」

「頭領様から聞いたのか、孫どのは――」

「いかにもな」

流れる朝靄の彼方《かなた》に、息苦しくなるほどの殺気がたちこめ、自分のまわりへ、ひたひたと押しつめてくるのを笹之助は感じた。

「笹よ!!」

十間の近くに孫兵衛の声がせまった。

「覚悟せよ!!」

その孫兵衛のするどい声と同時に、笹之助の前方に見える林の中から、いっせいに矢が飛んできた。

甲賀忍者にはめずらしい正攻法の襲撃である。

その弓弦《ゆんづる》の音と共に、笹之助は草の中を伏せたまま、三間を走った。

十本の矢は笹之助の頭上を越えて後ろへ飛びぬけた。

笹之助は身を転じて、ななめ左へ走りつつ、

「む!!」

抜き放った信国作、一尺八寸の脇差をふるった。

草の中から立ち上った甲賀忍者二人が、凄《すさ》まじい絶叫をあげて倒れ伏した。

朝の陽がのぼりはじめた。

靄が、ぐんぐんと吹き払われて行く。

草を蹴《け》って殺到する甲賀忍者の群れを迎え、笹之助は左手に『飛苦無《とびくない》』を投げつつ、草原を走り出した。

声もないどよめきが、四方から笹之助を押し包んだ。

迎え撃とうと振り向いた笹之助へ、ふたたび矢が飛ぶ。

飛び退ってかわすと同時に、

「それ!!」

孫兵衛の声がして、右側の木立からあらわれた五名ほどの忍者が手槍《てやり》をかまえて突き進んで来た。

笹之助が投げた『飛苦無』に倒れたのは、そのうちの二名である。

三本の槍が三方から、笹之助の体へ突き込んで来た。

四

笹之助の軀《からだ》が宙にはね跳んだ。

三本の槍が三方から、いま笹之助が立っていた草の上三尺のところへ突き寄せられ、ぱっと引き退いた。

草原を走る笹之助は、少しずつ、忍者の群れに包囲されつつあった。

甲賀忍者は、およそ十五名ほどと思われた。

いずれも手練《てだり》の者をえらんであるだけに、常人を相手に闘うより数倍も笹之助は疲れている筈《はず》であった。

戦端がひらかれたときに、四名を倒した丸子笹之助も、迫っては退き、すぐにまた肉薄する巧妙な甲賀忍者たちの攻撃に直面すると、焦ってはならぬと思いながらも、呼吸があがってきて、しかも敵を倒せぬために、闘いは苦しくなるばかりである。

忍者たちは、この場合、火薬玉のようなものを使用しなかった。

そのような飛道具を用いれば、目標が笹之助だけに、反《かえ》ってその威力を利用されるおそれがあるからであった。

火薬というものは、敵を打つかわりに、味方も敵から遠ざからなくてはならない。だから、もしも失敗したときには、目標を身近くとらえられず、逃がしてしまうおそれがあるわけだ。

「押し包んで討て!!」

甲賀頭領の山中俊房からも、そのように、きびしく命ぜられた孫兵衛なのである。

「笹よ」

草原のどこからか、孫兵衛の声が、またも笹之助に呼びかけた。

笹之助は草原の中に片膝《かたひざ》をつき、手槍と刀の光りの輪が、草のそよぎの向うから、じりじりとせばめられてくるのを感じていた。

陽は、すでにのぼっている。

靄は、ほとんどはれあがっていた。愛鷹山の荒々しい山肌が屏風《びょうぶ》をななめに倒したように、空へ突き上っていた。

「笹よ。覚悟せよ」

どこかで聞える孫兵衛の声に、笹之助はなぜか、何時《いつ》もと違うものを感じた。

「笹よ。何ごとも、おぬしのあやまちじゃぞ」

孫兵衛の声に、一抹の哀感がただよっているのを、笹之助は感じた。

(手塩にかけたおのれの死を——孫どのは、悲しんでくれるのか……)

だが、最後まで闘い抜こうと笹之助は決意している。

笹之助と同じ土民姿の忍者たちが、これも草の中に半ば身を隠しながら、すぐ近くにせまって来た。

「む!!」

呼吸をととのえていた笹之助が、ぱっと躍りあがった。

「えい!!」

「うわ……」

槍が斬り飛ばされ、草に血がふりまかれた。

笹之助の脇差は血あぶらにぬれて重かった。

五

絶え間なく入れ替り、たち替って斬りかけ突き込んで来る甲賀忍者の攻撃に、笹之助の呼吸は荒くなってきた。

「待てい!!」

草原の一角に孫兵衛の声があがった。

笹之助を囲む槍と刀が、さっと退いた。

草を割って、孫兵衛が笹之助の前に姿をあらわした。

孫兵衛は、あの猿曳《さるひ》きの姿のままであったが、長剣を腰に、柿色の布をもって鉢巻をしめている。

「笹よ、久しぶりじゃな」

「む……」

「どうじゃな？　疲れたか？」

「な、何の……」

「息があがっておるのう」

「孫どのは、一騎討ちがのぞみではなかったのか？」

「フム……」

孫兵衛は笑ってみせた。

その笑いは変に歪《ゆが》んでいた。

笑っているようでもあり、泣いているようでもあった。

「笹よ。おぬしはたわけものじゃ」

「今さら、孫どのらしくもないことをいうな」

「わしが心をこめて教え育てたことが、みな、無駄に、なってしもうたわえ」

笹之助は、草の中に立ち、呼吸をととのえながら孫兵衛に見入った。

　それほどに老いたとは見えなかったが、自分を見つめている孫兵衛の眼のいろの中に、笹之助は、かつて孫兵衛に見たことのない不思議な動揺と気力のおとろえを感ぜずにはいられなかった。

「笹よ……おぬしは、今の、このわしを何と見る？」

「………」

「わしは、孫兵衛は、あの武田の館《やかた》の裏山で、ひと思いに、おぬしを殺そうとしたときのことを、いま思い出しているのじゃ」

「あのときの孫どのは、いささかも、わしをゆるしてはくれなかったな」

「今も同じじゃ」

「そうかな」

「何と？」

「今の孫どのは、わしを殺したくないと思うているらしい」

「馬鹿な!!」

　一歩退って、孫兵衛は、ぎらりと長剣を抜き払った。

　抜刀した瞬間に、孫兵衛の顔がきゅっとひきしまった。

　そして眉《まゆ》のうすい、てらてらした面《おもて》に見る見る殺気がみなぎりはじめたのである。

「行くぞ!!」

「おう」

笹之助も脇差をかまえた。

右の股《もも》にうけた傷口から血がしたたるのを、はっきりと笹之助は感じていたが、もう、それも念頭になかった。

「今日こそは、おぬしを仕止めねばならぬ。今日こそは……」

じりじりと右へまわりつつ、孫兵衛は、笹之助を遠巻きにしている部下の忍者たちへ、

「手出しをするなや」といいつけた。

六

笹之助は脇差を上段にかまえた。

孫兵衛の太刀に対して大胆不敵なかまえ方であった。

孫兵衛が唸《うな》った。

孫兵衛は左手を刀の柄から離し、そろりと、ふところへ近づけていったが、思い直したらしく、またも両手に刀の柄をにぎりしめた。

おそらく孫兵衛は、左手で、ふところにある『飛苦無』をつかみ、これを投げつつ、笹之助へ殺到するつもりであったのだろう。

だが、いまの丸子笹之助は孫兵衛が知っていたころのそれとくらべて、まったく違う。

（これは……？）

孫兵衛も、おどろいたらしい。

左手で『飛苦無』を取出す秒間の隙に、笹之助は三間の距離を一気に蹴《け》って、孫兵衛へ一撃を加えるに違いなかった。

塚原卜伝から伝えられたただ一つの法を、どんな場合にも笹之助は迷うことなく生かしきろうとしているのであった。

風はやんでいた。

夏の太陽の熱気が草原をおおいはじめた。

草原の草は一尺ほどの高さなのだが、むろん、土の上で闘うのとは違っている。

足場は、双方に悪いのである。

笹之助が、脇差を振りかぶったまま、突然に、草をわけて、ずかずかと孫兵衛に近づきはじめた。

「あ……」

忍者たちの中に、思わず声をあげるものがあった。

孫兵衛が、むささびのように草の上を跳んだ。

笹之助の軀《からだ》も、孫兵衛の動きに少しも遅れず、猛然と突き進んだ。

忍者たちは、草の上を影のように交互した二人の姿を見た。

このとき孫兵衛の太刀は、陽に光り、空に跳ね飛ばされていたのである。

笹之助は振り向き、孫兵衛にいった。

「孫どのを、わしは斬れぬ」

孫兵衛は片膝《かたひざ》をつき、ふところの『飛苦無』をつかみつつ、歯がみをした。

「おのれ……」

『飛苦無』が、孫兵衛の手から風を切って飛んだ。

笹之助は、それにかまわず、脇差をふるって、忍者たちの包囲の一角へ斬りこんでいった。

「斬れ!! かかれエ!」

草の上に突伏し、孫兵衛は泣くように叫んだ。

一瞬は声をのんでいた忍者たちも、笹之助の反撃を迎えて、

「裏切者め!!」

「よくも――」

闘志を倍加して、笹之助にせまった。

最後の気力をしぼり、笹之助が包囲を突破し、向うに見える森蔭《もりかげ》を目ざして走り出した。

忍者の一人が手槍《てやり》を投げた。

笹之助は、その槍先を腰に受けて倒れた。

七

倒れつつも、笹之助は腰に刺さった手槍を引きぬき、躍り上るように立ちあがった。
忍者の一人が走り寄って槍を突き出した。
「む!!」
槍が二つに切れ、その忍者の血と共に飛んだ。
そこまでが、笹之助の活動の限度であったようだ。
(いかぬ……これまでだ……)
ふらりと足がもつれた。
すーっと意識のすべてが、青い空の中へ吸いこまれて行くような気がした。
(上様……久仁……)
三十年の生涯が、電光のように笹之助の脳裡《のうり》をかすめた。
(死ぬのだ……)
その瞬間には――当然、数本の槍が、刀が、笹之助の軀へ打ちこまれる筈《はず》であった。
だが、このとき、目の前の森蔭から突風のように走り出た人影が、
「えい!!」
点火した火薬玉を投げつけてきた。
笹之助へ殺到しかけた忍者たちの中心に、その火薬玉が投げこまれた。

だ、だあーん……。

閃光《せんこう》が吹き出し、忍者たちの悲鳴が上った。

少なくとも二人は、草の中へ突伏したと見えた。

その轟音《ごうおん》によって、笹之助の意識が手《た》ぐり寄せられるように戻った。

「笹どの。しっかりせよ」

森の中から走り出て火薬玉を投げたのは、於万津なのだ。

「それ、よいか」

ななめに軀をかがめ、於万津は笹之助の軀をすくいとるように背へのせ、すぐに振り向いて、もう一度火薬玉を投げた。

閃光!!

響音!!

と、同時に、黄と鉛色の煙が一度にふきあがった。

火薬玉のうちでも、これは『白暗《はくあん》』とよばれる煙幕用のもので塩硝、硫黄《いおう》、樟《くす》、鉄屑《てつくず》、寒水石など多種多様のものを調合してある。

「於万津じゃ!!」

「おのれ!!」

「裏切ったな!!」

煙りの向うに、甲賀忍者たちの叫びが散った。

笹之助を背負った於万津は、一散に森の中へ駈け込んでいた。

「お、於万津どの」

「何じゃ」

「このようなまねをして、よいのか」

「し、仕方がない」

さすがに甲賀の女忍者の中でも屈指の腕前をもつ於万津であった。

笹之助を背負って走りながらも、呼吸は少しもみだれていなかった。

「なぜ、おれを助けてくれた」

「いうな……」

「なれど……」

「黙っていておくれ」

樹林の切目が向うに見えた。

そのあたりで、馬のいななきが聞えた。

八

森をかけぬけた於万津は、放り投げるようにして笹之助を下におろした。

於万津は女の土民姿であったが、面は鼠いろの布をもっておおい、腰に脇差を帯している。

「笹どの、大分やられたようだな」

「うむ」

歯を喰いしばり、笹之助は立った。

「そこに馬がある。早う乗れ」

栗毛の馬が松の幹につながれていた。

「では……おれを助けようと……」

「笑うてくれるな、笹どの」

覆面の中から、於万津の顔の上半分がのぞいている。

陽にやけたその肌には、さすがに汗がふき出ていた。

「さ、早う――」

於万津はせきたてた。

樹林の向うから迫る甲賀忍者達の声もない殺気を、笹之助も感ぜずにはいられなかった。

「よし!!」

笹之助は、於万津の腕をつかんだ。

「共に逃げよう」

「………」

「甲府へ行くのだ!!」

「甲府には、笹どのの女房どのがいる」

「かまわぬ。共に……仲よく……久仁と友達になってくれ、於万津どの」

於万津が苦笑をした。

「男とは、勝手なものじゃ。わたしが、久仁どのと友だちになれよう筈がない」

「どうしてだ!!」

「女と、女じゃ」

「何……」

「今まで、笹どのを助けるつもりはなかったが……四十をこえた今になって、わたしも、とんだことをしてしもうたようじゃ」

口ではいいながらも、於万津は、うるんだ双眸《そうぼう》を笹之助に向け、

「役目のためには、数え切れぬ男を抱いたわたしなれど……わたしには、笹どの一人が、生涯忘れられぬ男となってしもうた。おぼえているかえ？　もう八年も前のことを……わたしが、はじめて、おぬしに抱かれた夜のことを……」

「…………」

「さ、急がれよ、笹どの——」

於万津は馬の手綱をはねあげ、笹之助の軀《からだ》をたすけ、

「それ!!」

ぱっと馬の背に送った。

笹之助の軀も反射的に、於万津の腕の力を利用して、馬上の鞍《くら》に飛びのっていた。

「於万津どの、早く!!」

傷口の苦痛をこらえつつ、笹之助は手をさしのべた。

於万津は迷っているようであった。

「早く!!　どちらにせよ、此処《ここ》に残ることはないではないか」

「それも、そうだが……」

「此処で死ぬことはない!!　ど、どちらにせよ、おれも於万津どのも、甲賀を裏切ってしまったのだ」

「うむ」

「早くせぬか」

追手の姿が樹木の向うにあらわれた。

「では――」

於万津も決意したらしい。

駈け寄って、さしのべる笹之助の手にすがろうとした。

九

於万津の軀が、笹之助の手によって馬上へ……と、見えたそのときである。

するどく樹林をぬって飛んできた矢が、ぷすりと、於万津の背へ突き刺さった。

「あ——」

ずるずると倒れながら、於万津は脇差を鞘《さや》のままに抜きとり、

「笹どの、もう駄目じゃ」

「何をいう」

馬を近寄せ、手をさしのべる笹之助の頬すれすれに、またも矢が飛びぬけた。

「笹どの!! 死ぬな」

於万津が立って、脇差の鞘で、馬の尻《しり》を力一杯に叩《たた》いた。

馬が、狂ったように走り出した。

「お、於万津どの」

笹之助の絶叫が遠ざかるのを聞きながら、於万津は脇差の鞘をはらい、右手の林の木蔭《こかげ》から斬りつけて来た忍者の一人を、横なぐりにした。

「わあ……」

倒れつつも、その忍者は、刀を於万津に投げつけた。

その刀の切っ先が、於万津の覆面を裂いて後ろへ飛びぬけた。

「於万津め!! ようも……」

わらわらと、於万津を囲んだ忍者たちのうしろから、孫兵衛が半弓に矢をつがえて飛び出してきた。

「孫どのか……」

於万津は、にっと笑い、よろめくように草の上へ膝《ひざ》をついた。

孫兵衛の顔はゆがみ、憤怒《ふんぬ》とも哀しみともつかぬものがまじり合って、凄《すさ》まじい表情になっている。

「笹之助も、おぬしも……甲賀忍者の名折れじゃぞ」

「わかって、おる」

於万津は脇差を捨てて、苦笑をもらした。

「何をしておる!! 此処は、わしが引き受けた。馬上にあるとはいえ、笹之助も手負いじゃぞ。追え!! 早う追え!!」

「心得た!!」

十名ほどになった甲賀忍者たちが、すでに草原の向うへ、豆粒ほどになった笹之助の後を追って走り出して行った。

「む、無駄じゃ、孫どの」

於万津がいった。

「乗り手は笹どののじゃものなあ」

「いうな!!」

「孫どの……」

於万津が、ぐったりと両手を草の中へ突き入れ、首をたれて荒々しくあえぎはじめた。

背中から吹き出した血が麻の単衣《ひとえ》をぬらして、於万津の腹から腰へ、したたり落ちている。

「孫どの。は、早う、殺さぬか……甲賀の、と、頭領さまへは、よしなに……よしなに、わびを――たのみましたぞえ」

「よし。わかった」

弓を捨てて、孫兵衛は太刀を抜き払った。

「於万津よ。それで満足なのか……」

「いうまでもないこと。女忍者にも恋はある。孫どのも、知っておかれたがよい」

「むむ……」

孫兵衛は呻《うめ》きつつ、刀をふりおろした。

（続く）

夜《よる》の戦《せん》士《し》

(上)川中島《かわなかじま》の巻《まき》

池波正太郎《いけなみしょうたろう》

昭和51年 5月10日 初版発行
平成18年 1月25日 改版初版発行
令和7年 10月10日 改版21版発行

発行者●山下直久

発行●株式会社KADOKAWA
〒102-8177 東京都千代田区富士見2-13-3
電話 0570-002-301(ナビダイヤル)

角川文庫 14082

印刷所●株式会社KADOKAWA
製本所●株式会社KADOKAWA

表紙画●和田三造

ISBN978-4-04-132325-0 C0193

◆◇◇